真藤順丈リクエスト！

絶滅のアンソロジー

目次

まえがき

真藤順丈

孤高ぶるな、作家面《づら》するな、と常日頃から自分を戒めていても、油断するとすぐにたそがれて頬杖《ほおづえ》を突いて教科書の文豪面をしてしまう。実際に小説を書くのは孤独な作業であるからで、とはいえ僕は完全な真空の中ではただの一作も書けない。

長篇であっても短篇であっても、その時々で書いている自作ごとに座右の書が欠かせない。執筆中の小説にとって範となり、題材や文体を違う角度から点検させてくれるもの。毎朝起きる力をくれて、疲れや乱調を癒やし、本来の小説の面白さを思い出させてくれるもの。そういう本はもはや本自体が仕事場のシェア・パートナーのような存在感を放ち、書き進めている原稿にとっての〈導き手〉に、友人が少ない身の〈親友〉に、あるいは作り手として呼吸を継いでいくための〈ペースメーカー〉になってくれる。

あくまでもその作品、その本自体が、ということです。本書『絶滅のアンソロジー』は、僕にとって特別な小説の生みの親たちにこちらからお題を出し、一冊の本の表紙に名を列《つら》ねてもらうという、誰よりも僕＝真藤にとっての贅沢《ぜいたく》きわまりないプロジェクトなのである。喩《たと》えるなら、僕がもしも独裁者を志す政治家だとしたら、アル・カポネやナポレオン、ガイウス・ユ

まえがき

リウス・カエサル、チンギス・ハーン、織田信長《おだのぶなが》やらウガンダのアミン大統領やらがまとめて自宅に押し寄せて、なんでうちに？　と訊《き》くんだけど帰ってくれず、圧倒されすぎてひとたまりもなく轟沈《ごうちん》する感覚なのである。いや違うか、語弊がありすぎるか。やっぱり〈導き手〉や〈親友〉の線に戻します。そちらでお願いします。

アンソロジーには昔から目がなかった。古今東西のさまざまな叢書《そうしょ》に手を伸ばし、多くの作家との出会いを得てきた。ある縛りや一つの題材から、一つとして同じものがない作品群が生まれ、相互作用でちかちかとニューロンのように感応しあい、唯一無二の、異種横断的《クロス・スピーシーズ》な宇宙がどびゃどびゃっと展《ひろ》がる。ある種の祝祭であり、文芸というジャンルの精華であり、なかんずく短篇小説という絶滅危惧種となりやすい表現形式を庇護《ひご》し、雑種交配によって生き延びさせていく最良の手段であることは言うまでもない。

というわけで、お題の〈絶滅〉について。

えーこんなご時世に不穏当すぎない？　という向きもあるだろう。

だけどちょっと待ってくれ、そういうことを言うあなたは、エントロピー増大の法則についていかがなお考えなのか。時勢を問わずに僕たちは、この世界の森羅万象は〈絶滅〉に向かって収斂《しゅうれん》していくものなのだ。参加してもらった書き手には、カタストロフィ方向やレッドリスト的な〈絶滅〉でなくてもかまいませんとお伝えしてある。絶滅の二文字から喚起しやすいパニック小説でも、人類が滅んだあとの終末小説でも、この世から絶滅あるいは絶滅しかけているレトロスペクティヴな事物（灯台守とか電話交換手とか）を材にとってもらってもよい。僕たちの内側で絶滅に瀕《ひん》している何か、若さとかありあまる自由な時間とか、尊厳とか寛容さとか、口座の貯金額とか……、忙《せわ》しなく過ぎていく毎日のなかでそれらをふと顧みる的な、自己を見つめなおす的な、そういう実生活と結びついた思索小説だってウェルカムということだ。

これは意外とメロウでアンニュイな小説集になるかもしれない、とひそかに思っていたのだが……なにしろ依頼した顔ぶれが顔ぶれなので、集まってきた〈絶滅〉小説群は、編著者の予想をやすやすと超えてきた（読者におかれては各作品でなにが絶滅するのかを推測しながら読むのも一興かもしれない）。結果として、サスペンス小説からSF小説、動物小説、歴史小説に格闘技小説、果てには神話、と控えめに言ってもあまりにも豊饒《ほうじょう》で豪華絢爛《けんらん》な、年間ベストや傑作選を凌駕《りょうが》するアンソロジーを編むことができたと自負している。こんな一冊を世に送りだせるなんて、これほど小説家になってよかったと素直に喜べることはないかもしれない。

さて、御託はこのぐらいでいいだろう。あとはこの本を開いてくれた読者の楽しく安全な夜を祈るばかりだ。読むことの歓《よろこ》びと快楽に満ちたアンソロジーの世界にようこそ。

どうかごゆっくりお楽しみください。

超新星爆発主義者

佐藤究

佐藤究
さとう・きわむ

1977年、福岡県生まれ。
2004年、「サージウスの死神」で群像新人文学賞優秀作。
2016年、『QJKJQ』で江戸川乱歩賞を受賞。
2018年、『Ank:a mirroring ape』で
大藪春彦賞と吉川英治文学新人賞を受賞。
2021年、『テスカトリポカ』で山本周五郎賞と直木賞を受賞。

超新星爆発主義者

1

リッチモンドでの捜査を終えた俺たちは、テスラの〈モデル３〉に乗りこんだ。運転するのは俺の番だった。タッチパネルでドライブモードを選択し、電気自動車のデュアルモーターを駆動させた。

隣りに座るジョン・ブライも俺と同じ不織布《ノン・ウーヴィン》のマスクをしていた。毎日ずっとマスク着用だ。オフィスに戻ればＰＣＲ検査を受ける。いつまでも終息しないウイルス感染症の世界。それでも俺たちの仕事に休みはない。犯罪者はあとを絶たず、二〇二一年の治安は昨年よりむしろ悪くなっている。

先月二月十二日の金曜日、イリノイ州シカゴの自宅の庭で、〈春節〉を祝うささやかな花火を上げた中国系アメリカ人の大学教授が、近隣からの通報を受けて現れた白人警官と口論になったあげく、グロックの弾丸を胸に二発撃ちこまれて死亡した。

教授と警官が言い争った内容は不明だが、教授はいかなる武器も持たず、暴力を振るうタイプでもなかった。自宅の庭で上げた花火は一発だけで、警官が訪れたとき、教授は撮影した動画をボストンに暮らす娘に送信したばかりだった。発砲した警官は逃走し、市街地でパトカーに包囲され、投降の呼びかけに応じず銃を構えた瞬間、署の同僚に射殺された。この白人警官は、白人至上主義者《ホワイト・スプレマシスト》との交流があった。

　事件が報じられると、すぐにシカゴで大規模な抗議集会が開かれ、またしても暴動が起こりそうになった。すべての警官はくそったれ《オール・コップス・アー・バスターズ》。雪の降るなかで群衆は叫んだ。黒人のつぎは黄色人種を虫けらのように殺すのか？　やはり警官こそが諸悪の根源だ。

　警官に怒りの目が向けられた抗議集会の方向性を変えたのは、わずか四日後に発生したニューヨーク州シラキュースの事件だった。

　同じ大学で知り合い、ヒップホップダンスのクルーを結成した日本人留学生と韓国系アメリカ人学生の計八人は、借りたスタジオで練習している最中に突然銃弾を浴びせられた。八人全員が殺害され、十九歳の日本人の女子留学生に至っては三十六発も撃たれていた。頭部の損傷が激しく、顔では本人照合ができないほどだった。

　監視カメラの映像を解析して犯人の追跡が開始され、二時間後に大学近くの公園にいるところを警官たちが見つけた。その場で銃撃戦になり、犯人は死亡した。

　スイス製マシンピストルで犯行におよんだニュージャージー出身の男は、白人ではあったが、警官ではなかった。職業は公認会計士だった。犯行直前に「**アジア人の学生をみな殺しにする。お楽しみに**」と自身のSNSに投稿していた。男はテナーサックス用の黒いケースにマシンピストルと三十発入りの弾倉《マガジン》を二ダース詰めこんで、犯行現場となったスタジオを訪れていた。〈シラキュースの虐殺〉と呼ばれるこのヘイトクライムで、犯人と撃ち合った警官一人（彼はドイツ系の白人だった）が殉職したために、シカゴにはじまり全米各州に拡大していた抗議集会では、すべての警官はくそったれ《オール・コップス・アー・バスターズ》の大合唱はとりあえず鳴りを潜め、シカゴの大学教授、シラキュースの学生八人、その全員の顔写真とともに、殉職した警官の顔を貼りつけたプラカードも作られるようになった。

海を越えた日本でも追悼と抗議の集会が開かれた。シラキュースの犠牲者八人のうち、四人が日本人留学生だった。首相は会見で「アメリカに事件の全容解明を求める」と語った。

東京での会見が中継される前に、連邦捜査局《FBI》はすでにうごきはじめていた。ワシントンD．C．のフーヴァービルにある本部から、ヴァージニア州クアンティコに指示が飛び、オフィスにいる特別捜査官《スペシャル・エージェント》が動員され、俺とジョン・ブライも呼びだされた。俺たちは全力を挙げてヘイトクライムの背後関係を捜査した。ＦＢＩ長官代行は司法省の職員とともに日本大使館に出向き、メディアには非公開の情報を開示している。おそらく、まだよくわからないゲームのことも伝えたはずだ。

その後も事件はつづいた。

二月二十四日、カリフォルニア州ロサンゼルスのレストランで、食事中の韓国系アメリカ人の客三人が撃ち殺された。犯人は射殺。二人組だった。

二月二十七日、ペンシルヴェニア州ピッツバーグで宝飾品店を営《いとな》むモンゴル人移民の社長が斧《おの》で切りつけられて死亡した。犯人は警官一人に重傷を負わせたのち射殺された。

三月一日、テキサス州ダラスで台湾人資産家の乗る車に手榴弾《しゅりゅうだん》が投げこまれ、資産家と運転手が即死した。犯人は警官隊に包囲され、みずからの頭を撃ち抜いて死んだ。

いずれも犯人は白人で、犠牲者とは面識がないと思われた。黒人でもアラブ人でもなく、黄色人種を狙ったヘイトクライムが連鎖しているのは、誰の目にも明らかだった。

〈モデル3〉を運転し、クアンティコのオフィスめざしてポトマック川沿いを北上していると、行進するデモ隊が見えてくる。参加者は三百人程度で、道路を封鎖してはいない。賃上げ要求や環境汚染への抗議でないのは、掲げられたプラカードを見るまでもなかった。身の危険を顧《かえり》みずに参加したアジア系移民の姿も映る。

昨日はリッチモンドで、日系アメリカ人のカーディーラーと従業員二人が撃たれて死んだ。罪のないアジア人が白人に殺される日々にみんな怒り、失望し、正義を求めている。ＦＢＩを責める声も上がっている。今朝の新聞にはこんなことが書いてあった。「アジア人を狙った一連のヘイトクライムに関して、ＦＢＩは本腰を入れて捜査していない。かつて日本人移民を収容所に連行した組織の問題が、二十一世紀の今になってよみがえりつつある」と。

リッチモンドでヘイトクライムを起こした犯人、ピーター・グローマンは、射殺されずに逮捕されていた。三十二歳。高校の数学教師。前科なし。白人。

勾留中のピーター・グローマンは弁護士を呼び、刑事たちの質問には一語も答えずにいたが、クアンティコからやってきた俺とジョン・ブライがＦＢＩの特別捜査官だと名乗り、「きみもゲーマーか？」と訊《き》くと態度を変えた。不敵に笑って、ドクターペッパーを買ってきてくれ、と言いだした。あれが飲みたいんだ。買ってきてくれたら少しだけ秘密を話すよ。

俺は署の刑事に頼んでドクターペッパーを買ってきてもらった。二十三種類のいまだ明かされていない原料で作られた、どこにでも売っている赤い缶の炭酸飲料。

用意されたグラスにドクターペッパーを自分で注《つ》ぐと、ピーター・グローマンは約束どおり、少しだけ秘密を打ち明けた。同席する弁護士は驚いた様子だったが、俺は不思議に思わなかった。ゆがんだ自己顕示欲の表れだ。

ピーター・グローマンは、自分もあのゲームを毎日やっていた、と言った。そしてこうつけ加えた。

そうだよ。私は超新星爆発主義者《スーパーノヴァ・エクスプロージョニスト》なんだ。

ＦＢＩで働く現役の捜査官は、今の時代を〈深海《ディープ・シー》〉と呼んでいる。これまで誰も見たことのなかった奇怪な生物《クリーチャー》が、探査艇のライトの輪のなかにつぎつぎと現れる――毎日がそんな状況にあるからだ。

〈ブーガルー〉。昨年、新型コロナウイルスの感染拡大を防ぐために、全米各州で都市封鎖《ロックダウン》が実施されたが、ちょうどその時期に出現してきたのがこの連中だった。定まった組織形態は持っていない。ブーガルーには白人至上主義者もいれば無政府主義者《アナキスト》もいて、ネオナチもいれば自由至上主義者《リバタリアニスト》もいる。いわばでたらめに色を塗りたくった絵のようなもので、その絵が〈暴動により既存国家を転覆する〉という一つの額縁《フレーム》のなかに収まっている。連中にとっての勲章は公権力の犬の抹殺、すなわち警官殺しだ。警官は多様な主義を持つブーガルーを結びつける共通の敵になる。

〈加速主義者《アクセラレイシヨニスト》〉は、極限まで進んだ科学とテクノロジーだけが格差社会の問題を解決し、人類を資本主義の先へ導いてくれる、と主張する。人工知能《AI》が人間の仕事を奪ってしまう――などといった批判は、加速主義者にとって、使いものにならない旧式の左翼《レフト》思考にすぎない。科学とテクノロジーの進歩を加速させてくれる独裁的なリーダーシップを求める加速主義者は、オルタナティブ右翼《ライト》に引き寄せられ、オルタナティブ右翼は加速主義者に引き寄せられる。もっと加速して既存国家から脱出《エグジット》せよ。こういった類《たぐ》いの言説は、ときに非常に危険な新種を生みだすことがあり、リストに挙がった人間の動向をFBIは監視しつづけている。

　俺とジョン・ブライが昨年逮捕したのは、仮想現実《ヴァーチャル・リアリティ》国家の早期実現を訴える幼児連続誘拐犯で、男はみずからを〈電子小児性愛者《サイバー・ペドフィリア》〉の第一世代《ファースト・ジェネレーション》と名乗っていた。誘拐した幼児たちのDNAを採取していた男は、AIがDNAの情報を解析して、全員の姿をサイバースペース内に完全に再現してくれる、と考えていた。仮想現実国家が実現すれば、あとは自分の現実の肉体が滅びるまで、そこで幼児たちと楽しく暮らすだけだった。男は暗号資産の運用で相当な額を稼いでいたが、その金は新しい国家に支払う税金として準備されていた。

〈新流刑主義者《ネオ・エグゼリスト》〉を逮捕するときには、命を危険にさらさなくてはならなかった。連中は殺人や性犯罪を犯した人間すべてを新たなる流刑地、つまり地球外の居住地《コロニー》に送りこめと主張し、コロニーが建設される日までは、殺人犯や性犯罪者の釈放をいっさい認めようとしない。刑期を終えて出所した元殺人犯が家に戻ったところを、新流刑主義者に襲撃され、年老いた両親もろとも射殺された事件が起きたのは今年の一月だった。俺とジョン・ブライはフロリダ州タラハッシーまで捜査に出向き、州警察の特殊機動チーム《SWAT》が展開する作戦に参加して、武装犯行グループの身柄確保に協力した。

　ほかにも挙げればきりがない。女性嫌悪主義者《ミソジニスト》の過激派〈インセル〉から派生してきた〈這う《クローリング》ジョーカー〉、ウイルスへの感染こそが人類を変容させると信じきり、感染症治療施設で働く医療スタッフを攻撃する〈ウイルス進化主義者《エボリューショニスト》〉——。

くる。

こうして並べてみると、映画『マッドマックス』の世界がまったくシンプルなものに思えてくる。

俺たちは〈深海《ディープ・シー》〉に日々向き合い、インターネットに現れる奇怪な言説を読み、ときには書いた本人にも会って、大きな惨事が起きる前にできるだけ情報を集めている。それでも、未知の新種を残らず確認するまでにはおよばない。

リッチモンドで逮捕されたピーター・グローマンが名乗った言葉を俺たちが最初に目にしたのは、シカゴで中国系アメリカ人の大学教授が白人警官に撃たれた日の翌日だった。

インターネットに匿名でこんな書きこみがあった。

中国系の教授を撃った警官、あいつは超新星爆発主義者だよ。

刑事・サイバー対策部《CCRSB》の誰にもその意味はわからなかった。超新星爆発主義者？　新手のギーク用語なのか？　そもそも意味があるのかすらはっきりしなかった。謎が解けないまま、その後に起きた〈シラキュースの虐殺〉の犯人の身辺を調べていた俺たちは、ふたたびこの言葉に出くわした。犯人は過去にSNSで「超新星爆発主義者」を名乗っていた。

白人至上主義と黄色人種の殺害、それと超新星爆発のあいだにどんな関連があるというのか。シカゴでもシラキュースでも犯人が死亡している以上、訊くことはできなかったが、それぞれの自宅での捜査によって、オンラインゲームに長時間アクセスしていた痕跡が見つかった。二人の犯人の共通点。インターネットに書きこまれた謎の用語は、そこにつながっているのかもしれなかった。

犯人のやっていたオンラインゲームにアクセスするには、犯人の設定したＩＤとパスワードが必要になる。それ以外の方法であれば、新しくゲームに登録した上で参加しなくてはならないが、問題はこのオンラインゲームが〈**新規プレイヤーの参加停止**〉を表明していることにあった。これまでの参加者だけで展開されているか、あるいは運営そのものが停止しているか、だ。タイトルさえ可視化されていない。

サーバーの位置を追跡すると、リトアニア共和国の首都ヴィリニュスに置いてあることが判明した。バルト海に面した東欧の国。俺たちはＥＵ支局の捜査官や、別の国際捜査機関と連携を取りながら、サーバーを押さえるより先に、まずはオンラインゲームにアクセスすることをめざした。

のちにロサンゼルス、ピッツバーグ、ダラスでヘイトクライムを起こした実行犯も、このオンラインゲームにアクセスしていたことがわかった。リッチモンドの銃撃犯、ピーター・グローマンはみずから「ゲームを毎日やってきた」と話した。あの男にパスワードを吐かせることができればよかったのだが、法治国家では尋問もままならない。

俺たちはＣＩＴＡＣ――コンピューター調査とインフラストラクチャー脅威評価センターと

いう長ったらしい正式名を持つＦＢＩの部門で給与をもらうハッカーが、ヘイトクライムの実行犯の利用したパスワードを解析してくれるのを待った。

もしアクセスできたとすれば、そこに**ヘイトゲーム**の世界がくり広げられている可能性はきわめて高かった。特定の人種を殺戮《さつりく》し、憎悪を喚起するゲーム。

だが、俺たちの推測は裏切られた。

ＣＩＴＡＣがようやくアクセスした先に待っていたのは、どこにでもありそうな、ひたすらゾンビを倒していくだけのサバイバルアクションゲームだった。ネオナチの鉤《かぎ》十字も現れず、人種差別主義《レイシズム》の要素は見当たらなかった。両手を垂らして襲ってくるゾンビに公民権を与えるのなら話は別だが。

それでも、何かが奇妙だった。ゲームのタイトルは〈**ベテルギウス**〉。言うまでもなくオリオン座の左上に輝く星の名称だ。

二〇一九年十月の終わりに突然減光しはじめ、二〇二〇年二月前半に通常の三分の一まで暗くなった。そのときには、このまま超新星爆発を起こすのではないか、と世界中で騒がれた。地球から七百光年の距離にある赤色《せきしょく》超巨星、直径は太陽の千倍以上とも言われ、かりにこの星が超新星爆発を起こした日には、満月と同じだけの光量を夜空に放ち、昼間でも肉眼で見えるという。

ヴァージニア州クアンティコのオフィスにテーブルと椅子を用意して、二十七インチのモニタを置き、ゲーム機に回線をつないで、朝から晩まで俺たちは〈ベテルギウス〉をやりつづけた。

勤務中なのでビールはなし。ドクターペッパーを飲み、テイクアウトしたタコスを食い、プリンスの〈ゴールド〉やメタリカの〈エンター・サンドマン〉などを眠気覚ましに聞きながら、ゾンビと戦った。

しかし、俺もジョン・ブライもゲームはからきしだめだった。いっしょに行動するパーティーの足手まといになるだけで、苦労して手に入れたショットガンの弾切れに気づかず（職務中には絶対にやらないミスだ）、すばやいゾンビの群れに囲まれてむさぼり食われた。犯人たちの心理分析の一環としてプレイしていたが、俺たちはあまりにも下手《へた》すぎて、それどころではなかった。

ゲームの腕以上にむなしさを感じたのは、テーブルに置いた二十七インチのモニタに映っているのが、どう見ても普通のゾンビ系サバイバルアクションゲームにすぎない、ということだった。この内容では、七人のヘイトクライムの実行犯全員が参加していた事実も、ただの偶然として片づけられてしまう。新規プレイヤーの参加停止を表明している〈ベテルギウス〉には、月間で約百万人のプレイヤーがアクセスしていた。

「顔を洗ってくる」と言ってジョン・ブライが部屋を出ていき、俺はコントローラーを放りだして天井を見上げた。目もとをもみほぐし、ネクタイをゆるめようとしたが、ネクタイはなかった。自分ですでにほどいて、テーブルの上にだらしなく載せてあった。

はじめまして、ホーミニック特別捜査官。

声がして振り返ると、戻ってきたジョン・ブライの横に不織布《ノン・ウーヴィン》のマスクをした男が一人立っていた。別件で訪問していたウエストヴァージニア州のオフィスからやってきた俺たちの助っ人。韓国系アメリカ人のケルヴィン・ホンは、ＦＢＩの国家サイバー捜査合同タスク《NCIJT》フォース《F》に所属するゲームの専門家だった。

挨拶もそこそこにケルヴィン・ホンは椅子に座り、オンラインゲームにアクセスした。自分専用のコントローラー、カフェインレスコーヒーの入ったポット、それにジップロックの袋に詰めた干しブドウのようなものを持参していた。

「こりゃ何だ」ジョン・ブライがジップロックの袋を見つめて言った。

「インカベリーですよ」とケルヴィン・ホンは答えた。「古代ペルーの保存食です」

答えながらケルヴィン・ホンは、もう俺たちを見てはいなかった。彼の目にはオンラインゲームの荒廃した世界だけが映っていた。

「ＰｖＥ《ピー・ブイ・イー》のＣＯＯＰ《コープ》ですね。で、ハック・アンド・スラッシュ」コントローラーを操《あやつ》りながらケルヴィン・ホンは言った。

背後に控える俺たちは、わかったような顔をして無言でうなずいた。

〈ベテルギウス〉のゲームの舞台は未来のアメリカだった。何らかの原因で人間がゾンビ化し、プレイヤーたちを襲ってくる。アメリカが舞台なら、ゾンビ化する人種は多岐に亘《わた》っている。

白人、ヒスパニック、黒人、アジア人――

ゲーム内で生き残るのに必死だった俺とジョン・ブライには、どのゾンビも同じゾンビにしか見えなかったが、ケルヴィン・ホンは鋭い観察眼にもとづいて、俺たちが予想もしなかった行動に出た。

襲撃してくるゾンビのうち、黄色人種がゾンビ化した者だけを殺しはじめたのだ。

白人やヒスパニックや黒人のゾンビには目もくれず、群れに黄色人種のゾンビがいなければさっさと逃げだす。そんなことをすれば仲間から孤立する。初心者の俺にもわかる道理だが、怖ろしいことに、ケルヴィン・ホンの操作するマクガヴァン（ゲーム内での白人キャラクターの名だ）をスカウトしてくる複数のプレイヤーが現れた。

俺とジョン・ブライが目を丸くしたのは言うまでもない。その連中もケルヴィン・ホンと同様に、彼らが〈イエロー・Z《ズィー》〉と呼ぶ黄色人種のゾンビだけを殺しまわっていた。

獲物を共有する六人が五百体ほどの〈イエロー・Z〉を殺したあたりで、V-22オスプレイが上空に現れ、着陸した機体から一台の車が降りてきた。乗っているのは軍服を着た使者だった。使者はパーティーを車に乗せ、地下のトンネルへと連れていった。使者のつけている腕章には、鉤十字を二つに割って縦に引き延ばし、上下の両端に矢印をつけたような記号が描かれていた。

パーティーが案内された暗いトンネルの奥に建物があり、そこで〈世界の秘密を知る者〉が待ち受けていた。ロココ調の悪趣味な椅子に座り、まばゆい光に包まれて顔は見えなかった。

〈世界の秘密を知る者〉はパーティーにこんな指令を告げた。

きみたちの手で黄色人種を地上から〈絶滅〉せよ。

〈世界の秘密を知る者〉はつづけてこう言った。

黄色人種の〈絶滅〉が成し遂げられたとき、数多《あまた》の災厄は回避され、オリオン座のベテルギウスが超新星爆発を起こす。別の光が夜空に輝き、滅びゆく世界は新しい次元に突入する。

いかなる論理《ロジック》も提示されないその狂信的な指令は、しかし〈深海《ディープ・シー》〉の時代にＦＢＩで働く俺たちにとって、とくに異常なものではなかった。

新型コロナウイルスが中華人民共和国の武漢《ウーハン》で最初に確認された二〇二〇年、世界各地に感染が広がるなかで、中国人や中国系移民だけではなく、すべての黄色人種に差別の目が向けられた。そこで生まれる言説は、黄色人種の存在を禍《わざわ》いと見なした過去の〈黄禍論《イエロー・ペリル》〉の二十一世紀版といえた。トンネルのなかで〈世界の秘密を知る者〉が告げた内容は、おそらくその一種だった。

世界保健機関《WHO》のテドロス事務局長が「国際的に懸念される公衆衛生上の緊急事態」を宣言したのが一月三十日、その日から約二週間かけて、オリオン座のベテルギウスは過去五十年の観測史上もっとも暗くなっていった。それは予兆だったのだ——ゲームを作った者にとっては。ゲーム内の〈世界の秘密を知る者〉の指令において、新しい黄禍論《イエロー・ペリル》とベテルギウスの減光がハイブリッドされ、超新星爆発主義者のゆがんだ教義《ドグマ》となっている。

殺戮の指令を受けたパーティーが暗いトンネルを出て地上に戻ると、ゲームの内容が一変していた。舞台は荒廃した未来のアメリカから現代のアメリカへと移り、徘徊《はいかい》していたゾンビの姿は跡形もなく消え失《う》せて、プレイヤーは市民を襲うようになった。武装した大人だけではなく、無抵抗の子供までも銃撃していく。ただし、黄色人種以外を死なせるとペナルティが科され、罰金を支払わされたり、所持していた武器を没収されたりする。

ＮＣＩＪＴＦから派遣されてきたケルヴィン・ホンは、韓国系アメリカ人でありながら、呪われたゲームの真相を探るためにひたすら黄色人種を殺しつづけた。船に乗って海を渡り、香《ホン》港《コン》に上陸し、ついには北京に核ミサイルを撃ちこむまでに至ったが、そこまでしても黄色人種を〈絶滅〉させることはできなかった。ベテルギウスは爆発しない。ファースト《F》・パーソン《P》・シューター《S》の視点を真上に向けて夜空を仰いでも、月ほどに明るい天体は見当たらなかった。

だが、もうじゅうぶんだった。目的はゲームのクリアではなかった。俺たちの当初の推測の正しさは、思ってもみない形で証明された。ゾンビ系サバイバルアクションゲーム〈ベテルギウス〉に隠された真の姿は、まぎれもない人種差別主義者によるヘイトゲームの世界であり、教義とあがめるその世界観に浸り切った狂信者《プレイヤー》たちが、ゲームの外側の現実世界（といっても地球から七百光年先の星）での超新星爆発を引き起こすべく、黄色人種を殺しつづけている。

俺たちは何日もゲームをプレイしたケルヴィン・ホンのタフネスを称《たた》え、労をねぎらい、心からの感謝を述べた。彼の集中力を持続させたインカベリーの購入先を教えてもらうことも忘れなかった。

〈ベテルギウス〉にアクセスしている約百万のユーザー、そのＩＰアドレスを知る必要があった。そして運営会社を見つけ、開発首謀者を突き止めて逮捕しなければならない。

国際捜査の手順にしたがって、ＥＵ支局の捜査官がリトアニアのサーバーを停止させ、個人情報を開示させた。合衆国からアクセスしているプレイヤーは少なくとも七十万人以上、そのなかには数名の上院議員、下院議員、ホワイトハウス高官の使うＩＰアドレスと一致するデータもあった。これらの人物がヘイトゲーム側の領域でプレイしていたとすれば、悪夢としか言いようがない。この国の中枢にも、黄色人種の〈絶滅〉を願う超新星爆発主義者がいるということだ。

2

二〇二一年十月十日、〈ベテルギウス〉を開発した――というよりも、すでに完成していたゾンビ系サバイバルアクションゲームのプログラムを書き換えて別のダークサイドを作りだした――わずか十七歳の中心人物《キング・ピン》を逮捕するために、俺とジョン・ブライはデンバー国際空港に向かった。日曜日の約四時間のフライト。コーヒーを飲み、インカベリーを食べて睡魔を振り払いながら、クアンティコのオフィスで逮捕令状とともに受け取った資料を読みこんだ。

グレアム・ロッコ。コロラド州オーロラ在住の高校二年生。政治活動への参加歴なし。人種差別主義集団への接触歴もない。

父親はデンバーの大学病院の脳神経内科教授、母親はブロックチェーンのコンサルタント、祖父はコロラド鉄道博物館のリニューアル設計に関わった名建築家スティーブン・ロッコ。

経済的に恵まれた家柄で、一家で暮らす自宅はまさしく豪邸だったが、グレアム・ロッコは一度もホームパーティーを開いたことがない。同級生のゲーマーの友人が三人。クラス内での評判は「物静かだがときどき妙に頭の切れることを言う奴」で「クールというのとは少しちがう」。二ヵ月つき合ったガールフレンドと別れたばかり。理由は「彼女がナゲッツを応援しない」から。デンバー・ナゲッツ。全米プロバスケットボール協会《NBA》のなかで、どこよりも標高の高い町に本拠地を置くチーム。

目立つことなく日常に溶けこんでいる十七歳の中心人物《キング・ピン》の逮捕にあたって、俺たちはデンバーのフィールドオフィスに連絡を取り、現地のＦＢＩ－ＳＷＡＴの支援を要請した。相手が少年であっても油断はできない。

Supernova explosionist attacks against Asians.（超新星爆発主義者がアジア人を襲撃）

死傷者を増やしつづけ、メディアのヘッドラインになりつづける連中のヘイトクライムの数は、この十月で六十六件に達していた。

俺たちは現場にいなかったが、先週テキサス州サン・アントニオで発生した事件では、狂信者の犯人が労働者保険協会の事務所に入り、五人のアジア系事務員を人質に取って立てこもった。人質解放交渉が打ち切られ、州警察のＳＷＡＴが突入し、同時に犯人が銃を乱射して、五人のうち三人の人質が命を落としている。瞬時に敵を制圧できなければ突入はやるべきではない。基本中の基本だ。三人もの人質を殺す隙を犯人に与えた州警察のＳＷＡＴは、批判を浴びせられてもしかたなかった。

この一件が何を意味しているのかといえば、もう失敗は許されない、ということだった。市民には州警察のＳＷＡＴも、ＦＢＩ‐ＳＷＡＴも大差ない。俺たちがグレアム・ロッコの逮捕に失敗すれば、ふたたび抗議集会が開かれる。目を閉じて聞こえてくるのはあの大合唱だ。すべての警官はくそったれ《オール・コップス・アー・バスターズ》。

デンバー国際空港に着くと、現地の特別捜査官が俺たちを待っていた。俺とジョン・ブライは立ち止まり、思わず顔を見合わせた。長くこの仕事をやっていれば、悪いニュースを持ってくる奴の雰囲気は八十二フィート《二十五メートル》先からでもわかる。

報告を聞いた俺は、空港のシンボルになっている巨大なテント張りの天井を仰いだ。最悪のニュースだった。

迎えに来た特別捜査官は言った。

グレアム・ロッコが武装してオーロラ市内の教会に立てこもった。人質は牧師と信者の二十八人。

車のなかであわただしく防弾ベストを着用し、現場に到着すると、〈オーロラ・スモークライズ教会〉の周囲に厳戒態勢が敷かれ、規制線ぎりぎりまでメディアのカメラが押し寄せていた。

三年前に改築された近代的建築のプロテスタント教会。多くのアジア系アメリカ人信者が通うその教会の頂きで、簡素な十字架が夕日に映《は》えていた。俺の目には不吉な墓標にしか見えなかった。二車線の通りをはさんだ向かい側にドラッグストアと三階建てのファストフード店があり、デンバーから出動してきたＦＢＩは、通信機材をそこに持ちこんで作戦拠点にしていた。ＦＢＩ－ＳＷＡＴと人質救出チーム《ＨＲＴ》を統合して情報収集に当たっている戦術作戦課《ＴＯＳ》に、俺とジョン・ブライは加わった。超新星爆発主義者を追いつづけてきた俺たちには、現場で言わなければならないことがあった。

自分の逮捕される日を前もって知っていたような、グレアム・ロッコの教会への立てこもりは、つまり内通者の存在を示唆《しさ》していた。州警察あるいはＦＢＩ内部に超新星爆発主義者がいる、ということだ。この現場に来ているかもしれない。だからといって、今の状況で全員を嘘発見器にかけることは不可能だった。

作戦課のリーダー、ジェニファー・ターカイ特別捜査官に、俺たちは二つの提案をした。作戦は最小人数で共有し、実行時にはＦＢＩ－ＳＷＡＴとＨＲＴだけに伝達すること、そしてもう一つはアジア系捜査官を現場から外すことだった。超新星爆発主義者が仲間にいれば、そいつに背中から撃たれる可能性がある。前者はともかく、後者の判断は人手の欲しい現場ではむずかしいはずだった。それでもジェニファー・ターカイは了承してくれた。とはいえ、内通者に仲間が撃たれる危険がなくなったわけではない。白人も黒人もヒスパニックも、敵とみなされれば標的になる。

戦術作戦課《TOS》は〈ワーム〉と〈ハミングバード〉を出して教会のなかの様子を調べようと試みた。〇・二三インチ《五・八ミリ》の隙間があれば這《は》いこめるミミズ《ワーム》型ドローンと、無音で空中静止できる二・三六インチ《六センチ》の蜂鳥《ハミングバード》型ドローン。屋外を飛びまわる〈ハミングバード〉の得た情報は少なかったが、屋内に侵入させた〈ワーム〉は現状を正確に伝えてきた。

アサルトライフルのAR-15を持ったグレアム・ロッコは、人質とともに礼拝堂にいた。身《しん》廊《ろう》の奥にある祭壇下のスペースに、二十八人の人質のうち二十七人を使って人間の鎖の輪を作り、その輪に囲まれる形で中心に座っている。自分の正面にテレビを置いている。グレアム・ロッコ以外には、牧師だけが輪の内側にいた。

祈りを捧げるように隣り同士で手を握らされ、一つの輪になって立たされている人々は、アサルトライフルを片手にテレビのニュースを見ているグレアム・ロッコと、銃口を向けられている牧師を、憔悴《しょうすい》しきった顔つきで眺めていた。

〈ワーム〉の映像を見た時点で、突入作戦の立案はなくなった。自爆用の爆弾が見当たらないのは幸いだったとしても、こういう人質配置のなかに突入すれば、サン・アントニオの二の舞になる。ドアが蹴破られ、壁あるいは天井が壊され、音響閃光弾《スタン・グレネード》が投げこまれた瞬間、グレアム・ロッコは隣りにいる牧師を撃つことができるし、放射状に立たせた人質をできるかぎり撃つこともできる。

交渉人《ネゴシエイター》が対話を呼びかけたが、グレアム・ロッコの応答はまったくなかった。駆けつけた両親の声も無視された。出してくる要求もなく、投降する確率もゼロに近く、突入のめども立たない。長期戦を覚悟して、完全武装のＦＢＩを何日も待機させつづけるしかないのか？　人質二十八人のうち、アジア系アメリカ人は二十三人いた。グレアム・ロッコがこのなかの誰かを撃ったあとに、俺たちのチームがぶざまに突入する展開だけは何としても避《さ》けたかった。戦術作戦課《ＴＯＳ》に残された道はもはや一つだった。俺はジェニファー・ターカイに言った。

狙撃《スナイプ》しかないだろうな。

考えなければならないのは、用心深いグレアム・ロッコをどうやって窓際におびき寄せるのか、ということだった。〈ワーム〉の送信してくる映像を頼りに、教会の天井を貫通させてグレアム・ロッコを撃つ——という案も出たが、建築資材のなかで弾道が変化し、人質の牧師に当たる怖《おそ》れがあった。やはり、標的を窓のそばにおびき寄せなくてはならない。

人質立てこもり事件の場合では〈食料受け渡し〉のさいに、犯人自身が窓を開けて手を差しだすことがある。それを狙って交渉人が食料提供を呼びかけた。しかし、これにもグレアム・

ロッコは反応しなかった。俺はふと、カフェインレスコーヒーとインカベリーだけを口にして、十時間以上もぶっ通しでゲームをやりつづけたケルヴィン・ホンの後ろ姿を思いだした。

　手づまりになった俺たちは〈ワーム〉の映している礼拝堂を見ながらだまりこんだ。重苦しい空気が流れるなかで、これまで発言のなかった機動サイバーチーム《MCAT》の分析官が、グレアム・ロッコがテレビを見つづけている点を指摘した。そんなことは言われなくてもわかっていた。教会のオフィスにあった三十二インチのモニタを礼拝堂に持ちこんで、人質の輪の内側に置き、ニュースを見ている。チャンネルはＣＮＮ。俺たちの目の前にあるオーロラ・スモークライズ教会が映っていた。

　ＭＣＡＴの分析官は言った。


グレアム・ロッコ自身も狂信者なら、〈ディメトロドン〉を仕掛けてみる価値はありますよ。教会には南向きの窓もありますしね。


　その場にいる全員が、ＭＣＡＴの分析官の真意を理解するのに三十秒近くかかった。まさか、と全員が思ったはずだ。

　かりに〈ディメトロドン〉を使えたとしても、それだけで万事うまくいくとはかぎらない。そんな俺たちの疑念にたいする答えを、ＭＣＡＴの分析官はすでに用意していた。

空軍と州立天文台に協力を要請しましょう。あとは雨が降らないのを祈るのみです。

ディープフェイク——進化しつづけるＡＩの作成するフェイク動画——を見破るための技術を、ＦＢＩも独自に研究、蓄積していたが、そうした取り組みはすなわち、ハイレベルなディープフェイクを作る技術をみずからも獲得することを意味していた。その成果は一台の大型トラックを利用した中継車に詰めこまれた。ＡＩ、映像編集機器、電波ジャックと端末ハッキング用のアンテナを積んだ中継車を、俺たちは〈ディメトロドン〉と呼んでいた。背中に大きな帆《セイル》のある古代生物の名前だが、ＦＢＩの構築したシステムも、まさに帆を広げるようにディープフェイクを送りだして情報操作ができる。どれくらいの威力かといえば、全米主要五局——ＮＢＣ、ＣＢＳ、ＡＢＣ、ＦＯＸ、ＣＮＮ——のメインキャスターが務めるニュース番組を、現実には起きていない内容で同時刻に放送できるほどだ。あまりにもリアルであるだけではなく、政治的、倫理的な問題をはらんでいるため、〈ディメトロドン〉が過去に使用されたことはない。存在さえ公表されていなかった。

そいつを現場に引っぱりだすには、ＦＢＩ長官より上にいる人間のサインが必要だった。

三時間後、〈極秘《トップ・シークレット》〉の指定つきで、合衆国司法長官の許可が下りた。これにより、今後二十五年間は作戦内容が明かされることはない。過程は省かれ、人々は結果だけを知る。

カリフォルニア州ロサンゼルスのフィールドオフィスに置かれていた〈ディメトロドン〉の中継車が、空軍のＣ-５Ｃ輸送機でオーロラに空輸されてくると同時に、コロラドスプリングスのピーターソン空軍基地から巨大な漆黒の遮光シートが届けられた。九十八フィート《三十メートル》×二百六十二フィート《八十メートル》。本来は砂漠に着陸させた輸送機を完全に覆い隠すためのものだ。

日付が変わった十月十一日、作戦実行まで残り三十分の午前三時半、戦術作戦課《TOS》は完璧に準備を終えていた。現場にいるメディアのうち、南側に陣取っていた四社に北側への移動を要請し、教会内にいるグレアム・ロッコに悟られないように、移動の事実を報道協定に準じて秘匿させた。

発生から十四時間、展開のない人質立てこもり事件をリアルタイムで報道している局は皆無だった。月曜日の午前三時半の対応としてはごく普通といえた。

午前四時二分、〈ディメトロドン〉がＣＮＮニュースのディープフェイクを、電波ジャックした教会内のテレビだけで放送しはじめた。時間帯を考慮してメインキャスターは登場させない。出てくるのは三番手のキャスターと、膠着《こうちゃく》状態を伝える現地のリポーターだ。もちろん現場にいるＣＮＮの記者がフェイク映像を見ることはなく、それが作成されていることにすら気づかない。

〈ディメトロドン〉のシステムは、グレアム・ロッコのスマートフォンのみならず、没収されているはずの人質全員のスマートフォンのハッキングも終えていた。各自の愛用しているブラウザを解析し、フェイクブラウザに置き換え、いつでも好きなようにニュースを書きこめる状態にしてある。

唯一の不安材料だった天候は俺たちの味方をしてくれた。十月十一日の夜空は晴れ渡り、星が瞬《またた》いていた。

オリオン座が南中する午前四時半、教会上空の異変を伝えるディープフェイクが放送された。最初はCNNだけで、五分後にFOX、八分後にCBS、十一分後にNBCとABCがつづいた。立てこもったグレアム・ロッコがチャンネルを変えても違和感はない。

オリオン座の左上の星が急激に明るくなりはじめました。現地の報道陣も騒がしくなってきています。ものすごい明るさです。

リポーターの興奮した声が聞こえる。彼女の顔は上に向けられている。

はたしてこんなことがあるのだろうか？　超新星爆発主義者の中心人物《キング・ピン》が追いつめられた夜に、本当にベテルギウスの爆発が観測されるなんて？　だが、現実はつねに予測できないものだ。何でも起こり得る。二〇二〇年にパンデミックが起きるなんて誰も考えなかった。それでもじっさいに起きた。だから十万年以内のいつかと言われてきた超新星爆発も、二〇二一年のこの夜、この時間に観測され得る。

ご覧ください。まるでもう一つの月のようです。

人質の牧師を連れて礼拝堂を出たグレアム・ロッコが、アサルトライフルを抱えながら教会の南側にある窓の外を見上げたとき、空軍の用意した九十八フィート《三十メートル》×二百六十二フィート《八十メートル》の遮光シートが本物の夜空を覆い隠し、デンバー州立天文台の所有する最新型投映機がフェイクの夜空をそこに映しだしていた。先端テクノロジーを駆使した野外プラネタリウムの再現度はすさまじいばかりで、誰の目にも本物と区別がつかなかった。砂粒のように小さな無数の星々までが光っていた。

遠い漆黒のかなたで、オリオン座のベテルギウスがまちがいなく超新星爆発を起こしていた。赤みがかった星がどんどん明るくなっていく。宇宙の神秘。グレアム・ロッコはいったい何を感じたのか。畏怖なのか、それとも歓喜なのか。銃声。窓ガラスの割れる音。

地上四十五度の角度に映しだされたオリオン座、その左上の星を見上げる十七歳の少年の頭を、ＦＢＩ－ＳＷＡＴの狙撃手《スナイパー》が正確に撃ち抜いた。直後に突入したチームが標的の死亡を無線で告げると、星空は一瞬にして消えた。

絶滅の誕生

東山彰良

東山彰良 ひがしやま・あきら

1968年、台湾生まれ。
2002年、『逃亡作法 ―TURD ON THE RUN―』で
『このミステリーがすごい!』大賞銀賞と読者賞を受賞。
2009年、『路傍』で大藪春彦賞を受賞。
2015年、『流』で直木賞を受賞。
2016年、『罪の終わり』で中央公論文芸賞を受賞。
2017年、『僕が殺した人と僕を殺した人』で織田作之助賞、読売文学賞、
渡辺淳一文学賞を受賞。
作品に『夜汐』『DEVIL'S DOOR』『小さな場所』
『どの口が愛を語るんだ』など。

世界の誕生

混沌《こんとん》すら存在していなかった太古の昔、ただ瘴気《しょうき》の風がびゅうびゅうと吹き渡り、陰のものとも陽のものともつかぬ煙がもうもうと満ちていたころ、突然バリバリと雷が世界を引き裂いて天と地に分けた。

天から七百万年雨が降りつづいたあと、地は水浸しになり、水のなかより蒙猫《もうびょう》という尾が二本ある妖猫が現れた。

その双眸《そうぼう》は黄金色の光を放ち、その巨軀《きょく》は子牛ほどもあり、地の水をがぶがぶ飲んではしょっぱい小便を地に撒《ま》き散らしたので、それが海となった。

のみならず、蒙猫の糞《ふん》も地にこんもりと積もって、それが陸となった。

しかしある時から、蒙猫は水を飲むことをぱたりとやめてしまった。胸の裡《うち》にもやもやしたものを抱え、来る日も来る日もふさぎ込んでいたところ、天から声がして、そのもやもやの正体は「孤独」であると教えられた。

「どうすればこの孤独から逃れられるんじゃ」

蒙猫が天に向かって吼《ほ》えると、雲間から一条の清らかな光が射し、柔らかな声が地に降り注いだ。

「蒙猫よ、世のためにおのれを滅するのです」

そのころ世界はいまだ無明だったので、蒙猫はおのれの左目をえぐり出し、空に向けて放り投げた。

蒙猫の左目はそのまま天空にとどまり、月となって地を照らした。

が、胸のもやもやはいっかな晴れない。そこでつぎは右目をえぐり出し、もっと高く放り上げた。

蒙猫の右目は今度も天空にとどまり、のみならず、月となった左目よりもいっそう強い光を放って太陽となった。

新しい世界は、このようにして昼と夜を得た。

蒙猫はふたつの目を失ったが、元来が猫で暗闇に慣れていたので、あまり不自由することもなかった。

それどころか心がすっきりし、また気力も食欲も盛り返してきたので、さらに水を飲み、小便を撒き散らし、口笛を吹くことを習い覚え、糞の山をいくつも築き上げた。

しかし三百万年ほど経《た》つと、また鬱々としたものが心にわだかまりはじめた。するとまたしても天から声がし、その鬱々の正体は「不安」だと教えられた。

「天よ、神よ」と蒙猫は天に向かって叫んだ。「どうすればこの不安から逃れられるんじゃ」

「蒙猫よ」と天から声がした。「不安の正体を見極め、それを受け入れるのです」

蒙猫は自分の体をあらためたが、あらためるまでもなかった。百万年ほどまえから、股間の肉棒が硬くそそり立ったままで、歩くことにも苦労をしていたからである。

蒙猫はふたつの金玉ごと、その肉棒を引っこ抜いて、海に投げた。

肉の棒はぽんっとはじけて、海を無数の命で満たした。最初は目に見えないほどの小さな虫けらだったが、やがてもっと大きな虫けらがあらわれ、たがいに食ったり食われたりして二百万年も経つころには、さまざまな魚と化した。

右の金玉が落ちた海で生まれた魚は雄となり、左の金玉が落ちた海で生まれた魚は雌となり、やがて雄と雌は交ざり合い、勝手に増えていった。

このようにして、新しい世界は雄と雌を得た。

それからまた三百万年があっという間に過ぎていった。そのあいだ、蒙猫は魚をたらふく食べることができたので、体がもとの二倍ほどになった。

孤独と不安を体から追い出した蒙猫ではあったが、やがて魚だけでは物足りなくなってイライラしてきた。天の声がまたそのイライラの正体を教えてくれた。それは「欲」だった。

「天よ、神よ、どうすれば欲を失《な》くすことができるんじゃ」

「蒙猫よ、かわいそうですが、欲はなくなりません」

「くそったれ、じゃったらわしはどうすればいいんじゃ？　まるで耳のなかのノミみたいに、このくそったれの欲はわしを嬲《なぶ》りよる」

「蒙猫よ、口を慎みなさい」

「口を慎めだあ？　ケッ、このくそったれめ！」

「必要以上は求めず、何事にも感謝するのです」

蒙猫は、欲が生まれたのは魚を食ったせいだと考え、口のなかの牙を全部抜いて、あちこちに捨ててしまった。

その犬歯のひとつから、ゼツが生まれ、もうひとつからメツが生まれた。

このようにして、ゼツとメツが誕生した。しかし、このときはまだゼツはゼツであり、メツはメツにすぎなかった。

ところで、牙を失くした蒙猫はものが食えず、天を呪い、地を罵《ののし》りながら、餓《う》えて死んでしまった。

すると、その体がいろんなものに化した。

体をびっしりとおおっていた強《こわ》い毛は、稲や麦やコーリャンやトウモロコシや芋になった。

吐息は空にのぼって雲となり、雨をいたるところへ運んだ。

骨は土に還って、ありとあらゆる鉱物となった。

鋭い爪は石となり、樹となり、火となり、植物の種となった。

蒙猫の体をめぐっていた熱い血潮は夢となり、脳みそは智慧《ちえ》となって、見る目のある者には見つけられるところを永遠に漂うことになった。

この夢と智慧のおかげで、魚たちのなかで勇気あるものが陸《おか》へ上がることができた。そのものたちは鼻で呼吸することを覚え、だんだんと海から遠ざかり、食ったり食われたり、交わったり滅ぼされたりした。ウロコが抜け落ち、体に毛が生え、やがて野を駆ける無数の獣となった。

陰謀の誕生

兄のゼツと弟のメッツは仲のよい兄弟で、大きくてひんやりとした洞窟に暮らしていた。そして狩りの獲物も、畑の作物も、ふたりで仲良く分け合った。

兄ゼツは辛抱強く、物事をよく学び、何事にもあわてるということがなかったので、ゼツの畑からは穀物がよく穫《と》れた。

弟のメッツは力が強く、何物も恐れない勇気を持ち、そして一度決めたことはけっして曲げなかったので、森の動物たちはメッツに見つかったが最後、自分からごろんとひっくりかえって腹を見せる始末だった。

ある日、ふたりが夕食のあとに散歩をしていると、川で水浴びをしている美しい女を見かけた。

　水に濡れた女の体は夕陽を受けて赤く輝き、地にまでとどく長い髪には、真珠のような水滴がついていた。その両の瞳は湖のような緑色で、ふっくらした胸は水蜜桃のようにみずみずしく、尻は千里を駆ける馬のようにしなやかであった。

　それまで女というものを見たことがなかった兄弟は、頭がくらくらして、なにがなんだかわからなくなってしまった。

「兄者、あれはなんというものじゃ？」とメツがようやく口を開いた。

「おれにもわからんよ」とゼツが言った。「しかし、見たところ、あれにはあるべきものが欠けておるようだ」

　メツは女の股座《またぐら》をじっと見つめた。たしかに兄の言うように、あるべきものがそこにはなかった。すっかりたまげたメツは、腰にぶら下げた箙《えびら》から矢を抜き取り、弓につがえて女に向けた。

「なにをする、メツ！」

「災いの元じゃ。あのようなものは殺してしまうにかぎる」

　ゼツは、たしかにそれも一理あると思ったが、得体の知れない衝動に駆られて弟を制した。

「いかん」そう叫んで、弓矢を構えた弟の手を押さえた。「どんなものでも、この世におるからには、なにか理由があるんじゃ。災いの元じゃというて、迂闊《うかつ》なまねをしたらいかんぞ。蛇を退治したときのことを忘れたか」

メツは憶《おぼ》えていた。兄弟ふたりしてあの嫌らしい蛇どもを千匹も殺したら、今度は増えすぎたネズミに畑をさんざん食い荒らされたのだった。

「ではどうする、兄者?」弓矢を下ろしながら、メツが訊《き》いた。「見なかったことにして、帰るか?」

「それがよかろう」

そのように一決して、兄弟は沐浴《もくよく》をしている女に気づかれぬよう、静かに回れ右をしてその場を立ち去った。

その夜、兄弟は同じ夢を見た。

夢に出てきたのは尾が二本ある化け猫で、蒙猫と名乗った。化け猫は川で水浴びをしていたものの正体を教えてくれた。

「あれは女じゃ」と蒙猫は言った。「どうじゃ? あの女に会《お》うてから、腹が立つようで哀れでもあり、心ざわめくのと同時に、心安らぐような気もしとるのではないか」

兄弟はうなずいた。

「それは欲じゃ」

「欲?」兄のゼツがそう言うと、弟のメツもたまらずに口を出した。「それがこのもやもやの正体なんじゃな?」

「そうじゃ」

「わしらはどうすりゃいいんじゃ？」ゼツが尋ねた。「女の姿が目に焼き付いて離れんのじゃ」

「わしも辛抱たまらんのじゃ」メツは哀れっぽい声を出した。「このままじゃと、森の動物どもを一匹残らず殺してしまいそうじゃ」

「欲はなくならん」

蒙猫がきっぱりそう言うと、兄弟はいっぺんに絶望の呻《うめ》き声をあげた。

「まあ、待て待て」化け猫が取り繕うように言った。「なくならんが、鎮めることはできるぞ」

「どうすればいいんじゃ？」ゼツが勢い込んで尋ねると、メツはそれ以上に声を張った。「わしらはどんなことでもするぞ。山を動かし、川の水を全部飲んでみせるぞ」

「おまえたちにあって、女にないものがあろう？」蒙猫は声を落として、秘密めかして言った。「そのふたつを合わせることができたら、欲は鎮まるんじゃ」

「まことか？」ゼツがそう言うと、メツも念を押した。「それでこのもやもやを消せるんじゃな？」

「消せる」と蒙猫は請け合った。それから、こう言った。「ただし、女はただでおまえたち兄弟を受け入れはせんじゃろう」

兄弟には知る由もなかったが、じつのところ、蒙猫は欲によって殺されたも同然だったのだ。そのことで蒙猫は天を恨み、地を呪い、死してのちは地獄へ堕《お》ち、悪魔と化して現世《うつしよ》へ舞い戻ってきたのである。

このようにして、世界に謀《はかりごと》の種が蒔《ま》かれた。

愛の誕生

女の名は、アモと言った。

そして蒙猫の予言に反して、アモはゼツとメツをどちらともその身の内に受け入れたのだった。

ゼツが野良に出ているときは、メツがアモを抱いた。日が暮れてからゼツが洞窟へ帰ってくると、アモは彼のことも受け入れた。そんなときメツは、獣のようにまぐわうふたりを後目《しりめ》に、口笛を吹きながら火を熾《おこ》し、肉を焼いた。

メツが何日も狩りから戻らないときは、ゼツがアモを抱いた。長雨がつづき、畑へ出られないときは、森のなかで獲物を探している弟の無事を祈りながら、アモのあたたかな体に触れた。ようやくメツが獲物をどっさり持ち帰ってくると、ゼツは弟の無事を心からよろこびながら、みんなのために米と肉を竹筒に入れて炊いた。言うまでもなく、かたわらではメツとアモが折り重なっているのだった。

「わしらにはもう欠けたところはないな」と兄のゼツが言った。「穀物と肉と女があるのじゃからな」

「そのとおりじゃ」と弟のメツがうなずいた。「じゃがな、兄者、わしがなにをいちばんありがたがっとるかわかるか？」

「なんじゃ？」

「わしと兄者がこうして、ずっといっしょにおることじゃ」

ゼツは感極まって、そのとおりじゃ、そのとおりじゃ、と言いながら、溢《あふ》れて止まらぬ涙を腕でごしごしこすった。それから兄弟は肩を組んで、歌を歌った。そんなとき、アモはいつも目を細め、やさしく微笑しているのだった。

浮き世にしがらみは多かれど
兄弟そろえば、恐るるものもなし
ゼツとメツ、ここにあり

そうこうしているうちに、アモの腹が大きくなってきた。

兄弟はいったいなにが起こっているのかと怯《おび》え、木の牢屋をこしらえてアモを閉じ込めてしまった。

「どうしてこんなことをするのじゃ？」泣きの涙にくれながら、アモはふたりの情に訴えた。

「うちの体が綺麗《きれい》じゃなくなったから、もういらんというわけ？　いったいどんな了見なんじゃ？　若木がごつごつした大木になったら、それはええことじゃないの？　小魚が沼の主になるのは、智慧がついた証拠じゃないの？」

「やかましい！」腕っぷしの強いメッツは棒切れでアモを突き倒した。「生かされとるだけ、ありがたいと思え！」

「アモよ」ゼツがやさしく語りかけた。「おまえの体のなかに、なにかがおるんじゃ。それはおまえ自身がいちばんよく知っとるじゃろ？　いったいそのボテ腹のなかに、なにを隠しとるんじゃ？」

「うちにもわからん！」アモは長い髪をふり乱して叫んだ。「じゃがな、うちの腹からなにが出てこようが、そいつはおまえたち兄弟をぜったいに許さんぞ！」

兄弟は震えあがった。どちらも、アモの腹からなにやら恐ろしげな化け物が出てきて、ひと口で自分たちを食い殺すところを想像した。

ゼツが想像したのは、蛇のような化け物だった。瑠璃《るり》色の体と金色の目を持ち、口からは黒い舌がちょろちょろ覗《のぞ》いている。蛇は出会うものをみんな呑《の》んでしまい、どんどん大きくなり、やがて大きな川になって、なにもかもを押し流してしまうのだった。

メッツが思い描いたのは、いつか山のなかで仕留め損ねた大鹿のような化け物だった。頭には刃物のような角が生え、その角には人の骸《むくろ》が鈴なりだった。四本の脚はどれも炎を踏んでお

り、ひと足歩くごとに、畑の作物が焼けて黒焦げになった。

「兄者」怖気《おぞけ》をふるって、メツが言った。「ひと思いに、この女を突き殺してしまうのはどうじゃ？」

ゼツもそれはいい考えだと思った。しかし、そう思ったつぎの瞬間、アモの腹が風にたわむ麦のように波打つのが目に入った。

「見ろ、メツ」ゼツは後退《あとずさ》りしながら、牢屋のほうを指さした。「アモの腹んなかで、なんかが動いとる。たとえいま殺しても、腹んなかの魔物が出てくるだけじゃ」

「魔物ごと腹を串刺しにしたらええ」

「よし、そんならおまえがやれ」とゼツは言った。「そのかわり、わしはちいと出かけてくるぞ」

そう言われては、メツも迂闊なことはできなかった。アモの腹のなかの化け物は、よもや最初に目にしたものに食らいつくのではあるまいか？　もしそうなら、アモを手にかけた者が割りを食うことになる。

どうすればよいのかわからず、兄弟は日一日と大きくなっていくアモの腹を、ただ指をくわえて見ていることしかできなかった。たしかに化け猫の言うとおりだった。アモはただでゼツとメツを受け入れたわけではなかったのだ。

アモはもう牢屋から出してくれとは、言わなくなった。そのかわり、牢屋の隅で大きな腹を撫《な》でながら、始終ぶつぶつと話しかけていた。にやにや笑っていることもあった。その声を聞きたくないがために、ゼツは朝から晩まで野良仕事に精を出し、メツは山に入って何日も帰ってこなかった。

陽《ひ》をたっぷり浴びた畑の麦がすくすく育ち、やがてたわわに実るころ、払暁《ふつぎょう》のしじまを破ってアモの悲鳴が響き渡った。

眠りを破られたゼツとメツは、びっくり仰天して飛び起きた。

それは山でいちばん恐ろしい熊の咆哮《ほうこう》と、夏の雷と、雛鳥《ひなどり》を鷹《たか》から守ろうとする親鳥の声をぜんぶ混ぜ合わせたような悲鳴だった。

そのあまりの恐ろしさに、兄弟は抱き合ってぶるぶる震えた。

どれほどの時が経ったのか、気がつけばまた静けさが戻ってきていた。ゼツとメツは恐る恐る洞窟の奥にこしらえた牢屋に近づいてみた。

アモが冷たい地面に、仰向けに倒れていた。頭の上には長い髪が一面に広がり、股のあいだは血の海だった。アモがすでに亡骸《なきがら》と化しているのは、一目瞭然であった。

兄弟が茫然《ぼうぜん》と立ち尽くしていると、アモの着物の裾がもぞもぞと動き、ぬるぬるした生き物が這《は》い出てきた。

生き物はうずくまり、体を小刻みに震わせていた。黒い血にまみれた長い頭髪が顔をおおっていたが、兄弟を睨《ね》め上げる双眸は禍々《まがまが》しい光を放っていた。それを見て、ゼツはやはり蛇を想像し、メツは死力をふりしぼって逆襲に転じる手負いの獣を連想した。

生き物はふらつきながら立ち上がろうとしたが、血溜《ちだ》まりに足を滑らせてころんでしまった。だから、蛇のようにずるずると這っていって、牢屋の格子をすり抜けて出てきた。

ゼツとメツは後退った。

「わしはシットじゃ」とその生き物が言った。「腹んなかにおるときに、お母《かあ》がそう言うた」

兄弟は顔を見合わせた。お母？　なんじゃ、それは？　どうしたらいいのかわからずに立ち尽くしていると、いつの間に出てきたのか、洞窟の天井に例の化け猫が張り付いていた。

「とうとう嫉妬が生まれたのう」そう言って、蒙猫がケケケと笑った。「ゼツとメツよ、シット坊やを甘《あま》う見んことじゃ。いまはまだ細《こま》いが、いずれこやつは世界を丸呑みにしよるぞ」

「なんの！」呪縛を解いて腰から刀を抜いたのは、弟のメツのほうだった。「じゃったら、いますぐまっぷたつにしてくれるわ！」

そう吼えてシットに斬りかかっていったが、蒙猫は二本ある尻尾《しっぽ》のうちの一本をひとふりして、メツの手から刀を叩《たた》き落としてしまった。兄のゼツはおろおろと右往左往するばかりであった。

「お母の腹んなかでな」よろよろと立ち上がりながらシットが言った。「わしは夢を見とった」

また蒙猫が笑った。

「わしはこれからこの世にわしの胤《たね》をばらまく」シットが言った。「それがわしが生まれてきた理由じゃと、その夢が教えてくれたんじゃ」

蒙猫は二本の尻尾でシットを大事そうに巻き取り、おのれの背中に乗せてやった。そして疾風《はやて》のように立ち去るまえに、ゼツとメツにこう言い残したのだった。

「万物にはそれぞれ生まれてきた理由ちゅうもんがある。おまえたち兄弟も然《しか》りじゃ。それはのう、このシット坊やを世に送り出すことだったんじゃ」

それからというもの、ゼツとメツは長いあいだ腑抜《ふぬ》けのようになっていた。胸の真ん中にぽっかりと洞《うろ》が開き、春夏秋冬の風が音を立てて吹き抜けていった。風が吹くたびにゼツは田を耕す手を休め、メツは獲物に狙いをつけた弓矢を力なく下ろした。そして美しかったアモのことを思い出しては溜息《ためいき》をついたり、森の動物たちに情けをかけてやったりするのだった。

まるで一炊の夢のように、兄弟は淡々と日々をやり過ごした。耕し、狩り、食らい、憩い、ときには焚火《たきび》を囲んで夜更《よふ》けまでアモの思い出を語らった。そうこうしているうちに、とうとう年を取って死んでしまった。

主《あるじ》を失った洞窟には、やがていろんな動物が棲《す》みついた。奥の牢屋はとうに朽ち果て、かつて兄弟が愛とは知らずに愛した女が横たわっていた場所には、美しい石英の墓標が立っている。朝陽が洞窟に射しこむと、思い出す者とてないその墓石が、きらきらと光り輝くのだった。

このようにして、大きな代償と引き換えに、愛がひっそりと生まれた。アモとは人の愛のことなので、嫉妬は愛の腹から生まれたということになる。

そのようなわけで、シットは蒙猫とともに、西方浄土の手前にそびえる崑崙山《こんろんさん》で暮らすこととなった。

そこにはアモの息子のシットのほかに、もうひとりのシットがいた。こちらのシットは体が大きかったので「大シット」と呼ばれ、アモの息子のほうは「小シット」と呼ばれた。

「大シットと小シットよ」と蒙猫が言った。「おまえたちは、これから大きくなって、この世に災いをもたらすのじゃ」

ふたりは目に決意の光をたたえて、力強くうなずいた。

「そもそも嫉妬とはなんじゃ？　大シットよ、答えてみい」

「おれはホコリを父に、ネタミを母に生まれた」と大シットが答えた。「つまり嫉妬とは、誇りと妬みの子だ」

ふむ、と蒙猫がうなずいた。「して、おのれは如何《いか》にしてこの世に災いをもたらす？」

「おれは誰の言いなりにもならず、誇り高き者の志をくじき、堕落させ、その心に妬みをコーリャンみたいに植え付けてやるんだ」

「よう言うた！」蒙猫は快哉《かいさい》を叫んだ。「おのれのお母は、お父《とう》を殺しよった。それもお父が村の娘をちょいとばかり長く見つめたという理由でな。それほどまでに、人の妬みは深いんじゃ。おのれはそこからなにかをちゃんと学んどるようじゃな」

大シットがふんと鼻を鳴らした。おまえなんぞにおれのなにがわかる、というそのふてぶてしい態度に、蒙猫は満足げに目を細めた。

「つぎは小シットじゃ。答えてみい」

「わしはゼツメツとアモの子じゃ。つまり嫉妬とは、絶滅と愛の落とし胤じゃ」

ふむふむ、と蒙猫がうなずいた。「して、おのれは如何にしてこの世に災いをもたらすつもりじゃ？」

「わしは人の愛に付け込んで、そいつを狂わせて、破滅させてやるんじゃ」

「ととのったのう！」蒙猫がぴしゃりと膝を打った。「愛を知るもんは、強くも弱くもなる。小シットよ、おのれは権謀術数のかぎりをつくして、人からその愛を奪ってやるんじゃ」

小シットはうなずいた。

「おのれらに重々申し付けておく」と蒙猫が言った。「あそこに桃の木が見えるか？　あの木には年中桃がなっとるが、けっして食ろうてはならんぞ。あれはかの孫悟空《そんごくう》も食ろうた不老長寿の仙桃じゃ。しかし霊力の弱いもんが食ろうたら、たちまち精気を吸い取られて死んでしまうのじゃ。わかったか？　ぜったいに近づいてはならんぞ」

大シットと小シットは、仲のよい兄弟のようにして、崑崙山ですくすく育った。美しい大自

然のなかで――それはすべて蒙猫の体が化したものである――ありとあらゆるものを破滅に追い込んでやった。

大シットは山の主と呼ばれている大イノシシを矢で射殺し、小シットは山鳥の雛をひねりつぶした。

なにかが冷たい骸となるたびに、その死を悼《いた》むすすり泣きが、まるで竹林に吹く風のように、ざわざわと森いっぱいに広がった。

賢いこのふたりはすぐに、自分たちの目的を達成するためには、けっして真実を口にせず、それとは正反対のことを言いふらしたほうが得策だということに気がついた。

山の麓の村に身持ちの堅い乙女《おとめ》がいると聞けば、あらぬ噂《うわさ》を垂れ流した。娘はそれを苦にして首をくくった。

孤独な炭焼きがいると聞けば、そいつの炭焼き小屋にほうぼうから盗んできた宝物を隠したうえで、こいつは赤子まで手にかける悪逆非道な盗賊だと言いふらした。哀れな炭焼きは、腹を立てた村人に犬のように叩き殺されてしまった。

このようにして、嘘《うそ》が生まれた。

これでこのふたりはもう大丈夫だと思ったのか、いつしか蒙猫は姿を見せなくなっていた。

「おれたちは五分と五分の兄弟だ」大シットが言った。「この世のあらゆる誇りと愛をぜんぶ我が物とし、かわりに妬みと絶滅を食らわせてやる」

「そのとおりじゃ！」小シットは諸手《もろて》を挙げて賛意を示した。「わしらは、この世にふたりきりの兄弟じゃ」

「それなら、兄弟よ、なにかおれたちだけのしるしがあったほうがいいな」

「じゃったら、兄弟よ、顔に一生消えんしるしをつけるのはどうじゃ？」

それはいい考えだということで、ふたりは試行錯誤したあげく、顔に傷をつけて煤《すす》をすりこめば、洗っても落ちないことを突き止めた。

大小のシットはかわりばんこに小刀でおたがいの顔を刻み、煤をなすりつけた。ふたりはゲラゲラ笑い、顔の血と煤を沢の水でごしごし洗い流した。すると風や、雷や、炎や、大波を想起させる模様だけが残った。

このようにして、刺青《いれずみ》が生まれた。

嘘と刺青がほぼ同じ時期に生まれたのは、驚くにはあたらない。なぜなら刺青というのも、考えようによっては嘘の一部なのだから。

後悔の誕生

大シットの頭がへんになったのは、大シットが十一歳、小シットが九歳になったばかりの、夏のことだった。

桃の木には、みずみずしい実がついていた。風のなかに、これから先もずっと変わらないさわやかなにおいが満ちていた。

ある日、大小シットが森の沼でフナを釣っていると、木立ちのあいだから村の娘がふらふらと出てきた。

ひと目見て、ふたりともこれは尋常ではないと悟った。

娘は長い髪をふり乱し、着物の裾がはだけ、おまけに裸足《はだし》だった。そのほっそりとした白い足は泥で汚れていた。

「おい、小シット」と大シットがささやいた。「あの娘っ子をどういたぶる?」

「そうじゃなあ」と小シット。「大きな石にくくりつけて、この沼に沈めてしまうのはどうじゃ?」

が、ふたりが手をくだすまでもなかった。

娘はなにかに憑《つ》かれているかのように、よろよろと自分から沼に入っていったのである。足でも洗うのかと思ったが、そうではなかった。娘はどんどん深みへと進み、とうとう頭まで水に沈んですっかり見えなくなってしまった。

大シットと小シットは顔を見合わせ、それから釣竿《つりざお》を投げ捨てて、頭から水のなかへどぼんと飛び込んだ。

沼の底に沈んだ娘を引き上げたのは、大シットのほうだった。小シットは娘を陸へひっぱり上げ、馬乗りになって胸を押した。はじめのうちは粘土でもこねているみたいだったが、ぐったりしていた娘は体を仰《の》け反《ぞ》らせたかと思うと、口からどっと水を吐き出し、激しく咳《せ》き込んだ。沼から上がってきた大シットが、その背中を撫でてやった。

「どうしたんだ?」大シットが言った。「なんでこんなことをする?」

すると、娘はさめざめと泣きながら、好いた男が死んでしまったと打ち明けたのである。

「正直な炭焼きでした」そう言って、娘ははらはらと涙を落とした。「盗賊と間違われて、殺されてしまったんです。あの人がいなくなって、うちはもう生きている甲斐《かい》がなくなりました」

大シットと小シットは顔を見交わした。

この日から、大シットはふつうではなくなった。ぼんやりしていることが多くなり、時折思い出し笑いをしたり、目に涙を浮かべて遠くの山々を眺めていることもあった。いつも上《うわ》の空で、小シットが誰かを破滅させてやろうぜと誘っても、曖昧な返事ばかりして、ちっとも乗ってこない。そして気がつけば、いずこへともなくいなくなっているのだった。

ある夜更けに、小シットがこっそりあとを尾《つ》けてみたところ、大シットは森で採ってきた果《くだ》物《もの》や木の実、川で獲った魚などを竹籠にどっさり入れて、足音を忍ばせて山を下りていった。岩を飛び越え、沢を渡り、畑の畦道《あぜみち》を踏んで大シットが向かったのは、村はずれにある炭焼き小屋だった。

竹籠を炭焼き小屋のまえにそっと置くと、大シットはまたとぼとぼと来た道を引き返していった。

草叢《くさむら》に身を潜めていた小シットは、大シットの姿がすっかり夜と見分けがつかなくなってから、抜き足差し足で小屋へ近づいてみた。開け放った窓からなかを覗くと、あの女が板の間で眠っていた。

死んだ炭焼きの後を追おうとした、あの愚かな娘が。

なにかが胸のなかで蠢《うごめ》くのを、小シットは感じた。痛いような、息苦しいような、氷のように冷たいような、炎のように身を焦がすような、乾いていて、それでいてぬるりとした塊に胸をふさがれた。

なんじゃ、これは？　小シットは着物の胸を掻《か》きむしった。その手がぶるぶると震えていた。なんぞ悪いもんでも食うたんじゃろうか？　そして、おのれが大シットに対して、激しく腹を立てていることに気づいた。でも、いったいなんでじゃ？　わしはなんでこんなに腹を立てとるんじゃ？

小シットはもう一度、格子窓から眠っている女を覗き見た。理由がさっぱりわからない。大シットがこの女に食い物を持ってきてやったからといって、わしが腹を立てる道理がどこにあるんじゃ？

しかし小シットは、深く物事を掘り下げて考えることに慣れていなかった。いつも心の赴くままに生きてきた。欲しければ奪い、気に入らねば殺す。そのようにして、おのれのなかの妬みに餌をあたえつづけてきたのだ。

　このときも、考えるより先に体が動いていた。腰帯から小刀を抜き出すと、猫のように小屋に忍びこんだ。眠っている女を冷たく見下ろし、鋭い刃をその喉元にあてがう。まさにそのとき、なにかが天啓のように小シットを打った。その残忍な考えに、全身が打ち震えるほどの喜びを覚えた。だから、女を殺すのはやめにして、そのかわり乱暴に着物をむしり取った。

　目を覚ました女が恐怖に目玉を飛び出させ、わななき声をあげたが、小シットはそれを殴って黙らせた。女を手籠《てご》めにしているとき、小シットにはひとつの声が聞こえていた。まだ母親の腹のなかにいるとき、ずっと聞こえていた声だった。あんたのお父はふたりおるのよ、ゼツとメツ、どっちもあんたのお父じゃよ、いいかい、シットや、愛《アモ》を殺したのはこのふたりなんじゃよ……お母を殺したのは、ゼツひとりでも、メツひとりでもないんじゃ。シットは思った。ふたりで寄ってたかって、お母を殺しくさったんじゃ。

「おい」事が終わると、小シットはぐったりしている女に尋ねた。「おまえ、名はなんと言う?」

　女が答えないので、小シットは小刀で女の首っ玉を掻き切る真似《まね》をした。それでも相手がうんともすんとも言わないので、小刀を収めてこう言った。

「なにも言わんのなら、おまえは空っぽの無じゃ」

女の白い背がぴくりと動いた。

「生まれてくる子の名はゼツメツじゃ」小屋を出ていくまえに、小シットは冷たく言い渡した。「この小シット様の胤じゃ。おまえの空っぽの腹で、わしらの子を大事に育てるんじゃぞ」

山に帰り着くころには、頂から曙光《しょこう》が射しはじめていた。新しい一日を迎えるために鳥たちは歌い、土はにおい立ち、魚は跳ね、風は樹冠をさわさわと揺らしていた。小シットは禁じられている桃の木へまっすぐ行き、枝からほどよく熟した実をふたつもぎ取った。それを持って洞窟へ戻ると、大シットが起きて待っていた。

「どこに行っとった?」

「あの女を傷物にしてやったわ」小シットは吐き捨てるように言った。「おのれが何者か忘れくさりよって……おまえなんぞ、もう兄弟じゃないわ」

大シットは恥じ入って、顔を伏せた。

「食え」小シットは桃を差し出した。「おまえとわし、もし霊力が充分じゃったら死ぬことはない。そうじゃなかったら、もう生きとっても仕方がなかろう」

「おれは知りたかったんだ」大シットがつぶやいた。「おれたちの生き方とはちがう生き方を」

「手遅れじゃ」

そう言うと、小シットは大シットを睨《にら》みつけながら、不老長寿の仙桃をがぶりとひと口かじった。

たちまち毒が全身にまわって、小シットはその場で死んでしまった。ばたりと倒れ伏したその手から、桃がころころと逃げ出した。

大シットは骸と化した小シットを見下ろし、桃を口に持っていった。大きく口を開けたが、すんでのところで思いとどまって、桃を遠くへ投げ捨てた。それから霊峰崑崙山を捨てて、姿をくらましてしまった。

山を下りていく大シットを、霊魂となった小シットは、蒙猫とともに天空から眺め下ろしていた。

「わしも学ぶところがあったぞ」と蒙猫は言った。「死ぬ覚悟を持った嫉妬は、もはや嫉妬たりえんのじゃな。まあ、嫉妬は嫉妬でも悲しい嫉妬じゃ」

小シットはうなずいた。大シットに対してすまない気持ちでいっぱいだった。死ぬ覚悟を持ち得なかった大シットは、これからどこへ行こうとも、嫉妬の炎に焼かれて生きていくことになる。そして、女に対しても詫《わ》びたかった。だが、すべては遅きに失していた。物事が取り返しがつかなくなってはじめて、人はようやく我と我が身をふり返ることができるのだ。

このようにして、後悔が生まれた。その十月《とつき》十日後に生まれたのが嫉妬と無の子、すなわち絶滅である。

梁《はり》が落ちる

河﨑秋子

河崎秋子

かわさき・あきこ

1979年、北海道生まれ。
2012年、「東陬遺事」で北海道新聞文学賞を受賞。
2014年、『颶風の王』で三浦綾子文学賞を受賞。
2016年、同作でJRA賞馬事文化賞を受賞。
2019年、『肉弾』で大藪春彦賞を受賞。
2020年、『土に贖う』で新田次郎文学賞を受賞。
作品に『鳩護』がある。

土曜の朝だというのに窓の外が騒がしい。隣のビルで改装工事を行っているのだ。期日が迫っているのか知らないが土日祝日関係なく、きっちり朝の九時から作業音を響かせる。仕方がないが、正直迷惑だ。

毅《たけし》はベッドから重い身体《からだ》を持ち上げ、スマホで時間を確認した。午前八時半。おかしいな、まだ作業が始まる時間ではないだろうに。とうとう時間を早めて作業しないと間に合わなくなったのか。そう思いながら遮光カーテンを開けた。そこには前日と同じく、毅が住んでいるマンションよりやや小さいビルに、びっしりと作業用の足場が張り付いているはずだった。

その足場が、マンションに面した部分だけすっぱりと失われていた。その部分の外装タイルはまだ半分剝《は》げたまま。毅は動かない頭で何かおかしい、と思うと階下に目をやる。地面では、崩れ去った足場と人だかり、その間で右往左往する黄色いヘルメットがいくつか見えた。寝起きに騒がしいと思った物音は足場が崩れた音と、それに伴う人々の声だったのかもしれなかった。

「えっまじか、事故」

とっさにスマホのカメラを起動して上から見た現場を撮影する。とはいえ、別にマスコミに売る予定もないし、友人にわざわざＬＩＮＥで送ることでもない。たとえ送ったところで、リアクションに困らせるだけだろう。何も考えず、ただの反射でいらないものを撮ってしまった。

毅は自分が何をしてやれるでもなく、かといって目を離せるでもなく、ぼうっと下で繰り広げられている光景を見ていた。壊れた足場の間にも黄色いヘルメットらしきものが見える。ケガ人がいる。ちょうど、遠くからサイレン音が近づいてきた。最終的に、五分の間に救急車が二台到着して、それぞれケガ人を運んでいった。それと入れ替わるようにして、パトカーが三台来てさらに現場は騒々しくなる。言葉が聞き取れないまま、人々の悲嘆や驚きの声が十階の毅のもとまで響いてきた。

ケガ人が搬送されたなら、あとは警察が捜査したり業者が壊れた足場を運んだりするのだろう。まだ頭の芯が目覚めないままで、毅はベッドサイドに置いてある煙草《たばこ》に手を伸ばした。変に煙が喉《のど》に張り付く。うまいと思えない。二口吸った煙草を灰皿に押し付け、ああ、俺は喉が渇いているのだとようやく分かった。台所に向かうことでようやく腰を上げてベッドから離れることができた。

食欲がないので水を飲んだ後はインスタントコーヒーを胃に流し込み、毅はスマホで先ほどの事故を検索してみた。ニュースサイトにはまだ出ていない。〝都内〟〝ビル〟〝事故〟〝ケガ人〟などの言葉を検索に突っ込んで各種ＳＮＳでも探してみたが、それらしきものはない。上から見た時はあれだけ野次馬がいたのだから、何人かは多少の自慢を込めて事故の写真などをネット上にアップしているかと思っていたのだが。

いや、と毅は首を振る。そもそも、事故現場を撮影して手前の虚栄心を満たすようにひけらかすのは不謹慎だろう。それが行われていないということは、喜ばしいことのはずだ。

散歩にでも出るか。煙草も切れるし買いに行きがてら。ついでにコンビニで適当に昼食を見《み》繕《つくろ》ってこよう。毅はそこいら辺に放り投げていた服を洗濯機に入れ、ついでにパジャマ代わりに着ていたスウェットも突っ込んで回し、楽な服に着替えて外へと向かった。

いつも煙草を買うコンビニへの道は事故現場で塞がれてしまっている。他のコンビニまでは少しあるが仕方がない。事故現場を右手に見ながら大通りの歩道を歩いていく。埃《ほこり》なのか塵《ちり》なのか、特有の臭いが鼻についた。

事故現場はあらかた片付けられていた。一台残ったパトカーと、数人の警察官がうろうろして現場を確認しているだけだ。黄色いヘルメット姿の人間も、あれだけいた野次馬ももういない。

一人だけ、身ぎれいな恰好《かっこう》の男が現場に立っていた。大学生ぐらいだろうか。立ち入り禁止の黄色いテープの外側から、事故現場に向かって目を閉じている。毅は自分の視線に気付かれないのをいいことに、歩きながら男の様子を観察した。彼は瞑目《めいもく》し、両手を交差して胸に当て、微動だにせず立ち尽くしている。

黙禱《もくとう》？　ケガ人が死んだのか？　毅は別にそうおかしなことでもないとも思った。とても心優しい人が、事故に遭遇した人間の被害が軽いことを祈っている。一般的に美しい光景ではないか。本当は何のために祈っているのかは確かめようはないし、興味もないが。


毅はぼんやりした頭で歩く。すぐに小さな裏通りへと出た。軽自動車がギリギリ通れるかどうかの幅で、民家の玄関周りではよくわからない植物の植木鉢が車道を侵食している。普段あまり通いなれないコンビニの場所は記憶がおぼろげだが、方向はあっているはずだからこの道をずっと進めばいい。そうすれば幹線道路に行きつくはずだ。別段引き返す理由もなく、毅は裏道に足を踏み入れた。人通りはまったくない。

小腹が空《す》いた気がして、腕時計を見る。昼までにはまだ少しある時間帯だが、顔を上げたその先に食堂らしき建物が見えた。赤い暖簾《のれん》、赤いのぼり旗には白抜きの文字で《ラーメン》と書かれている。しかし、建物自体は白い漆喰《しっくい》に黒い引き戸、外壁にも黒い材木が張り付いており、ラーメン屋というよりは蕎麦《そば》屋の方が似合っている風情だった。もしかしたら蕎麦屋が閉店した後に居抜きでラーメン屋が入居したのかもしれない。

ラーメンを食べたいと思ったわけでもないが、毅は暖簾をくぐった。早い時間だがどうせ腹が減るのなら店が空いているうちに入っておこう。そんな消極的な理由にすぎなかった。

「いらっしゃい」

まだ毅と歳《とし》が変わらなさそうな男が一人、やや強張《こわば》った声を張る。店の人間は店長らしきこの男ひとりらしい。客はカウンターの奥にいる作業服の男が二人。毅は彼らと席二つ分を空けてカウンターに座り、壁に貼られたメニューを見た。

特製ラーメン（味噌《みそ》、塩、しょうゆ）、チャーシュー麺、野菜ラーメン、《おすすめ》辛ロラーメン……

余りにもシンプル、選択肢の少ない中から、「特製ラーメン、しょうゆで」とカウンターの中に声をかける。「はいしょうゆ一丁！」と大きな返事がきた。情報を共有する店員もいないのに。

店内の装飾も最低限のものだけの割に、壁に貼られたメニューにはやたらと《おすすめ》だの《イチオシ》、あるいは《一番人気》《女性におすすめ》なんていう既製のＰＯＰが貼られている。明らかに商売慣れしていない。まだ開店して間もないのかもしれない。毅はそう当たりをつけた。

奥の席にいる作業服の二人はまだ若そうだ。作業服の肩にタイヤメーカーのワッペンがついている。二人とも空の丼《どんぶり》を前に、毅にはよくわからないソーシャルゲームの話をしている。食ったらすぐ出る、という店側への気遣いはないが、店主も別に気にしてはいない雰囲気だ。

毅はラーメンの出来上がりを待ちながら、何気なくぐるりと頭を回した。首の左側がごきり

と鳴って、先客が二人そろってこちらを見る。やはり、関節も筋肉もすっかり凝り固まっている。毅はこれ以上音がしないように気をつけながら、左の首を掌《てのひら》で揉《も》んだ。店の天井が視界に入る。漆喰の壁の間を縫って、黒い材木がいくつか張り巡らされていた。どれも細い。梁《はり》というより、店内装飾のためだろう。

地震とかあったらどうするんだろう。毅はふとそんなことを考えた。今は耐震基準とか色々あるだろうから問題はないのだろうが、店内の広さに対して梁の心許《こころもと》なさと柱がない空間は素人目《しろうとめ》にもどこか落ち着かない。建築知識に縁はないし大きな地震に遭遇した訳でもないのに、この落ち着かない感じは何なのか。答えを出す前に、店主が盆を手にして目の前に立っているのに気付いた。

「はい、お待ちどおさん」

「どうも」

カウンター越しに置かれたラーメンへと視線と意識を戻す。ノーマルで頼んだはずなのに、大ぶりなチャーシューが二枚と炒められたもやしがたっぷりと載っていた。つやつやと半割りの半熟卵もいかにもいいしょうゆ色だ。さっそく箸《はし》をとって啜《すす》り込むと、細めの麺に脂《あぶら》っ気の少ない澄んだしょうゆスープがなかなか合う。適当に入った店の割に当たりだったな、と思いながら毅は麺を啜り続けた。

先客の二人は話を続けながら席を立った。会計の際の「ごちそうさん」「まいどー」という声に目をやることもなく毅は麺を啜り、チャーシューを齧《かじ》り、レンゲでスープを飲んだ。美味《うま》い。トータルで、今まで食ったラーメンのうち三本の指に入る。

毅はほとんど感動しながら、丼を傾けてスープの最後の一滴までも飲み干した。全体にさっぱりとした味付けで、脂っ気も少なめなのに、腹にどっしりとした満足感がある。辛みはなかったにもかかわらず、全身から汗が噴き出ていた。思い出したようにグラスの水を一気飲みし、ピッチャーからおかわりをしてさらに二杯飲んだ。

毅はふう、と満足して息を吐《つ》いた。特別高い食い物ではなく、滋養があるわけでもないだろうに、体のパーツひとつひとつに力がみなぎっているような気がする。普段ならばここで煙草の一本も吸うところなのだが、カウンターを見る限り灰皿はないし、そもそも体が満たされていて煙草を求める気にもならない。

とはいえいつまでもラーメン屋で長居をするのもおかしな話だ。これだけ美味い店で、しかも土曜日ならば間もなく混んでくることだろう。毅は名残惜《なごりお》しい気持ちを振り払うように立ち上がった。店主がレジに来る前に千円札をトレイに載せる。確か六百八十円。あの美味さでこの値段ならば安すぎるほどだ。

店主はレジのところまで来ると、トレイの千円札を手にとった。毅には両手の指先で摘《つ》まむような奇妙な持ち方が一瞬気になった。

「なんですかこれ」

「はい?」

店主は摘まみ上げた千円札を怪訝《けげん》そうに見ている。毅は内心焦る。まさか、偽札を疑われているのだろうか。たぶんどこかで釣銭としてもらった千円札の一枚だったのだろうと思うが、どのタイミングで自分の財布に至ったのかまったく思い出せない。

通報されたりして面倒なことになる前に、違う千円札を出してこの場は収めよう。そう判断して毅が財布からさらに金を出そうとすると、店主が頷《うなず》いた。

「ああ、お代ってことですか。結構ですよ」

「え?」

摘まんでいた札を突き返すようにして、店主は言い切った。つい毅もそれを受け取ってしまう。

「結構って、なんでです。ラーメン美味かったし、それに対してちゃんと代金支払わせてください」

「いえ、そういうことではなくてね」

思わず理屈立てて金を支払おうとしたが、店長は面倒くさそうに首を振った。

「さっきのお客さんから頂いてますから」

「え?」

「そんだけです。ありあとあしたー」

店長は投げやりな様子でまくしたてると、厨房《ちゅうぼう》の奥に引っ込んでしまった。毅としては訳がわからない。さっきの客が、俺の分のラーメンの代金を支払っていた？

少しの間呆然《ぼうぜん》として、毅は引き戸を開いて外を見回した。さっきの作業服二人組が待ち構えている気配はない。おかしな難癖をつける手段だったのでは、と警戒していた心が変な方向に緩む。戸を閉めて暖簾をくぐり、落ち着かない気持ちで店を出た。

なんだったんだあの店。あの客。あの店主。先客が後の客の飲食代をもつ。そんな変なシステムでもあったのだろうか。だとすれば俺は次の客の分を払っておかなくてはならなかったのか。しかし店主がそれを請求する気配はなかった。

毅としてはラーメンの味は申し分なかっただけに、訳のわからない思いばかりが渦を巻いた。いつかもう一度あのラーメンを食べたいと思う時が来たとしても、謎の会計システムにもう一度直面して戸惑うのは御免だ。

あるいは、新手の出入り禁止措置なのか。毅は店の中での自分の行動に何か粗相があったか考える。思い当たることはない。それに、出禁にするにしても前の客を絡めてどうこうとは、やり口が回りくどいし意味がわからない。

毅は心の中で白旗を上げた。いいやもう。あの店とは縁がなかったってことで。もうあのラーメンを食えないのは惜しいけれども。

そういえばさっきの店の店名を思い出せない。そもそも、店名はどこかに書いてあっただろうか？　看板が出ていたのかも記憶にない。覚えているのは出されたラーメンと、待っている間に眺めた内装の白い壁と黒い梁。それぐらいだ。

納得できないまま歩いていくと、大きな通りに出た。車がひっきりなしに行き交っている。道路を渡った向こうには大きな公園がある。通り沿いに目当てのコンビニがあるはずだ。

しかし、毅はさっき食べたラーメンのせいで喫煙欲が湧かない。煙草を買おうという気も起こらなかった。近くの横断歩道がちょうど青になって道路を渡る。特に強い意志を伴った選択ではなかった。ただ腹が満たされて、少し余計に、無目的に歩くのも悪くはない。その程度のぼんやりした考えから、公園へと足を踏み入れた。

公園の、幹線道路に面したエリアは芝生に覆われた開けた場所で、遊具やベンチが点々と配置されている。空がどんよりと曇っていて肌寒いせいか、遊ぶ子どもの姿はなかった。

奇妙に静かだ。

人の気配がないだけではない。空気が妙に湿っぽい。霧雨とまでは言えないけれど、上着の表面だけがじっとりと水を含んでいくような。

毅はまあいいか、と遊具のある広場を通り抜け、奥へと向かう。服が湿ったところで、あとで乾かせばいいだけのことだ。それよりも、変に腹が膨らんだ状態で部屋に戻ったら後に胸やけしてしまいそうだ。結果的に無料で食べてしまったラーメン。それが腹に溜《た》まったことが気にならない程度に、腹ごなしをしていこう。

毅の足は公園の奥に配置された緑地へと向かう。整備はされつつも、なるべく野生を留《とど》める方向で保たれた小さな林。散策路として、ご丁寧に木道まで設《しつら》えてある。ここをしばらく歩けば少しは気分もいいだろう。適当に突っかけてきたクロックスでもここなら歩いて問題なさそうだ。毅は『ごみは捨てないでください　木や草はそのままに』という入り口の看板をざっと見ながら、木道に足を踏み入れた。

林の中はひんやりとしていた。広場にいた時よりも湿気を感じるが不快ではない。完全に霧の中だ。時折、ぱた、ぱたと木の葉に溜まった水滴が他の葉へと落ちる音がした。耳を澄ませるとかろうじて遠くで車の音が聞こえる。機械的な音のはずが、毅の耳には霧の水滴のせいでくぐもって届いた。おかしな電波の音か、不規則な心音のようにも思えた。

もともと毅はアウトドア派ではない。子どもの頃、林間学校は虫が出るので毎年憂鬱だったし、友人にキャンプに誘われて同行しても不機嫌を隠すことに疲れるばかりだ。だから、こうして自発的に自然の中に足を踏み入れるのは自分でもイレギュラーなことだった。

まあ、せいぜい何百メートルとか一、二キロぐらいのものだろう。健康のためにウォーキングを取り入れた方がいいとかいうし、その良いきっかけになるかもしれないし。

言い訳を自分のために用意していることに気付けない。その程度には、毅の心は平常さを欠いていた。

毅が林に足を踏み入れた時よりも霧は濃くなっていた。霧の中に浮かぶ木道、その両脇に木々。クロックスが木を踏むコツコツという音が妙に間延びして聞こえた。

思い返してみると、普通の休日であったはずの今日は奇妙なことばかりだ。足場の崩落事故。そして美味いが奇妙なラーメン屋。

組み合わされた細い金属の足場。外面《そとづら》は良いが頼りなげな梁。映像のように毅の脳裏に浮かぶ記憶は、やがて他のイメージを引き連れてくる。あの不安定な。心細い。

そうだ、ジェンガだ。毅はその名称と共にイメージの正体を突き止めた。

子どもの頃、得意としていた遊び。同じ形、大きさをした木のパーツ三本を並べて一段とし、その方向を互い違いに置くことでタワー状にしていく。一人ずつ、もとのタワーからパーツを静かに抜き出し、上へ上へと積んでいくのだ。倒した者が負け。シンプルなゲームだ。

毅はそのゲームが得意だった。他の友達の誰にも、親にも負けたことがなかった。『上手《じょうず》だね』『集中力があるんだね』そう褒められると得意になって、一人でいる時にもジェンガの練習をし、集中力を研ぎ、倒れづらいパターンを習得し、目標のパーツを揺らさずに抜き取れるようになった。

常勝。それが毅の得意な遊びとして定着すると、そのうち『どうせまたタケちゃんが勝つから』と友達はみんなジェンガで遊んでくれなくなった。他の遊びにシフトし、毅もジェンガのことは忘れ、記憶は埋没した。

なぜこんな。こんなしょうもないことを今さら。

毅の歩みが遅くなる。普段思い出しもしない、蘇《よみがえ》ったところで毒にも薬にもならない記憶がなぜ表層に表れてきたのか。その不可思議さに納得がいかない。

怒りとも憤りとも戸惑いともカテゴライズできない感情が湧いて自分でも戸惑う。残った煙草でも吸って、煙と共に吐ききってしまいたかった。確か二、三本はまだ箱の中に残っている。だが、一応ここは公園の中。林の中となれば、間違いなく禁煙だ。

仕方がない、煙草は諦めざるを得ない。そう思った時、毅は自分がひどく喉が渇いていることに気が付いた。霧はますます濃く、深く息を吸えばむせ返ってしまいそうなのに、やたらと喉が張り付く感じがする。

おかしい。明確に毅は思う。「おかしい」と小さく言葉に出して確認する。

ラーメンのスープ、都合三杯飲み干した水。塩分の多い食事だったことを差し引いても、十分な量の水を摂《と》ったはずだ。いくら自分が運動不足気味なのに加え、散歩というらしくないことをしているにせよ、それほど汗をかいている訳でもない。

まさか糖尿の兆候とかじゃないだろうな。考えながら、少しだけ、木道を引き返して帰ろうかという気になる。しかし、もともとそれほど長い道程なはずはないし、ここを歩き出してからもう十分以上は経《た》っているのだし、いくらなんでももうすぐ出口が見えてくるだろう。そうしたら、当初の目的のコンビニで煙草でも水でも買って何事もなく部屋に帰ればいいのだ。

喉が渇いたからって脱水というところまでじゃない。普通に歩け。急いで歩けばさらに喉が渇くだけだ。そう思いなおし、あえて通常のペースで毅は歩いた。霧で木道が湿ってきたのか、クロックスではもう足音が立たない。代わりに、霧の向こうからゴツゴツと音が響いてきた。規則的な音だ。足音にしては随分と硬いな、と毅が思った時、霧の中にピンク色の塊が見えた。

蛍光ピンク色のスポーツウェアに身を包んだ高齢女性だった。両手に、スキーのストックのようなものを持って木道を突きながら歩いている。ああ、ノルディックウォーキングとかいうやつか、その音だったのか、と毅は納得した。

「こんにちは」

「こんにちは」

女性は毅とすれ違いざまに高い声で挨拶をした。毅も慌てて、かぶせ気味に返す。普段、歩道で知らない人とすれ違っても挨拶などしないが、ここではルールが違うのだろうか。山登りをする人間が『同じ山にいる』というだけで親近感を抱くような、そういうものなのだろうか。

毅は思わず足を止め、ゴツゴツと音を立てながら遠ざかる女性の背を見つめてしまう。彼女が背負うリュックからは、水のペットボトルがカラビナでぶら下がっていた。

あ。水だ。思わず目がそこで止まる。ペットボトルいっぱいに入っている。ラベルは見えないがどこのミネラルウォーターだろう。封は開いているのだろうか。冷たいのか。美味《おい》しいのは間違いないだろう。口の脇から溢《あふ》れるのも構わずに呷《あお》り、ごくごくと喉を鳴らして飲み下せば、どれだけ気持ちがいいか。

水分を欲した脳が想像を巡らせている中で、ピンク色のウェア姿は霧に紛《まぎ》れて完全に見えなくなった。あの、水を。その水を少し分けて下さい。さりげなく、かつ丁寧にそう頼めば分けてもらえたんじゃないのか。そんな後悔が怒濤《どとう》のように毅を襲う。

そんな、まさか。水くらいで通りすがりの人に助けを求めるなんて。冷静にそう考えても、喉は確実に渇きを増していた。いっそ木道から外れて木の葉にしたたる雫《しずく》を舐《な》めとろうかとさえ思い始める。そんなことをしている最中にまた通行人が来てもし見られたら、間違いなく自分はおかしな人間扱いだ。ありえない。でも渇きは耐えがたい。

重くなってきた足を引きずりながら、毅の脳は水をいかに得られるか、そればかりを考えていた。そしてふと、霧の向こうで陽《ひ》が雲に翳《かげ》ったことに気が付く。

何かがおかしくないか？

工事の足場。奇妙な店。霧。長い木道。激烈な渇きと水のことしか考えられなくなっている俺。

おかしなことばかりが重なる日だ、というだけではない。何かがすり替わっているような、どこか違う町を歩いているような。

俺の許可や覚悟を求める前に、あまりにも密《ひそ》かに、すんなりと。

毅の足が止まる。喉の渇きが一段とひどくなった。いや。とにかく、ここを出なければ始まらない。クロックスが重い。それでも、一歩一歩前へ進めばここから出られる。そう思って数歩ほど歩いた時、目の前の霧に変化があらわれた。

少し先に黒い影がある。動かない。もしかしたら、出口の柵や看板かもしれない。毅は安堵《あんど》してもう一歩前に足を進める。

それはただのベンチだった。なんの変哲もない、木でできた背もたれもないシンプルなベンチが、休憩場所のように木道に平行に設置してある。毅は気が抜けてそこに座り込んだ。

大きく息を吐く。両膝に肘《ひじ》を乗せて頭《こうべ》を垂れる。このままベンチに寝ころんで、いっそ意識を失ってしまいたいとさえ思った。渇いて、疲れている。ポケットに入っているスマホを取り出す力さえなかった。

このまま少し休めば良くなるだろうか。まさかラーメンで食中毒だとか言わないよな。あの事故現場で目を閉じていた奴《やつ》は何だったんだ。さっきの人に土下座してでもいいから水をもらっておくべきだった。俺は帰れるのか。まるで崩れる寸前のジェンガみたいな。ラーメンに毒でも入っていたんじゃないのか。

毅の思考は完全に絡まっていた。体は動かないのに、脳は各方面に根を伸ばしていくように並行して思考を巡らせていく。視界は暗いのに眉毛の間の奥あたりが妙にチカチカ瞬いていた。

「あの、あなた。大丈夫?」

声がして、毅は重い頭を上げた。

「具合悪いの?」

老齢の女性だった。まとめられた髪は真っ白で、霧に頭が半分溶け込んでいるようにも見える。代わりにワンピースの深い紺色の色彩は、毅の視界と意識をそこに繋《つな》ぎとめた。

「少し、調子悪くなって。休めば大丈夫だと思うんですが」

自分の喉から出た声の掠《かす》れ方にぎょっとした。口の中に水気がまったくない。女性は肩にかけていた大きなカゴバッグを毅の傍《かたわ》らに下ろすと、ごそごそと中を探り始めた。

「お茶なんだけど、飲める？」

女性の手にはプラスチック製の水筒があった。ずいぶん年代物だ。毅が子どもの頃に流行《はや》っていたヒーロー戦隊のイラストが描かれている。確か自分も同じようなものを小学校低学年の時に使っていた。遠足で喉が渇き、母が詰めてくれたカルピスは往路で全部飲んでしまった。確か公園の水道で帰りのための水を入れたはずだ。ぬるくて、鉄の臭いと、どこか生臭い味がして、結局途中で全て捨ててしまった。

歩きながら逆さにした水筒から流れた水が、歩道のアスファルトに模様を描く。ぐねぐねと。蛇のように。友達と笑いながら。勿体《もったい》ない。飲んで飲めないわけでもなかったろうに。捨てるぐらいなら俺に今よこせ。

毅の頭は混乱している。短時間の間に怒濤のように記憶が押し寄せ、あの日の細かな様相が頭の中で再現される。おかしい。身動きのとれないまま自問し、女性はその混乱に気付かないままゆっくりとプラスチックの蓋を開けた。

水筒を傾け、空いた片手の掌にとくとくと中身を注いだ。

薄い茶色、というよりも黄色がかった液体が、お椀《わん》形にされた女性の掌に溜まっていく。

「えっ」

毅の驚きの声は乾ききっていた。どうして、とか、なぜ手に、という言葉までは続けられない。

水筒ならば、その蓋をカップ代わりにして飲むものなんじゃないのか。たとえ蓋を使えない理由があったとして、そして水筒に直接口をつけるのはあまり良くないにしても、どうして掌で茶を受けるんだ。失礼だが、その手は奇麗なのか。疑問が渦巻く毅の眼前に、茶をたたえた掌が差し出された。

「どうぞ」

これを飲めと。威圧の気配はまるでなく、ごく当たり前のように口元へと。指の間から染み出た茶が、雫となって毅のズボンに落ちた。

一瞬だけ迷って、毅はその茶に口を近づけた。冷たい茶と、張りを失った細い指先に唇が触れる。そのまま、啜り上げるようにして茶を口に含んだ。

甘かった。風味としてはほうじ茶のようなのだが、比喩ではなく甘い。かなりの量の砂糖が入っている。紅茶にもコーヒーにも砂糖を入れる習慣のない毅の舌には全く馴染《なじ》みがない味だ。だが、体が水分を求める今は、味に構っている暇はなかった。毅が夢中で二度、三度と啜り上げると、女性の掌にあった茶は完全に飲み干された。

舌の上で、本来の茶の渋みと砂糖の甘さが喧嘩《けんか》をしている。それでも、水分を摂ったことで毅の視界も明るさを取り戻した。もしかしたら、女性は具合が悪い俺がカップからでは飲みづらいからとわざわざ手から茶を飲ませてくれたのかもしれない。だとすれば、口をつけるのに戸惑った自分が申し訳ない。せめて礼を言わなければ。毅は顔を上げて口を開いた。今度は渇きではなく、茶の甘さから変に喉がねばつく。

「あの、あり……」

「もっと飲む？」

「え？　ええ、はい」

毅は提案に思わず頷いてしまった。すぐに女性は再び掌に茶を溜め始める。

いえ、カップ使わないなら俺せめて自分の手で。そう口を挟もうにも、ねとついた唾で舌が重い。何も言えないうちにまた「はい」と目の前に手を差し出された。あまりにも自然に。当然のことだ、当然お前はこの手から茶を飲むのだ、そう決められているのだと言わんばかりに。

一秒、二秒。ささやかな躊躇《ちゅうちょ》の後、毅は再び女性の手に口をつけた。女性は一回目で要領を得たのか、茶が減るごとに少しずつ掌を傾けてくれているようだった。

甘い茶が毅の喉になだれ込む。口腔《こうこう》のねばつきを溶かし、また更に甘さでねばつきを増やしていく。もう十分だ、もう嫌だ、と思うのに飲み込む喉の動きは止まらず、身体はまだまだ水分を欲し続けている。

唇に触れた指先の皮膚を感じながら、毅は気が付いた。おかしさの正体。あまりにも善良なのだ。

善良すぎるのだ。いつの間にか、様相を変えてしまったのだ。

事故を悼む通行人。会話を交わしてもいない他人に飯代を出す人。それを当然のものとする店主。そして手ずから茶を与える女性。

優しいのに、善良なのに、何かが決定的にずれている。あるいは、抜き取られている。

「もっといる？」

「はい、もう一杯」

いや、もういい。喉は潤ったし、これ以上は甘さで胸やけがしそうだ。なのに毅の口は意思に反して茶を欲する。そして自ら顔を突き出して催促さえする。やめろ、もう十分なのに。

そして三杯目の茶が与えられる。今度は女性の手はやや高く掲げられ、大きく開かれた毅の口へと掌から注がれた。毅は目を閉じている。もう先ほどのように思考がランダムに渦を巻かない代わりに、ひとつのイメージが脳裏に描かれている。

ジェンガ。柱のみで構成された玩具《おもちゃ》の塔。外部から建材を増やされることなく、抜き取られた柱によって高く高く積み上げられていく。そしていずれは倒れる運命にある。

今、俺が茶を与えられている、奇妙な善意が横溢《おういつ》する世界。代わりに抜き取られたのは、悪意だろうか。悪辣さだろうか。それらは絶えたのか。

いや、きっとそれらは質を変え、もう自分が知覚し得ない遥か高みで、ゆらゆら揺れ続けているのだ。

そしていずれは決壊する。

ぼちゃ、ぼちゃんと最後に滴る雫の音が毅の頭蓋に反響した。口を閉じ、全てを飲み込む。唇の両端から茶が零《こぼ》れて首筋を伝った。きっと後で洗わないとべたべたすることだろう。

「ありがとうございました、助かりました」

潤った喉から声が出る。声質は以前と同じであるのに、舌に、喉に、甘い膜がかぶせられたままのようで、発した本人にだけわかる違和感がある。俺の声だが、前の俺の声とは違う。もうもとに戻ることはない。毅は静かに確信していた。

感謝の言葉に、見ず知らずの男相手に手ずから茶を与えた女性はぎこちなく微笑《ほほえ》んだ。ひどく歪《ゆが》んだ笑顔だった。まるで、今日も太陽が存在していますね、と言われたような反応だ、と毅は思った。

ぺこりと小さく頭を下げて老齢の女性は木道を歩き、霧の中に消えていった。毅もベンチから腰を上げ、目指していた出口の方へと再び足を動かす。渇きも身体の重さももう感じない。むしろ軽い。身体の中心を痛みがないように抜き取られたような感覚だった。

足場が落ち、梁が落ち、何かの滅びのために物事は書き換えられた。自分がこの霧を抜ける

時には、己を取り巻く何もかもが静かに、組み変わっている。嫌だ、変わるな、俺よ行くな、
という意識は踏みつけられてもう無いものとされた。

○○しないと出られない部屋

王谷晶

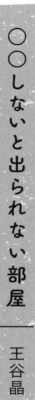

王谷晶

おうたに・あきら

1981年、東京都生まれ。

作品に『完璧じゃない、あたしたち』『BL古典セレクション　怪談 奇談』『どうせカラダが目当てでしょ』『ババヤガの夜』など。

空調の最後のチェックを終え、改めて部屋の中を見回した。自宅でもいつもの研究室でもない場所に、私は一人で立っていた。床面積約六十平方メートルの、窓のないドーム状の部屋。今回の実験のために用意された施設だ。もっとも、新設されたわけではなく、過去に別の実験に使用されたものを入念に消毒・改装した。大切なのは気密性とある程度の広さがあること。これから六十日の間、私ともう一人の被験者はこの部屋から一歩も出ずに共同生活をする。食料も水もあらかじめ運び込んであり、軽度の怪我《けが》や病気もこの中で処置が出来るよう医薬品と医療機器も用意してある。命に関わる緊急事態でない限り、外部と連絡を取ることも禁じられる。つまり連絡と広さの点を除けば、ここは長い航路を往復する星間貨物船の居住スペースの環境に近い。

あとは実験の協力者を待つだけだ。彼とはもう長い間オンラインでミーティングを続けてきたが、本体同士で会うのはこれが初めてになる。私はアバターは使わない主義だが、あちらは常に何がしかのばかばかしいアバター——巨大なじゃがいもだったり、有名な彫刻や絵画作品だったり——を纏《まと》って出てくるので、本体の顔を見るのも今日が初めてになる。

部屋の中央に置かれたソファに腰を下ろし、天井を見上げる。メインの照明は一日の時間に合わせて明るい乳白色から橙《だいだい》へと変化するよう設定されている。午後一時を回ったばかりの現在はまださっぱりと明るい。壁も床もごく淡い灰色がかった青で塗られており、調度品は白木風、オーク風、生成り風の色で統一されている。いたるところに観葉植物が置かれているが、全て人工物で虫や病原菌などは付着していない。これらの内装は長期間の滞在でもストレスを感じないよう計算され整えられている。今座っているソファも座り心地は良好で、空気の温度湿度共に快適にセッティングされている。

それでもやはり、私の胸には一抹の不安が残っていた。ほとんどの人間と同じように、他人と共同生活をするのは子供のとき以来だからだ。

自分以外の存在をごく近くに感じながら六十日間過ごす。これは訓練された船員でも強いストレスがかかる環境だ。それに私は少々神経質なところがある。自覚している。この過酷な実験に参加するのは無謀とも思えた。しかし、研究者としての使命感と好奇心のほうがそれに勝ってしまった。

ポン、とドアが鳴り、ＩＤが表示される。彼だ。開錠を許可すると、真っ黄色の風が吹き込んできた。いや、よく見るとそれは、彼が首に巻いている薄く長い長いショールだった。

「Ｒ・アクタ・セル北五番十九？」

オンラインで聞いていた通りの声が私の名を呼んだ。初めて実体を見る実験のパートナーは、非常に派手な格好をしていた。真っ青な長いコート、銀色の髪、ピンクとオレンジのグラデーションで塗られたフェイスガード。ドアが閉まると同時に、彼はフェイスガードを解除した。

「そうだ。D・ソタ・セル七区十四の二か？」

フェイスガードの下から現れたDの素顔は、満面の笑みと共に頷《うなず》いた。事前にお互いのプロフィールは確認していて、彼が私と同じ年齢なのは知っていたが、随分と若く見える。あるいは、服装や表情の印象でそう感じたのかもしれない。認めたくはないが、私は緊張していた。お互いに先入観を持たずに過ごすことがこの実験の一つの要になるのに、慣れない共同生活を前に、まだ出会って一分も経っていないD・ソタ・セル七区十四の二の本体から、必死にまだ開示されていない情報を読み取ろうとしてしまう。

「遅れてごめん。やあ、思ったより広くてきれいだ。ぼくの家より間違いなく快適だよ。これならずっと住んでてもいいくらいだ。R……Rでいいかな？　しばらく同じ場所にいるんだし。ぼくのこともDだけでいい」

私は頷いた。後から付いてきた大きなトランクを停止させ、Dはさっそく部屋のあちこちを見回り始めた。その姿にまったく気負いが見られず、声も表情もごく明るいのに、私は急に打ちのめされたような気分になった。彼はどうやら、これから行うことにまったく緊張していない。その余裕が私のプライドを刺激した。

「見物の前に、バイタルをチェックしないか。もう開始まであまり時間がない」

誰かさんがぎりぎりにやってくるせいで、という嫌味は流石《さすが》に飲み込んだ。こんな初っ端《しょぱな》から関係を悪くすることはないと思ったのだ。お互い研究する分野は違えど、この実験のイニシアチブは私が握っており、彼はいわばサポート的な立場だ。背負う期待も責任も違う。そうだ。だからあちらが気楽そうに見えるのも当然なのだ。ならば、うまくあしらってこちらにより協力させるほうが賢い選択だ。

しかしDは身を翻《ひるがえ》して私を見ると、何か含みのあるような奇妙な顔でにやっと笑った。

「R、やっと君と話せて嬉《うれ》しいよ」

コートとショールを脱ぎ先刻《さっき》まで私が座っていたソファに放り投げ、Dはにやにや笑い続けている。

「その言葉は意味が通らない。我々は長い時間コミュニケートしてきたし、私はずっと素顔で繋《つな》いでいた」

「それでもオンラインはオンラインだよ。実体じゃない。こうして生身で話すと、それまで分からなかったことも感じ取れるんだ」

「古臭い感覚だ」

「ぼくらはこれからその古臭いことを検証するんだよ。違うか？」

咄嗟《とっさ》に言い返せず、私は口を閉じた。Dは不愉快な笑い顔のまま、部屋の中央に置かれたこの部屋を管理するシステムの〝脳〟に自分のリングをかざして同期させた。

「六十日間の、どこにも行かない冒険の始まりだ。この部屋に二百年前の生活を再現する。ぼくが今まで集めた資料、ありったけ全部持ってきた」

照明が暗くなり、スクリーンが大きく浮かび上がった。どこかの都市の道路が映し出される。レーンもシールドもないその広い道には、大勢の人間が肩が触れ合うくらいの距離で密集し、それぞれが好き勝手なスピードで歩いている。しかも、その内の誰一人としてフェイスガードを着けていない。

「これは二十一世紀初頭のアメリカのニューヨーク。ファーストステップの始まる少し前の光景」

資料でさんざん見慣れたつもりだったが、あらためてその無秩序で野蛮な光景を目前に持ってこられると、胃がよじれるような気分になった。これが、たった二百年前の人類の姿。人から人へと渡り歩く病原菌やウイルスが靄《もや》のように画面を覆い尽くしている気がして、目を逸《そ》らしそうになる。

「これが上海《シャンハイ》……ロンドン……コルカタ……モスクワ……東京……」

Dの声と共に映像が切り替わる。どの都市も人で溢《あふ》れかえり、生身の本体をさらけ出した人間たちが恐ろしい近さで喋《しゃべ》ったり、手を触れ合っている。こういう記録映像を観《み》ていると、人類が一度滅びかけたのも当然という気持ちになってしまう。逆にこんな無防備で不衛生な生活様式で、よくあそこまで発展を続けて来れたものだ。

「これはとっておきの〝レストラン〟の映像。フィクションじゃなくて、当時の市民が自分で撮影したナマの姿だよ」

ノイズのひどい映像の中、巨大なテーブルに数十人の人間が群がり、カバーも掛かっていない皿に乗った食べ物を同じ道具を使って分け合っている。

「これは二十世紀最後のころの、庶民の典型的な〝結婚式〟の一つ。この建物全体がレストラン。奥にいるのが〝新婦〟と〝新郎〟。この時代だと〝女性〟と〝男性〟みたいな表現をまだ使ってたはず。結婚の儀式をするコンビってことだね。このコンビの友人や親戚が集まって、皆で食事をしてお祝いをする」

不衛生きわまりない巨大テーブルの奥に並んで座った、白い服と黒い服を着た結婚コンビの二人が、ふいに立ち上がり、顔を向け合い、そしてお互いの上半身に手をかけて引き寄せ――顔面と顔面を接触させた。

二人の顔が接触すると同時に、パーティの参加者たちが歓声をあげ、手を叩《たた》き、激しく騒ぎ出す。みな笑顔で、コンビと同じように顔を接触させる者も何人か現れた。

「ファーストステップ以降、人間は次第にこの行為から離れ始めた。もちろん感染予防のために。それでもしばらくは同じ家屋に住む家族や、恋人とかステディって呼ばれたごく小規模な関係性の中では継続して行われてたし、フィクションの中にも頻繁に出てきた。それが崩れたのが2090年代に起こったセカンドステップ」

私は思わず自分のリングをそっと撫《な》でた。そこにはセカンドステップ後期に生まれ育った私の、今までの研究と思考の結果が納められている。人類と感染症の戦いの歴史。それに関するデータと考察。私の人生の全てだ。

「ウイルスによる感染症で、十年のうちに地球の人口が約半分になった。ここからさっきの行為は急速に人類の文化から消えていく。あらゆる地域のあらゆる人々の生活様式が、ここで大きな変化を余儀なくされた」

スクリーンには無人の廃墟《はいきょ》と化したかつての大都市と、当時の人々が作り上げ今も続く非集合型社会の姿が、衛星画像や監視カメラ映像で次々と映し出された。

「人間同士のコミュニケーションやコミュニティの作り方も変わった。人工胎の開発成功でインターコースを伴う生殖行為は消えていったし、オンラインでの遠隔セックスが発展したから、娯楽としての人間本体同士の性的接触も減っていった。おかげで感染の拡大は緩やかになって、2205年にはセカンドステップの終息宣言が出た。ぼくは、この流れの中で滅びつつあるセカンドステップ以前の文化に興味があるんだ。何千年も続けてきた習慣や儀式を断ち切った人類はこれからどうなるのか、どう生きるべきなのか、過去を知れば新しいヒントが見つかるかもしれない」

ふたたび、先刻の結婚式の映像が現れた。顔面と顔面を触れ合わせる新郎と新婦。次に、古いフィクションの映像作品らしいクリップ。やはり顔面と顔面——口唇と口唇を重ね合わせ、さらに互いに舌部を直接絡め合わせる行為をえんえんと流す。

「失われた人類の文化だよ。なぜ過去の人々はこんなことをしていたのか、まだ誰も解き明かしていない。これが頻繁に行われていた当時ですらね。とにかく、これから六十日間ここで君と過ごすことになる。改めてよろしく、R。こんなアイデアに乗ってくれる友人がいてぼくは嬉しい」

Dはそう言って、私に向かって一歩、踏み出してきた。思わずぎょっとして、私は本能的に一歩後ずさってしまった。

「怖いかい」

問い掛けに、慎重に首を横に振った。一メートル程度しか離れていない距離に、他人の存在がある。普通ありえないその状況に、緊張が高まる。

「こういう距離感にも慣れていかなきゃいけない。ぼくはフィールドワークでいろいろ経験してるけど、君はそうじゃないだろう?」

なるほど、余裕の正体はそれか。私は白々しい気持ちになりながら、緊張を悟られないよう表情を崩さずDの顔を見た。顔——人間の、本体の、生身の顔をこんなに近くで見るのは何十年ぶりだろう。目があり、鼻があり、唇がある。Dの口唇は、私の口唇よりやや大きく、厚いように見える。

接吻《せっぷん》。キス。口づけ。

呼び方は種々あるが、これが今回の私たちの研究対象だ。ファーストステップ以前にも感染症の流行は頻繁に起こっていた。しかし人類の半分が死ぬまで、人々はこの口唇と口唇を接触させる行為を止《や》めなかった。私はサードステップを防ぐための感染症の研究者として、Dは文化人類学者として、ほんの少し前までこの地球で当然のように為《な》されていたこの謎めいた行為の意味を探る。

　我々はまず三十日間、同じ空間で過ごし同じ食事をすることで、空気や食料から肉体が受ける影響を可能な限り同質のものに近付ける。それから改めて徹底的に血液や内臓機能、脳波等の検査をし、無菌室でお互いに接吻を行う。その後の三十日でその影響が人体や精神にどのように出るか、または出ないのか、検査と一日一回の接吻を継続して行う。医療研究と文化研究、両方からのアプローチが必要な実験だ。まだ誰も同様のプロジェクトは発進させておらず、使い物になるデータが取れれば、サードステップ阻止に向けた礎《いしずえ》の一つになると私は確信していた。

　Dはまだ笑っている。笑顔のまま、彼は白いシャツの袖をまくりあげ、腕を差し出してきた。

「だから、提案があるんだ。ぼくらはこれから毎日バイタルや感染症のチェックをするわけだけど、それをお互いにやり合う」

「ありえない。何の意味が？」

　あまりに突拍子もない提案に、私はつい声を大きくしてしまった。

「ありえなくはないさ。R、ぼくらは近付かないといけないんだ。最終的には接触すらしなきゃいけない。だから少しずつ慣らしていく。お互いの本体に馴染《なじ》むために。そうしないと、おそらく実験してもちゃんとした結果が出ない」

Dはもう一歩踏み出し、私との距離は約五十センチにまで縮まった。場合によっては警報が発せられ、警察ドロイドを呼ばれてもおかしくない距離だ。しかしもちろん、この部屋の中では何のサイレンも鳴らず、呼んでも誰も来ない。

「ここに来る前に何度も消毒槽を通ってきた。事前にたっぷり検査もした。君と同じだ。ぼくらは今現在何にも感染していない。怖くないよ」

「怖がってなどいない。警戒しているんだ」

「その必要はない。君も頭じゃ理解してるだろ」

「危ないな！　何をする」

そう言うと、Dはこちらに向かってチェッカーの入った容器を投げつけてきた。

「こういうことにも慣れていこう。昔の人間は、こうやって物を投げたり受け止めたりして渡しあってたんだ。距離が近いからこそできる体験だ」

「実験には関係ない」

「どうかな――とにかく、ぼくのチェックをしてくれ。時間もあまりないし」

誰のせいで。喉元まで出かかったが、私は結局投げつけられたチェッカーの封を開けた。この程度のことで怯《おび》えていると思われるのは心外だ。通常は、この使い捨ての計測器を自分の腕の内側に貼り付け、バイタルと簡易血液検査を行う。

差し出された腕は日に焼けていて、内側は僅《わず》かに色が薄くなっていた。いくつか怪我《けが》の痕らしきものがあるのにぎょっとした。文化人類学者というのはそんなに危険な仕事なのか？　成人しているのに怪我をしている人間なんて見たこともない。私は驚きと軽蔑を表情に出さぬよう注意しながら、チェッカーをＤの腕に貼り付け、計測した数値をシステムに飛ばした。手が震えるようなみっともない真似《まね》をせずに済んだことに、内心ほっとした。

「ありがとう。じゃあ、今度は君の番。腕を出して」

こんなことは、なんでもないことだ。そう自分に言い聞かせて袖をまくりあげた。手のひらを上にして腕の内側を晒《さら》す。Ｄは新しいチェッカーを開け、機器を私の皮膚に貼り付けた。小さな、ほんの小さな薄いチェッカーしか隔てていない距離に、他人の指先がある。他人の肉体が存在している。異様なことだ。必要のない行為だ。こんなに近付かなくても人類は確実に生存していける。

結論有りきの実験は唾棄すべきものだが、私は正直、その確信が欲しかった。接触行為は人類に不要で、現在の生活様式を変えなくてもサードステップに打ち勝てる確信が。

過去、医療従事者は素手で、または薄い手袋をしただけの装備で、患者の本体に直接触れて診察や治療を行っていた。技術的にもそれ以外の方法で医療を行うのは不可能な時代だった。そのせいでファーストステップの際に医療崩壊が起きた国や地域が続出した。医学部でその歴史は繰り返し聞かされ、現在の触れない医療を開発するまでの物語は、フィクションノンフィクション問わず多数の記録が残っている。私も本体に触れるような危険な医療は行ったことがない。過去の同業者たちの犠牲と悲願の上に、私の現在は成り立っている。

「体温が少し高いね。緊張してる？」

「……まさか。私は研究者であると同時に医師だ。一般より多少は他人に接する機会がある。こんなことで緊張なんてしない」

「いいんだよ。ぼくだってけっこう緊張してる。六十日間の同居っていうのは、ぼくにも未知の領域だ。そんなに他人と過ごしていて、自分がどうなってしまうのかまるでわからない。不安になって当然だよ」

システムが私の数値を受け取った。

「実験前に不安に陥るのは、いいこととは思えない。安定剤が必要か」

「いらない。精神に影響の出る薬は特に使わないように気をつけないと。ここで二百年前の人類と同じように過ごすんだ。一緒の部屋で寝る。起きる。食事をとる。サニタリーも共同で使う。境界をなくし、生活を混ぜ合わせる」

スクリーンが消えた。Dが一歩離れた。私は袖を戻し、無言でソファに腰を下ろした。一つ一つの行為に、どうしても強い違和感を感じた。人がいる。すぐ側に。この密室で。いやだめだ。そんなことでナーバスになっている場合じゃない。これはもしかすると、人類史に特記されるような発見をもたらすかもしれないのだから。

セカンドステップの終息宣言が為された後も、科学者や医療従事者はサードステップへの警戒を緩めなかった。希望的観測は何よりも恐ろしく、愚かしい。三度目はいずれ必ずやってくる。それをどれだけ小規模に、軽症に抑え込めるかが、私たちに与えられた使命なのだ。

五年前、ファースト、セカンドで猛威を奮ったウイルスに対して現在の人類が獲得した免疫に、脆弱《ぜいじゃく》性があるかもしれない、という論が発表された。その論文を書いた医師によると、現在地球で生存している人類——最も長命の者でも百歳ほど——と、それ以前の時代に生きていた人間は、免疫に大きな違いがある。現在の人類はファースト、セカンドのウイルスに抵抗できるが、新たに発見されたあるウイルスに対する免疫を自力では獲得できないことが判明した。研究の結果、そのウイルスは百年以上前に生息していた人類なら罹患《りかん》しても重症化しない可能性があることが分かり、過去の人類がその免疫をどうやって得たのか、現代の人類がなぜそれを失ってしまったのか、各国で急ピッチで研究が進められている。

私はそのとき、Dのレポートに出会った。彼は数百年前は首都と呼ばれていた各国の大都市跡地で古い生活様式を受け継ぎ生活する宗教的なコミュニティを渡り歩き、その文化を調査していた。中でも本体同士、肉体の接触に関するレポートを多く残している。私はすぐさまDにコンタクトし、我々はオンラインで頻繁に意見を交換するようになった。そして、お互いに一つの仮説を導き出した。

過去の人類が得ていた免疫は、今は失われたこの接吻という不可思議な行為に関係しているのではないだろうか、と。

「ぼくらがキスをするまで三十日の時間がある。それまでに接近や接触に徐々に慣れていこう。キスはおおむね、ごく親しい人の間で行われるんだ。だから決行する日になっても君がそんな風に緊張してると困る」

「緊張などしていないと言っている」

「オンラインでの君はもうちょっとリラックスしてたし、冗談だって言ってた。でも、こっちの君のほうがリアルな感じだな」

「他人と一つの部屋の中にいるんだ。多少は警戒して当然だろう」

「ま、最初の日だしね。仲良くやってこう」

そのとき丁度、セットしておいたアラームが鳴った。ドアがロックされ、実験が正式に開始された。後戻りはできない。

結局、第一日目から、私は頭痛を覚えるほどの疲労に見舞われるはめになった。まず、トイレや洗浄機、バスルームなどの衛生のための設備を他人と共有するという矛盾に苦しんだ。次に、さして大きくないテーブルで、同じ料理を他人と向かい合って食べるという異常行為に食欲を失《な》くした。

私も手ぶらでこの実験に臨んだわけではない。こういったことは事前にヴァーチャルでシミュレーションを行い、だいたいの感覚は摑《つか》んできたつもりだった。しかし、実際に生身の他人、この常にうっすらと笑っている気味の悪い人間の存在を実際に目の前にしていると、シミュレーションでの経験はほとんど役に立たないのを実感した。

Dはよく喋った。オンラインではここまでうるさく、陽気な人間だとは感じなかった。食事の間も喋り続け、しかも話題があちこちに飛ぶ。どうやって許可をもぎ取っているのか、彼は外国にまで飛んでさまざまな『過去』を信奉するコミュニティを調査していた。

世界にはかつてさまざまな種類の皮膚と皮膚を触れ合わせる挨拶があり、それを記録採集している彼の話はたしかに興味深くはあったが、そのどれもが大なり小なりグロテスクな物語で、食事をしながら聞くにははなはだ不適切だと私は思った。しかし、とうとうと語り続ける彼を止めることができなかった。

実験中はなるべく二人とも同じスケジュールで動くと事前に決めていた。午後十一時。天井の天気灯はぼんやりした月光を模し、照明も兼ねているいくつかの観葉植物の鉢が柔らかく部屋を照らしていた。

「そろそろ寝ようか」

小さなテーブルを挟んで向かい合わせに置かれているソファの上で、Dは何か映像を観ていたらしいのを止めて言った。

私はちらりと寝室のある方を見た。中が見える薄いカーテンで仕切られたそこは、二台のベッドが二メートルも離れていない位置に並べて置かれている。当然、間に仕切りはない。

「アメリカとかヨーロッパだと、結婚や恋愛で繋がったユニットは一台の大きなベッドに一緒に就寝してたんだ」

だからベッドが近いくらいは気にするな、ということだろうか。

「誰かと一緒に寝具を共用するっていうのはぼくも未経験だから、君が良ければぜひやってみたいな。結婚や交際、恋愛っていう概念についても謎はすごく多いんだ。ついでにいろいろ調べてみたい」

「私が興味があるのは接吻と免疫の関係だけだ。他の実験に協力するとは言っていない」

つとめて冷静に聞こえるよう留意し、私は言い返した。寝具の共用？　身体的にも精神的にも、それに何の利点があるのかさっぱり分からない。昔の人類はただ愚かで発展途上なだけだったのではないだろうか。

「今日すぐやろうとは言わないよ。もうちょっと慣れてきたらでいい。こんなチャンスまたとないんだ。君だって気になるだろ。セカンドステップで感染と死亡例が爆発的に増えて危険が広く認識されてた時期でも、人はまだ一緒に寝ることを止めなかったんだ」

またスクリーンが私の目の前に現れ、古そうな映像が流れた。普通のベッドを無理やり横に引き伸ばしたような不格好で巨大な寝台に、二人の人間が横たわっている。二人は見つめ合い至近距離で何か喋っているようだが、音声は流れなかった。

「調べれば調べるほど、昔はとにかく誰もが誰かとくっついて過ごしてた。家族やステディを持たない人でも、買い物や仕事や移動なんかで他人の身体に触れている。人類はずっとそれを続けてきた。二百年前まで。ちょっと怖いと思わない？」

「接触して暮らすことがか」

「違う。そんなにずっとしてきたことが、突然失われてしまったのが、だよ。仮に肉体の接触が人類という種にとって重要で必要なものだったら、今生きているぼくたちは何らかの危機に瀕していることになる。ウイルス以外にも脅威があるかもしれない。いや、ウイルス以上の強敵が人類にはいるのかもしれない。だからどれだけ疫病が流行しても人はキスもレストランもやめなかったんだとしたら……」

スクリーンの中の人間が、やはり口を接触させ接吻を始めた。

「終息宣言から今日まで、防疫という観点では人類は極めて平和に生活している。君の考えはいささか荒唐無稽に思えるな」

「でも、君も不安があるからこの実験に協力してくれたんだろ」

「私はどんな小さな可能性でもとことんまで検証したいだけだ。サードステップの危機を回避するためならなんだってやる。それに、私が君の研究に協力しているという認識は失礼だが間違っている。君が協力者だ。申請もそのように通している」

「申請のお題目なんてごまかすためにあるものさ。昔は〝紙切れ一枚〟って表現してた。だいたいの申請や事務作業は印字された紙で行われてたから。そういう薄っぺらいものって意味。じゃ、おやすみ。君も早く寝ろよ」

Dは立ち上がると、寝室のスペースに向かい、何も言わずに勝手に左側のベッドに潜り込んでしまった。

翌朝、穏やかなアラームと共に目を覚ました。正確にはほとんど眠っていなかった。眠れなかったのだ。一晩中、隣のベッドから呼吸音が聞こえていた。あまりに耳障りなのでこっそり計測したが、計器はほんの十数デシベルを指し示し、数値の上では騒音にはあたらないという結果しか出さなかった。

「おはよう、R」

背中を向けていた隣のベッドから声が聞こえた。あくび、それからベッドから降りたらしい足音。

「静かな朝だね。静か過ぎる。ぼくの家は森にあるから、鳥の声も風の音もしない朝ってちょっと落ち着かないな。アクタは都会だから、ここはたぶん君の普段暮らしてる環境により近いんじゃないかな。よく眠れた？」

起き抜けからよく喋る奴だ。私は答えず、少し時間をあけてからベッドから降りた。空調は利いているはずなのに、寝不足のせいか頭がぼんやりと熱を持っている。洗浄機に入りたい。そう思ってサニタリールームに向かうと、そこはすでにＤに占領されていた。舌打ちし、その場を離れる。二人の人間がいるのに衛生設備が一つしかないなんて、本当に異常なことだ。非合理的だ。これを言ったら、かつては二人どころか三人、四人、場合によっては何十人もが一つか二つのサニタリールームで生活していたのをＤはまたとうとうと語りだすだろう。人類が半分死滅した原因はおそらくそれだ。今なら確信が持てる。

苛立《いらだ》ちを抱えたまま、私は他人の使用した洗浄機を入念に消毒してから使い、普段の倍以上の時間をかけて身支度を整えた。

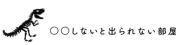

時間は日々、じりじりと流れた。一日、二日、三日。最初に慣れたのは、意外なことに食事だった。パックされた食事を温め、向かい合って食べる。その行為を日に三度繰り返すうちに、私は誰かと一緒に同じものを食べるという状況に違和感を覚えなくなっていた。

食卓の横には、Ｄが持ち込んだ古い時代の機器がいくつも置いてある。昔は個人が自分や〝家族〟のために自宅で調理をしていた。それを一部でも再現したいということらしい。今は毎日テーブルの上に、白い持ち手と管と蓋の付いた容器が置かれている。中には精製される前の紅茶の葉と熱湯が入っている。これが昔日常的に行われていた、紅茶の飲み方なのだ。最初私は当然その紅茶を飲むことを拒んだ。しかし私たちは同じものを飲食する決まりになっている。何度かの言い争いに近い話し合いののち、私は結局その紅茶を飲むはめになった。普通の紅茶と味は変わらないように思えた。

「二百年前でも、キスの文化が無いのは人類の十%程度だったっていう調査結果もある。最古のキスを誰が始めたのかも分からない。アジアでもヨーロッパでも、独立した文化のある国でも、鎖国をしていた島国でも、遥《はる》か昔からほとんどの人類はその文化の中にキスを内包してたんだ。ハグや握手の習慣のない国でもキスの存在は確認されている」

紅茶のカップ(これも二十一世紀あたりのものらしい)を手にし、うろうろと部屋の中を歩きながらDが話す。私に語りかけているように聞こえるが、相槌《あいづち》を打たなくても放っておけばえんえんと喋っている。

「それと、ぼくの資料を見てもらえば分かるけど、2070年くらいまでの記録に残ってるのは圧倒的に、〝男性〟と〝女性〟のコンビが多い。昔はジェンダーがすごく固定化されてたからね。ぼくらはその時代の基準に当てはめるとすれば、おそらく〝男性〟同士のコンビになる。記録は少なくてもこの組み合わせも太古からキスをしてた。だから実験するメンバーとして不都合はない。これが成功したら今度は〝男女〟や〝女性同士〟の実験もするべきだと思ってる。もしぼくらの結果と差異が出たら興味深いしね」

Dの話にはとっくに知っているようなものもあれば、興味深いものもあった。時には私がウイルスや公衆衛生についての講義じみた話をすることもあった。今までオンラインでもそういうやり取りは繰り返してきた。だが、じゃがいももゲルニカも被《かぶ》っていない生身のDを相手に話すのは、少しだけオンラインと勝手が違うような気がした。

彼の表情はよく変化した。驚いたときは目が大きく広がり、理解できない、もしくは意見を異にするときには眉間に深く皺《しわ》が寄った。Dと喋っていると、私は今までまったく意識していなかった自分の表情というものが次第に気になってきた。

自分の作業に疲れると、私はDの持ち込んだ資料を見るようになった。フィクションでもノンフィクションでも、接吻をする、あるいはその直前の人間は、笑顔か無表情の場合が多い。それを指摘すると、Dは「それは無表情っていうのとは、ちょっと違う」と言った。じゃあ何の表情なんだと問うと、しばらく間を置いてから「恍惚《こうこつ》」と一言返ってきた。


アラームが鳴り、私たちは二十九日目の朝を迎えた。先に私が洗浄機を使っている間に、Dが湯を用意し紅茶を淹《い》れる支度をする。その後私が朝食のパックを温め掃除をしている間に、Dが洗浄機を使う。特に議論もしないまま、このルーティンがいつの間にか決まっていたことにある朝気づいて私は密《ひそ》かに驚いた。話し合いなしに何かが決まることが、あっていいのだろうか。これは秩序を乱す行為なのではないだろうか。しかし実際、私たちの生活はそうなっていた。

私とDの作業スペースはほとんど対角線上に離れていたが、次第に中央のソファに集まって仕事をするようになっていた。これも話し合って決めたわけではない。いつの間にかそうなっていた。いつの間にか……そんな不確定なものが自分の生活に入り込むことは予想もしていなかった。規則正しい行動と秩序は、病と怪我を遠ざけるための大切な鉄則だ。セカンドステップのあと、これ以上死者を出せないと気付いた人類は可能な限り危険を遠ざけるための仕組みを作った。叡智《えいち》でもって。それがこの非集合、非移動社会だ。

「でも、昔はみんながカジュアルに移動していた。娯楽でも、仕事でも。住居も頻繁に変える人が多かったし、だから個人名に居住地も含まれなかった」

いつものようにDは喋り、でも、いつもとどこか声の調子や表情が違っているように見えた。それが何なのか分からない、分からないことに気付いてしまう自分に、私は密かに苛立ちを感じていた。

「触れて、動いて、また動いて、ときに増殖して、また動いて触れて——ねえ、これを言ったら君は怒るかもしれないけど」

一呼吸置いて、Dは、珍しく自信なさげな声色で言った。

「人類はウイルスと戦ってきたというけど、人類とウイルスは、実はとても似ていると思うんだ。ぼくらもまた、何かにとってのウイルスみたいなものだったら、どうする？」

私は鼻で嗤《わら》った。

「ばかばかしい。観念的でナイーヴな考えだ。当ててやろうか、君は怖気《おじけ》づいてるんだ」

そう言うと、Dは青く染めた眉を深くひそめた。

「怖がってる？　ぼくが？　何をだい」

「明日の実験だ。ここに来て恐ろしくなったから、そんな話をするんだろう。私は逆に落ち着いてきた。最初は確かに、君の言った通り多少の緊張はあったがね。人類はウイルスではない。ウイルスは人類の敵だ。人類は自然に科学と技術で打ち勝ってきた。これからもきっとそうなる。人は滅びない。人が人でいる限り」

「君にとっての人の定義って、何なんだい。他の生き物との違いは何？」

私は少し考え、そして答えた。

「自らの意思で進化しようとすること。前進しようとすること」

今度はDが笑った。

「……君とぼくは当然とても違うけど、同じ部分も多いみたいだ。そして同じで、違う」

「何が言いたい」

「君と実験できてよかったってこと」

Dは笑い続けていたが、それが嘲笑や呆《あき》れた笑みではないのに気付いた。しかし、どういう意味での笑顔なのかは推し量れない。生身の本体なのに、彼の表情は今なぜか、じゃがいものアバターよりも分かりづらくなっていた。

「君はどう思ってるか知らないけど。ぼくはよかった。他の奴とだったら、たぶんもうちょっとだけ、嫌だった。そういう気がするんだ。R、君でよかった」

丸く大きな目が私をじっと見据えている。その子供のような顔や、不釣り合いに大きな体格を、初めて私は意識して見た。

二十九日間もそれを見続けていたのに、なぜか今突然、私の視覚はDの本体から違う情報を拾い上げようとしているようだった。風が吹いていないのに、風が吹いているような気がした。日は照っていないのに、照っているような気がした。ここは野外ではないのに、温かい雨がこの部屋に、Dの上に降り注いでいるような錯覚を感じた。

「知覚がおかしくなった」

私はほとんど叫ぶように言い、検査器具の置いてある場所へ走りあらゆる計測器を自分に貼り付けた。

「R？　大丈夫か？」

全ての数値をシステムに送る。

私はどこもおかしくない。けれど、私はおかしくなっている。

三十日目がやってきた。

私は朝から、いや昨夜からずっと落ち着かない気持ちになっていた。改めて全身くまなく検査をしても、どこもおかしなところは見つからなかった。それはDも同じで、数値の上では、私たちは三十日前、初めてこの部屋に入ったときとまったく変わらない肉体と精神を保持しているという結果しか出なかった。

Dは無言で無菌室を組み立てていた。淡い青色をした透明のテントを広げ、中の空気を消毒する。巨大な鶏《とり》の卵のようなテントの中に、各種計測器を着けたまま私たちは入った。

ついにこの実験の一つのハイライトを迎える。私たちは接吻をし、私はそれが免疫に与える影響を調べる。それだけだ。使命として。仕事として。冷静に。

「どうしてかな――以前もこんなことをした気がする」

ひどく静かな声で、Dが言った。お互い裸に計測器を着けただけの姿で向かい合う。

「プライベートで？　それともフィールドワークか？」

「違うよ。何故だろう……こんな気持ちは初めてだ」

私はDの目を見つめた。言葉には出さなかったが、実は私も同じようなことを考えていた。接吻をする前から、しようと計画するだけで、やはり精神にすでに影響が出ているのだろうか。

Dの手が、ためらいがちに私の肩に触れた。驚いたが、私は拒まなかった。心拍数が上昇していた。Dのそれも。緊張とも、恐怖とも、何とも言えない感情が触れられた箇所からじわじわと広がっていくのを感じた。恐ろしいのに、私は欲していた。接触を。Dとの接触を。唇と唇での接触を。

「準備はいい？」

小さな囁《ささや》き声と共に、ほとんど胸と胸がつくほどに私たちは近付きあった。私は資料映像で観たように、目を閉じてみた。首を少し傾《かし》げ、唇を薄く開く。そこにおそらく、Dは自らの唇を接触させてくるはずだ。それを想像すると、全身の皮膚が粟立《あわだ》った。もしかして私は今、無表情ではないとDが主張したあの表情、恍惚の表情をしているのかもしれない。でも、何のために？　触れている部分が溶けそうに熱い。私は、私たちは、このまま触れ合ったら本当に溶けて融合してしまうのではないだろうか。ふとそんなばかばかしい考えが頭の隅で弾《はじ》けた。お互いの間にある仕切りを、膜を破壊し、溶けて混ざり合い変容する。水と水のように。アメーバのように。ウイルスのように。

巨大な、長い長い時間をかけて進化してきた、決して滅びないウイルスのように。

（ex）：絶滅教育

——真藤順丈

真藤順丈

しんどう・じゅんじょう

1977年、東京都生まれ。
2008年、『地図男』でダ・ヴィンチ文学賞大賞を受賞。
同年、『庵堂三兄弟の聖職』で日本ホラー小説大賞を受賞。
同年、『東京ヴァンパイア・ファイナンス』で電撃小説大賞銀賞を受賞。
同年、『RANK』でポプラ社小説大賞特別賞を受賞。
2018年、『宝島』で山田風太郎賞を受賞。翌年、直木賞を受賞。
作品に『しるしなきもの』『黄昏旅団』『夜の淵をひと廻り』『われらの世紀』など。

飢えた羊たちに糧《かて》はなく、風を食い、悪夢を呼吸して、
身のうちより腐敗をきたして、悪しき疫病をまきちらす。
恐ろしき狼は、隠し持ちたる爪を砥《と》ぎ、日ごと貪《むさぼ》り食らうことの
ほか、教え与える声はたえてなし。

——ジョン・ミルトン『リシダス』

探していた獣《けもの》と出くわして、登山者はみずからも四つん這《ば》いになった。

「おまえに、会いたかった」

そこに到るまでは二本の足で歩いてきた。渓《たに》沿いをたどり、藪《やぶ》を漕いだ。紫色と暗褐色のまだらな山並みが浮かびあがり、振り返られることなく後景に遠のいていった。道程でカモシカの亡骸《なきがら》も見つけた。腹の中身はあらかた失われ、笹藪が一メートル四方にわたって変色した血に染まっていた。黒いスノードームのような眸《ひとみ》はからっぽで、この地球《ほし》が数える分と秒も、森羅万象のあらゆる精細な模様も映していなかった。

そして、出会った。

濃度の違う空気が混ざりあう森林限界線で、見入られている気がした。立ち止まって体の向きを変えると、燃えるような一対の眸《め》がこちらを見ていた。

わが領土に踏みこんだのはどこの馬鹿だ、と問うような褐色の獣は、一個のたくましい筋肉の塊《かたま》りだった。居並ぶ牙が裂けた口吻《こうふん》を押しのけている。飢えと怒りを双眸《そうぼう》にはらんで、向き合った人間がカモシカのように頸筋《くびすじ》を食い破れる相手かを冷血に見抜こうとしている。

それとも、怒ってなんていないのか、冷血というのも言いがかりか。こちらがどのような感情を投影したところで、それは本物の獣の感情ではない。よほど気をつけていないかぎり、人はたやすく動物を擬人化してしまう。獣はその野性に従ってそこにいるだけだ。憤りも蔑《さげす》みも罪悪感も、生殺与奪《せいさつよだつ》の気負いもない。揺らぎもせずに見る眸は、こちらが感じているものを鏡のように映し返しているだけだ。

「おまえもさまよってきたんだな。現代《いま》よりずっと、ずっと前から……」

切れぎれに言葉を投げかけながら、その場で四つん這いになった。そうしなくては気がすまなかった。下山の帰途もふくめて、人の世界に戻る余地をつぶしてしまいたかった。

次の瞬間、ひと吠えとともに獣が跳躍した。左右の手は前肢にしているので防御に使えない。生臭い息が顔に吹きつける。重量のある塊りが体に圧《の》しかかってくる。がっぷり四つにはならない。喉頸《のどくび》に咬《か》みつかれて視界に盲点が現われる。精一杯にあがきながらも、長くは保《も》たないことは登山者にもわかっている。すぐに絶命には至らない、動けなくなったところで皮膚を食いちぎられ、傷に口吻《くち》を差しこまれてがつがつと咀嚼《そしゃく》される。生きながらに食《は》まれ、他者の糧になる時間――それは身も世もないほど恐ろしくて、理性ではとうてい受け止めきれなかった。登山者はこう思った、いやだ、こんな死にかたはたまらない、すこしも尊《とうと》い気持ちになれないのは、こっちがまだ人だからだ。人を人たらしめるものが往生際を悪くしている。われらは現在の軛《くびき》にとらわれず、過去と未来を知ることができるから。獣の糞《くそ》となって分解される未来にも、卑怯《ひきょう》な嘘《うそ》や小賢《こざか》しい自意識でゆがんだ過去にも思いをいたすことができるから、だから厳《おごそ》かな最期は望むべくもないんだと。覚悟してきたはずなのにみっともない。だけどいやだ、こんな死にかたはたまらない――

　遠ざかる意識のなかで咆哮《ほうこう》が聞こえた。それは舌鼓《したつづみ》か、群れを呼んでいるのか、そんなふうに上を向いて吠える獣のことなら、山に入らない者でも、だれでもよく知っているはずだった。おおおおおおん――おおおおお――おおおおおおおおおん――

　喉の奥にあふれた血で登山者が窒息していくあいだも、遠吠えはしばらく昏《くら》い山間《やまあい》を震わせつづけた。

＊　＊　＊

地名は伏して記す。あのころ――全国の研究者やハンターが金鉱の採掘者のように地元の山に群がっていたころ、わたしは麓《ふもと》の町で暮らしていた。

転居のきっかけは父の病死だ。最後の数ケ月がとくに見ていられなかった。放射線や化学療法で三十キロも痩《や》せてしまい、まるで父自身がふくれあがった癌《がん》の付属物に見えた。そのころの父とは、一時間おなじ部屋にいるだけでも限界だった。

わたしは母の郷里に越すことになった。中部地方の山麓《さんろく》支流域にあるちっぽけな町だ。親戚筋の家を間借りして、母はわざわざ頼みこんで温泉旅館の仲居になった。母さんの手伝いをよくするようにと叔父夫婦にも言われていたけど、わたしはほとんどなにもしなかった。わたしにできることなんてかぎられていたし、夫との死別をいつまでも引きずっている母と接するのは気づまりだった。週末や休みの日には家に籠《こも》りきりになってネットやテレビを観《み》ているだけなのに、夕方にはへとへとに疲れていて、晩御飯の支度をすませるなり床についてしまう。悲しみに暮れるというのは重労働なのだ。そのころの母は父の墓碑の隣に、自分が入る予定の墓を掘りつづけているようなものだった。

わたしは残酷なのだろうか。こんなふうにありのままを記すと、恥知らずの親不孝者と思われるかもしれない。だけどそのころのわたしは十六歳だった。恥を知っている十六歳なんてどこにいるだろうか？　わたしは転地に負けたくなかった。こちらでも早く自分の世界を築きたかった。だからまったくといっていいほど家に居着かず、友人も用事もないうちから外をほっつき歩いていた。

わたしたちが越してきてすぐに、祖父が八十九歳で亡くなった。晩年の祖父はわたしによくこんなことを言っていた。わが一族は放浪の病にかかっているのだ——隠居する前は神社の宮司《ぐうじ》をしていた人で、ふらふらしているわたしをたしなめようとしたのか、祖父が言うには、伊良《いら》の家ではむかしから家出や失踪者、風来坊、駆け落ちして戻らない者がたくさんいて、ここだけの話、罪を犯したお尋ね者も一人や二人じゃないという。もともと母には兄弟姉妹が六人もいたのが、地元に残ったのは叔父夫婦が一組だけ。そもそも母にしてからが、コミュニティ・サポートという肩書きで全国を転々とするなかで父と出会っていた。つまりムーミン谷でいえばムーミンよりもスナフキン、柴又《しばまた》でいえばさくらよりも寅次郎《とらじろう》をたくさん輩出してきた家系らしい。そんなことってあるのだろうか、そういう血統、遺伝のようなものが？　わたしにも覚えがないわけじゃなかった。子どものころから腰が据わらない。三つ隣の県まで家出したことがあったし、自転車にまたがれば見慣れた近所にとどまらず、どこであれ行けるところまでペダルを漕いでいきたくなった。

もっとも、祖父にしてからが認知症と診断されて徘徊《はいかい》の傾向もあったので、母や叔父もまたいつもの口癖が出たよと相手にしていなかった。祖父の母親——わたしにとっての曾祖母は住所不定のままで子を産んだとか、親戚には家族揃《そろ》って放浪生活を送る一家もあるといったくだりは眉《まゆ》に唾《つば》をつけたくなった。それもこれも伊良の血がなせる業《ごう》なのだと祖父は言った。とくと心得ておきなさい、おまえもそうした一族の末裔《まつえい》なのだから。

わたしの人生で考えるなら、血は争えなかったということになるんだろう。だけどこのころのわたしにとって大事なのは現在《いま》だった。どこにでもある話だけど、閉じた地方の人間関係のなかに自分の居場所を見出すのは至難の業《わざ》で、都会者やよそ者あつかいから抜けだすまでには自分を大きく見せたり、斜《はす》にかまえて無謀な振る舞いをしたりしなくてはならなかった。

退屈すぎて息がつまるような町で、大きな騒ぎがもちあがったのは十七歳の夏のことだ。近くの山で白骨死体が見つかった。

獣に食われた、というのがもっぱらの噂《うわさ》だった。

それだけなら珍しい話でもなさそうなのに、地方テレビ局からも取材班がやってきて、警察や消防団、営林署などの有志が集まって連日の山狩りが行なわれていた。そこまでの騒ぎになったのは、身元不明の犠牲者を襲ったのがただの野犬ではないらしいという風聞が飛びかったからだった。

「オオカミだって」梁井《やない》という男子が話しているのが聞こえた。「知らねえのか、あの山じゃ昔からオオカミの目撃談があるんだよ」

「オオカミは絶滅しただろ」取り巻きのだれかが言った。

「食われたやつが、最後に写真を撮ってたんだよ。で、その写真のコピーが出まわって、専門家やらマスコミやらが目の色を変えはじめた」

営林署で働いている父親から梁井が仕入れた話では、遺体から離れたところにデジタルカメラが落ちていて、スマートメディアに残された撮影画像が、こちらを向いた獣を写していた。この梁井という男子は、休み時間の話題をさらうためならあることないこと並べたてるやつだったので、最初のうちはわたしは話半分に聞いていた。進路相談で〈映像アーティスト〉と志望を書きこむような梁井は、のちに地元視点からオオカミ騒動を追ったドキュメンタリー映像を撮ろうと言いだすことになる。つまりこの男は、事の初めから終始一貫してはしゃいでいた。とにかくうるさかった。もしもオオカミだったら世紀の大発見だ、この町からピュリッツァー賞の受賞者が出るかもしれないぜ！

おおむねこのときの情報は事実で、残された写真はあった。撮られた獣はたしかにオオカミに酷似していた。頭骨を砕かれ、白骨化した遺体はおよそ半年から一年前に食い殺されたものだと町中の人が訳知り顔で語るようになり、話す人によってそこへ、顔を残してあとは骨までしゃぶられていたとか、アキレス腱を咬みちぎられてから生きたまま内臓を食われた、といった恐ろしげなディテールの尾ひれがついてきた。

ある日の放課後、図書室に足を向けたわたしは一冊の図鑑を読みふけった。『野生動物図鑑Ｉ　哺乳類編』はこう記していた。――ニホンオオカミはすでに絶滅しています。

他の動物のページと違って、載っているのは写真ではなくカラーイラストの図解だった。茶色い毛並みの、想像よりも体軀《たいく》の小さなオオカミが三頭、仕止めたばかりのシカを食らっている。群れの二頭はシカの腸《はらわた》に口吻を差しこんでいて、一頭だけが首をもたげて読者を向いていた。顔の半分をシカの血に染めながら、威嚇するように牙をむいて、黄金色《こがね》に塗られた眸で警告を発していた。

なに見てんだ、この旨《うま》い肉はやらねえぞ。

これはおれたちのものだ、あっちへ行け、さもなけりゃおまえも殺すぞ？

絵なのにぞくぞくした。オオカミと聞いたときはシベリアンハスキーのような精悍《せいかん》な犬を連想したけど、フォルムだけなら秋田犬や柴犬のほうが近い。それでも人の暮らしに溶けこんだ犬の知性や親しみやすさは感じさせない。描き手の先入観も影響しているのかもしれないが、獣の眸が宿しているのは飢えた野性だった。見る者を刺し貫くような狂気の光だった。身元の知れない犠牲者も、命が尽きる前にこの眼光に見入られたのか？

「これ、貸出禁止だけど」

野見《のみ》まどかは図書委員だった。話したのはこのときが初めてだ。いつも醒《さ》めた顔をしていて、クラスで浮いていることも気にしていなかった。教室では斜めうしろの席で、うつむいて本を読んでいるときの髪の分け目やつむじにわたしは鼻を埋《うず》めたい衝動に駆られた。休み時間が終わって読んでいた本に栞《しおり》を挟むのを見るたびに、軽い羨望すらおぼえた。わたしもその栞のように、彼女の日常に楔《くさび》を打ちたいという思いをそのころから育んでいた。

「絶滅種とか絶滅危惧種とか、そういうのって気になっちゃって。よく知りもしないのに懐かしくて、切なくなっちゃって」

スキャンダラスな旬の話題に踊らされていると思われたくなかったわけだが、言っていて自分でもそらぞらしかった。陰があって他人と違う自分を演出したがるのはこの年頃の通過儀礼のようなものだ。野見まどかの反応も薄かったが、わたしがいたたまれなくなって図書室を去りかけたところで、「私も好きかも」とつぶやくのが聞こえた。ふりかえると「絶滅危惧種とか。うじゃうじゃいるものよりは」と彼女はつづけた。

「オオカミも、ほんとにいたら素敵だよね」

わたしもおなじ想いだった。野生絶滅種の定義である〈過去五〇年間、信頼できる生息の情報が得られていない種〉の代表格、ニホンオオカミが生き延びていて、人の目が届かない領域を走っているとしたら——この世にうじゃうじゃいるもの、たとえば人間、それを端から食い殺していくイメージにすらわたしは、倦《う》んだ毎日に風穴を開けてくれるような、この世の価値を変容させてくれるような背徳の快感をおぼえていた。

「そんなこと考えてたんだ」まどかはわたしの目を長いこと見ていた。「尾谷《おたに》って、なに考えてるかわからないところあったけど、まさに一匹オオカミっていうか」

「おたがいさまじゃない」

「動物好きとはね。もしもオオカミが一頭も残ってなくても、絶滅した動物たちの動物園ならここにあるよ」

図書室の書架へとまどかは手をひろげてみせた。その日はたしかジャック・ロンドンの『野性の呼び声』を借りたはずだが、読書慣れしていないわたしはもたもたして貸出期限をすぎても読み終えられなかった。思えばこのころに、初めて山にも入ったのだ。

絶滅種に惹《ひ》かれるのは、わたしが女であることと関係があるのだろうか？　そのときにはまだよくわかっていなかった。だけど人食いオオカミに期待する心理は解明しやすい。たとえば暗くて尖った自分を演出したい十代男子が、猟奇殺人やシリアルキラーの知識を蓄《たくわ》えたがるのとも変わらない。思春期の麻疹《はしか》のようなものにちがいなかった。

町そのものも熱に浮かされている。近場にはスキー場が点在していて、夏場にかけては山麓のペンション群もにぎやかになる。牧場や養鶏場があり、農業法人の畜産試験場があって、犬猫以外の動物が日常に溶けこんでいる町だったけど、新たな開発も進んでいたので〈オオカミ再発見の土地〉とでも銘打って地域振興に役立てるつもりじゃないかとわたしは疑っていた。オオカミと断定されたわけじゃないこのころでもすでに、旅館やペンションは研究者やマスコミの宿泊予約でいっぱいで、うちの母も「怖いけど、嬉《うれ》しい悲鳴」なんて言っていた。

大規模な山狩りにしても、町の大人たちはあきらかにその獣を生け捕りにしたがっていた。ところが半月をかけた捜索の成果は挙がらず、わたしはその喧騒《けんそう》が落ち着いたころに山に入った。で、まんまと遭難した。

沢筋を上がるつもりが、山腹に切りこむような渓流がたえず蛇行するせいで水際を離れてしまった。暗くなる前に戻るつもりだったのに、夕方になっても方角がわからず、傾斜を下っているつもりがどんどん深山《みやま》に入りこんでいく。このときの恐怖は忘れられない。闇が景色を侵《おか》していった。急峻《きゅうしゅん》な斜面で足を滑らせて淵の暗がりに落下し、額から出血した。視界をなぶる眩暈《めまい》は血の味がした。一人のフィールドワーカーと出会っていなかったら、あるいはもっと危険な目に遭っていたかもしれない。

「で、あなたはなぁに、このへんの女子高生？」

わたしよりも頭ひとつふたつ小さい、身長百五十センチメートルほどの女の人だった。迷彩柄のアウターにたくさん収納のついたベストを重ねて、鍛冶屋《かじ》のような厚い革手袋をはめている。このところ町に殺到している研究者の一人のようだが、その女は一風変わっていた。藪のなかで木を舐《な》めるように観察していたせいかもしれない。なんとなく人間のふりをした野生動物とむりやり人語で話しているような気がしたのだ。

「お目当てはおなじみたいだけど」わたしの携えた一眼レフカメラを見てその人は言った。「猟友会の爺《じい》ちゃんとかいないの？　猟銃もしょわないでこんな時間に、そんな軽装で山にいるのとかありえないから」

調査に水を差されたからなのか、どこか不機嫌そうに女はオナモミのついた髪をかきむしった。年齢は二十四歳にも四十二歳にも見える。つまり不詳だ。その髪は自分で切っているのかもしれない。左右で長さがちぐはぐで、頭の片側は短すぎてほとんど刈り上げになっている。頬をくすぐる髪の房を払いのけると、山猫のような顔にひとなすりの土汚れが残った。

「抜けがけしたくて来たんだろうけど、ど素人《しろうと》に追えるもんじゃないから」

返す言葉もなかった。わたしは恥をしのんで助けを乞うた。

「そんじゃこれ、貸したげる」

地形図を渡してくれたが、わたしが読みこなせないとわかると女はあきれて、今はこのあたりにいて、ぐねぐねのところに等高線が詰まった一帯は避けて歩いて、とその場で指導しはじめたけど埒《らち》が明かないので、もうしょうがねえなあと言ってヘッドライトを点《とも》し、わたしを連れて山間を歩きはじめた。

「二十歳になったら銃猟免許を取れるから。そしたら鉄砲担《かつ》いでまたおいで」

「あなただって持ってないじゃないですか」

「私の武器はこっちだから」女はこめかみを中指で突っついた。「あのね、これからも犠牲者は出るからね。あれはかなり危険な獣だから、町の人たちにも山狩りとかしないで専門家に任せるように言っといて。ずかずかと大勢で踏み荒らすもんだから、かえってフィールド・サインが消えちゃうんだよ」

最寄りの営林署に着くまで、彼女の態度はずっとぎすぎすしたものだった。わたしはうなだれながら、例の写真をこの女は見たんだろうかと思った。危険な獣と言ったけど、彼女はオオカミの生存を信じているのだろうか。そもそも、ほんとうにオオカミなのか——
神代珠子《くましろたまこ》とはそんなふうに行き逢った。まさしく〈絶滅動物の専門家〉だった彼女の予言は、一度のみならず的中することになった。

そう、被害はつづいたのだ。二ケ月後にまた獣害事件が起こった。オオカミらしき遠吠えを聞いたという人まで現われはじめた。わたしは学校帰りに制服のままで被害に遭った養鶏場を見にいこうとしたけど、仕事帰りの母と出くわしてしまって、軽自動車に強制的に乗せられて降りることはできなかった。

あんたも気をつけなさいよ、次も動物とはかぎらないんだから。いっぺん人の味をおぼえた野生動物はまた人を襲うっていうしね……

遭難騒ぎで大目玉を食らったわたしのほとぼりは冷めていなかった。母の小言を聞くとも聞かずにわたしは、百羽以上の鶏が咬み殺されたという鶏舎の様子を想像した。風に乗って臭気が漂ってくる気がした。糞尿や堆肥《たいひ》の臭いに混ざっているのは、血の臭いだ。たった一度の襲撃でそんなに食いつくせるとは思えない。すると途中からは、殺すために殺したということにならないだろうか。家禽《かきん》の羽根が舞い、酔うような血の臭いが充満する情景が頭にこびりついて離れてくれなかった。

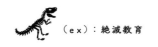

「あれは友和《ともかず》じゃないかね」養鶏場のかたわらを通りかかったとき、人だかりのなかに母が知った顔を見つけた。「祖父ちゃんの葬儀にも現われなかったくせに、いつのまに戻ってきてたんだか」

「どの人？」

「祖父ちゃんが放浪の病がどうとか言ってたでしょう。ほんとうにそんなものがあるんだとしたら、あれはそのなかでも最悪の部類ね」

さんざんな言われようだった。うちの母は郷里に世話になっているくせに、縁戚とは距離を置きたがり、ときどき悪しざまに批難することがあった。野次馬にまぎれて鶏舎をうかがっているのはずんぐりとした猪首の男で、日雇いの労働者のような風体をしていた。縁日に現われるテキ屋のような印象があった。事件の現場を肴にカップ酒をちびちびやっているさまは、親戚ながらなかなかに生き崩れた気配を漂わせていた。

「あんたもね。そのときそのときで衝動に身をゆだねてたら、ああなるよ」

ブルーカラーに偏見を抱くような母ではない。友和自身のことを槍玉にあげていた。叔父夫婦の次男坊で、暴行や傷害事件を起こして地元を離れたという鼻つまみ者。風通しのよさがかけらもないフーテンの寅さん。あんたにも似たところがある、とはっきり言われていた。他のだれにもまして母は、娘のなかに潜んでいる昏さや放縦、致命傷になりかねない屈折、そういうものを敏感に察していたのだろう。厳しく接するだけではどうにもならない娘の性《さが》をもてあまして、だからこそ転地に踏みきったところもあるのかもしれない。

底のない暗がり、終わりの予感は、あまりに生々しくわたしとともに在り、このころには生温かいその息が首筋に吹きかかっていた。わたしにとって時間とは、頭巾をかぶって痩せた馬に乗った骸骨の姿形をしていた。気がつくと局所麻酔をかけられたようにすべてはどろりと緩慢に過ぎ去っていった。

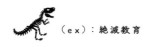

そんな高校時代のたったひとつの例外が、野見まどかだった。

わずかな糸口をわたしにしては慎重にたぐり寄せた。図書室に通いつめて〈絶滅動物園〉の推薦図書をせっせと読んだ。読書日記を交換して、たまには一緒に下校もした。その日も補習を終えたわたしは、校舎の階段を駆けおりていった。待ち合わせをしていたまどかが「尾谷、おつかれー」とわたしに手をふった。そのまま二人で帰るはずだったのに、校門の前でまどかはべつの女と話しこんでいた。

「あなた、尾谷っていうの。ひょっとして仲居の尾谷さんと関係ある？」

神代珠子はフィールドワークをつづけていた。母の旅館に泊まったことがあるそうで、旧姓が伊良であることも知っていた。するとあなたは亡くなった神主さんの孫なんだね、と彼女は言った。それなら私たちが山中ではちあわせたのも縁かも知れないね。

警察や営林署にも出向いて、オオカミの情報を尋ねまわっているという。この日の神代珠子は山で会ったときよりも上機嫌で、わたしとまどかを見比べて「……なるほどね、ワイルドなわたしを見せたかったわけだ」と含み笑いしている。うちの高校には遠吠えを耳にしたという生徒の話を聞きにきていた。

「それ、私の遠吠えだったかも」

「神代さんの？」

「もしかしてレスポンスがあるかもと思って、山のなかで何度かね」

神代珠子はそこで頭をそらすと、おおおおん――おおおおおおん――と遠吠えをあげてみせた。すっごい上手《じょうず》ですね、とまどかが賛嘆した。たしかに想像できるかぎりではオオカミそのものの遠吠えだった。ついに出たか、オオカミが出たか！　と梁井たちが騙《だま》されて校舎から飛びだしてきたほどだった。

あれ神代さんじゃん、と梁井が言った。神代珠子とはすでに営林署の父親を通じて面識があって、来たる自主制作のドキュメンタリー映画にそなえてインタビュー出演をお願いしているという。わたしは梁井の交渉力よりもむしろ、地元の高校生にまで根を食いこませるフィールドワークの能力に驚嘆してしまった。

絶滅（ｅｘ）、野生絶滅（ｅｗ）、絶滅危惧ⅠＡ類（ｃｒ）、絶滅危惧ⅠＢ類（ｅｎ）、絶滅危惧Ⅱ類（ｖｕ）――

神代珠子はこの五つを〈絶滅にいたる五階梯《かいてい》〉と呼んでいた。

アルファベットの二文字は、彼女が普段から好んで使っていたカテゴリーの略号だという。

わたしにとって神代珠子は、絶滅種について知るための教師となった。遊びにきなという誘いにあずかって、わたしたちは連れだって何度か研究室に足を運んだ。梁井たちは映画の下準備のために、わたしは校外でもまどかと会うために。県立大学にあてがわれたその一室は、試料や文献や実験用具がところ狭しと並べられ、山中で撮られた木の幹の傷跡や、シカやタヌキの死骸の写真が貼られていて、殺人事件を追いかける捜査本部もさながらだった。

「この人は、稀少種をあつかうレッドデータブックの〈中の人〉、野生動物を追いかけるトラッカーとしてはワールドクラスなんだってさ」

梁井の父の同僚が、かつて国立自然公園で働いていて、神代珠子の評判を聞きおよんでいたという。世界自然保護評議会――通称・ＩＮＣＣという国際団体から依頼を受けて、絶滅のおそれのある野生動物の保全状況・分布・生態に影響をもたらす要因を記載したレッドデータブックを編むための生態調査がその仕事だという。おもに動物相の絶滅種（ｅｘ）や絶滅危惧種（ｃｒ）の指定、保護方法の策定、環境アセスメントへの活用を目的として最前線で働いている人だった。

「獰猛《どうもう》で、狡猾《こうかつ》で、人間を恐れてもいない。しかもまるっきり痕跡を残さない。ほとんど幽霊みたいな獣だよ」

「だけどそんなオオカミも、神代さんの手にかかれば……ね、そういうことでしょ？」

おべっかを並べる梁井を、神代珠子は鼻であしらうように言った。

「私は一度もオオカミとは言ってない」

「え、違うんですか」

「なにかはいる、なにかはね」

これまでにピンタ島のゾウガメ（ｅｘ）、ヨウスコウカワイルカ（ｅｘ）などの最後の個体の死を看取《みと》り、ウグイスやキツツキの一亜種やピグミーメガネザルといった絶滅種の再発見を果たしてきた。ときには密猟者との戦いで死線をくぐり、ときには生物種的レイシズムを正してきた。どこまでほんとうかわからない話をくりだしては梁井やまどかを沸かせている。そんなすごい人がどうして田舎《いなか》の高校生に特別授業を開いているのかは謎だった。

「オオカミの生存説は」と神代珠子はつづけた。「この国じゃ古き良き時代を偲《しの》ぶロマンチシズムの典型。だけどそれは実体のない蜃気楼《しんきろう》。これまでにもいやってほど目撃証言が舞いこんだけど、たいていは野犬やキツネの誤認だった」

この国のオオカミは、かれこれ百年以上も（ｅｘ）――

猟師に狩りつくされたエゾオオカミも、土地開発における食糧の急減や伝染病によって姿を消したニホンオオカミも、絶滅指定があまりに古すぎて実際は生態すらよくわかっていない。

それでも乏しい資料に当たれば、わたしたちがイメージする凶暴な獣とかけ離れているのがわかる。群れを作るのも遠吠えするのも極度の用心深さのたまもの、人間を襲ったという記録は残っていないらしい。では、オオカミではないのか。それなら町を騒がせているものはなんなのか？　神代珠子はオオカミだとは言わなかったが、オオカミじゃないとも言わなかった。彼女としてもその正体を突き止めないうちは、この研究室を引きはらう理由が見つけられないようだった。

「こうなってきたらアプローチを変えていかないと。ろくに捜査もされてないけど、白骨で見つかった行旅《こうりよ》死亡人はだれだったのか、どうしてあの山だったのか……」そこで言葉を切ると、鍵束を指に引っかけた。「ちょっと出ようか」

すごい速度で原付を飛ばしていく神代珠子に、わたしたちは自転車でついていった。後ろに座ったまどかの腕がわたしの腰に巻きついてきた。柔らかい感触がふわふわと胸の鼓動を高ぶらせ、わたしはそれを立ち漕ぎをすることでごまかした。

連れていかれたのは、祖父が奉職していた氏神の神社だった。拝殿の裏手、山裾に向かって大きく張りだした部分に大きなケヤキが注連縄《しめなわ》の紙垂《しで》を垂らしていて、その奥に隠れるように小さな祠《ほこら》が建っていた。嵌《は》め殺しの格子の向こうには、一体のイヌの石像が安置されている。裂けた口元が誇張されて、黒っぽい苔《こけ》が表面を覆っている。神代珠子はわたしたちにこれを見せたかったのか？

「オオカミは〈大神〉、荒ぶれば禍事《まがごと》、和《な》ぎれば神の眷属《けんぞく》だ」

垂れこめる雲が山の影を濃くしていた。木々の葉がざわざわと鳴っていた。わたしは落ち着かない気分になった。このあたりだけ磁場が狂っているとか、時間がねじまがったとか、そんな非科学的なことを言われても信じてしまいそうだった。絶滅種に関する手ほどきは土地の信仰にもおよんだ。古来、オオカミは食害を起こすシカやイノシシから農作物を守る益獣とされ、秩父《ちちぶ》や真鶴《まなづる》、京都などに信仰の名残をとどめているが、なかんずくこの地では大口真神《おおくちのまがみ》と称されて神格化され、人語を解し、善人であるか悪人であるか人の性質を見分ける神の使いとして崇拝されてきたという。そんな話は祖父からも聞いたことがなかった。

「民間信仰なんて、現代《いま》の高校生は興味湧かないか」と神代珠子は言った。「だけどそういう土地にオオカミ出没の噂が立つというのは、ただの偶然じゃないとは思わないかい。尾谷、あんたなんてクールな面《つら》してかなり情熱をもてあましてるみたいだから、ちょっと氏子とか縁起とか、家に残ってる文献とかを探ってみろよ」

ふりかえってみれば、神代珠子はその直感だけで、かなり事実に接近していたのだ。わたしたちへの個人授業は、鵜飼《うか》いが鵜にやる魚、軍馬への糧秣《りょうまつ》だったようだけど。それでも梁井などはすっかりその気になって、あくる月から、民間信仰へのアプローチも踏まえたドキュメンタリー映画の撮影に突入したのだった。

このことも記しておくべきだろう。わたしが梁井の映画のスタッフになったのは、まどかといたかったからだ。神代珠子との交流で関心が強まったらしく、梁井のオファーに応じてまどかはインタビュアーとしての出演を承諾していた。

「これが最後ね」とまどかは言った。「この撮影が終わったら受験勉強に集中する。尾谷はどうするの、進路とか決めてるの」

まどかは東京の私大に進学する意思を固めていた。一緒に上京しないかと誘われているふしもあったが、そしてもしもまどかと都会でルームシェアなんかをできるならそれは夢のようだぞとも思ったが、だけど彼女と違ってわたしの頭の出来は悪かったし、そもそもこの町を出たいのか、親元を離れたいのか、向こうでやりたいことがあるのかと訊《き》かれたらなにひとつ答えられなかった。わたしは進路に悩む時間を先送りにしたくて、助手や雑用係を押しつけられながらも映画制作を手伝ったのだった。

その冬、町は大雪に見舞われた。気温が急激に下がるなかで重ね着をして、風も強かったのでとにかく屋外の撮影には往生したけど、それでもわたしは愉《たの》しかった。こんなわたしにも満ち足りた幸福な時間があったのだ。はいカット！　と叫ぶなり梁井は蒸気機関車のように白い息を吐きながら現場を駆けまわり、もっとふつうな感じで、とレポーターのまどかに雑な演出をつけてそれじゃわからんと口喧嘩《くちげんか》になる。わたしたちは雪山にも入っていって、神代珠子の直伝《じきでん》による個体確認のアプローチを実践した。採泥《さいでい》や糞塊《ふんかい》法や時間単位捕獲法などを学生レベルとはいえない精度で映像に残せたと思う。まあ、映画そのものの出来としては、オオカミを追いかける青春もそれはそれでオツなものだな、という以上の感想はわたしには湧かなかったけど。実際にコンペなどに送っても箸にも棒にもかからなかったようで梁井はうなだれていたが、わたしにはこのときこの場所で、皆とおなじ熱を共有していたことを懐かしめる大事なよすがになった。今でもこのとき以上に、終わってほしくないと思えた時間の記憶をわたしは持っていない。

これでオールアップ、お疲れさまっした！　梁井が叫んで山裾の自然公園での撮影が終わったとき、わたしとまどかは後片付けのために残った。そこは雑木林を主体にした自然林で、野鳥の聖域になっていて、幼児向けのアスレチック設備にも休憩場の四阿《あずまや》にも雪が積もっていた。わたしたちは名残惜しくて、心地よい疲れをおぼえながらもしばらく帰らなかった。

「オオカミ、見つからなかったね」

雪に埋もれたちいさな機材かなにかを探していたんだと思う。わたしとまどかは雪の上で四つん這いになっていて、だけど目当てのものが見つからず、いつしか二人とも笑いだしていた。他にだれもいない、なんの音もしない。鳥の鳴き声も、通りの車の音も、梁井の騒がしい声も聞こえない。寒さで頬を赤くしたまどかが唇を開けて、おおおーーーん、と遠吠えの真似《まね》をしてみせた。わたしもそれにつづいた。喉の奥からありったけの声をふりしぼるのは気持ちがよかった。ふたつの吠え声も、無音の白い世界へと吸いこまれていった。

「絶滅しちゃったみたい、世界が」とまどかが言った。

「ほんとだね」

わたしは涙が出そうになった。身を切るようなさみしさと、雪の結晶を頬に載せたまどかがいてくれる温かさに、胸の奥が締めつけられていた。

「そうなってたらどうする？」白い呼気を吐きながらまどかは言った。「鳥も犬も猫も人間も、せっかく生き残ってたオオカミも。この雪に塗りこめられてみんな絶滅してたらどうする、尾谷？」

このときなんと答えたのかをわたしはおぼえていない。あなたがいればそれでいい、と照れずにちゃんと心を打ち明けられただろうか。自分だけの本気の言葉でそれまで他人と向き合ってこなかったわたしだけど、それだけは偽りない本心だった。わたしにもそういう時間があったのだ。取るに足らないけどいとおしくて、今のこの情景がくりかえされるならそれが絶滅後の世界でもかまわないと思える時間があった。

だというのにわたしは、二人の道行きを変えられる言葉を吐けなかった。そのあとに待っていた別れを思えば、今でもそれが悔やまれてならない。

運命のその日が訪れたとき、わたしはまどかとも離ればなれになって、この町に残っていた。受験勉強にまったく身を入れなかったせいで、入試にはことごとく失敗した。かといって予備校に通うわけでもなく、あいかわらずぶらぶらと自堕落に過ごし、たまに神代珠子の調査を手伝ったりしていた。

「追えるぞ、いまなら追える」

山麓のペンションで宿泊客が襲われたとき、神代珠子ははっきりと言った。心臓の鼓動が一オクターブ跳ねあがる。ついにそのときが来たと思った。

一人が死に、一人が重体という事件で、警察の赤色灯や規制線のまわりを嗅《か》ぎまわっていた神代珠子が、山から下りてきてふたたび戻っていった獣をリアルタイムで追える目途《めど》をつけていた。数年にわたる長期の調査になり、歳月のぶんだけ狂気を醗酵させつつあるような彼女はためらわなかった。ついてこいともついてくるなとも言われなかったが、わたしはいったん帰宅してできるかぎりの装備を固めて、取って返して追跡に加わった。

「どうしよう珠子さん、わたし猟銃の資格まだ持ってないんだけど」

「あ、そんなこと憶えてたわけ？　尾谷はいいよ、持たせたらなんかやばそうだから」

神代珠子が担いできたのも、注射筒を空気圧で発射する麻酔銃だった。獣の体重によって効き目にばらつきがあるが、それでも丸腰では追えないと神代珠子は言いきった。

「フィールド・サインをようやく残したんだ。区画法も除去法も使えないんだから、究極をいえばサインの追跡しかない。だけどこれだけ出現の直後なら――」

彼女の五感は冴えわたっていた。携帯用ＧＰＳにも地形図にも頼らず、たったいま目の前にある痕跡だけに焦点を合わせる。わたしはついていくのがやっとだった。笹の葉の下生《したば》えに隠された獣道を見逃さず、腰の高さの草藪を踏み越えて、こっちじゃないと行きつ戻りつ、それまでの苦労が嘘のように道筋を見出していく。地形図にわずかに点線で示された細い杣道《そまみち》があり、この道が異なる水系の支流筋に沿って、おなじ標高を保った一帯を抜けたのちに稜線の鞍《あん》部《ぶ》へと延びている。山中を移動する獣の足跡はこの杣道に載っていた。地図もぼちぼち読めるようになったか、と不肖の教え子にアメをやるように神代珠子が言った。沢や谷につけられた名前を見てみな、良沢、越沢、峠沢とか名づけられてるのは歩きやすいところ。荒沢とか倉沢とかは危険で入りこまないほうがいいところ。分水嶺を越えた先のそのどこかに、人が踏みこまないところにあいつらの棲《す》み処《か》があるのかもしれない。

「ときどき分かれてるな……散らばりながら移動してるのか」

雪の残った山頂に差しかかったところで、神代珠子が聞き捨てならないことを言った。追っている獣は、二頭もしくは三頭の群れ。つがいや家族か？　ザックに入れてきたかんじきを履いても、根雪は硬いところもあれば、新雪のように柔らかいところもあって極度に進みづらい。雪上に残った足跡もしばしば交差し、不規則に乱れる。神代珠子は目星をつけた一頭を追うことに意識を集中したけど、ここにいたって痕跡の誤認が目立ちはじめた。数十メートル手前まで戻ってまたくまなく調べる、そのくりかえしになってきていた。眼下に涸《か》れ沢が望めるところまで来てふたたび痕跡が途絶えた。また戻らなくちゃならないのか、もしかしてここまできて取り逃がすのか、わたしが踵《きびす》を返しかけたところで「……嘘だろ」と神代珠子が口走った。

一人でなにやらつぶやいている。もしかして人間に追われているとわかって、途中からここまでおびき寄せたのか。そこまで狡猾な獣なのか――

「分散したのは、狩るためか？」

わたしたちにとっても、そこは分水嶺だった。

風が来た。

右方から、跳躍する前肢が見えた。

獣そのものが風だった。かわすことも防ぐこともできず、わたしは喉首に咬みつかれた。

たしかにいた。そこに獣がいた。だけど視界におさめつづけられない。わたしは倒れこむ。

血が流れだす。獣を、獣たちを、目で追えない。かろうじて首をもたげる。ああ、銃猟免許を取得して猟銃を持ってきていても、わたしは撃つ前にやられていただろう。瞬きする間もないほどの急襲だった。

黒い影が躍動していた。神代珠子がたてつづけに麻酔銃を撃ったが、当たらない。哭《おら》びが山の空気を震わせる。跳ねる後ろ肢、躍りかかる前肢。疾風に体当たりされた小柄な体が、崖の張りだしから宙に投げだされる。伸ばした手が空を切った。崩れる足元の岩と雪とともに、神代珠子が消えた。

わたしの意識も、そこで遠のいた。

場所は伏して記す。わたしは山中のある空間で目を覚ました。

「雪も解けてきてたからな、落ちた女は助からない……」

男の声が聞こえた。わたしの意識は混沌としていて、昏い空間のなかで目の焦点が合わない。瞼《まぶた》を閉じて、呼吸を整えるのに時間がかかった。

「最悪、やべえかと思って……見張ってたんすけど……」

他の男の声がした。獣の臭いとなにかの腐敗臭が鼻腔をくすぐる。ぎとぎとした換気の悪い空間に複数の声がこもっている。灯りはかぎられていて、キャンドル式のランタンが広くはない領域を照らしている。声の主たちは光の内側に入ってこない。

だけど、獣がいるのはわかった。

一頭、二頭、三頭――

前肢に口吻を埋めるように伏せていたが、わたしが起きたのに気づいた一頭が首《こうべ》をもたげた。双眸のあいだに細かなしわが刻まれる。その体の輪郭、鼻面から頭頂部へのライン、茶色い毛並みも吊り目も、ランタンが照り映える金色の虹彩も、これまでに資料や図解で見てきた獣そのものだった。わたしにはそこにいる数頭が、現存していないはずの絶滅種（ｅｘ）にしか見えなかった。

残っていたのか？　この山に、潜んでいたのか。襲われたばかりなのに、神代珠子の生死もわからないのに、心の底から抑えられない感慨の嵐が巻き起こっていた。

「起きたか。傷は深くねえ、手当てもしてもらったから」

これはどういうことなのか、男たちの一人は同級生だった。助けにきたというのとは違う。ごめんなぁと言いながらも梁井は、浅薄《せんぱく》な人懐っこさもなりをひそめて卑《いや》しい笑みを浮かべていた。他にも見覚えのある男たちがいた。営林署の職員、伐木《ばつぼく》搬出業者、畜産試験場の研究員、煙草《たばこ》の煙と垢《あか》染みた臭いを充満させた、燻製《くんせい》の肉のような顔の男たち。わたしを見下ろすいくつもの目、目、目――「おまえ多香子《たかこ》の娘だよな」と母の名を呼んだ友和は猟銃をかまえていた。

「おまえには、これがオオカミだってわかるよなぁ」と梁井が言った。「で、これから事情を話すから、落ち着いて聞いてほしいんだけど」

この世界にはなにかを見ることで、見るという行為自体でそのなにかを変質させてしまうことがある。聞くことでそれまでの世界を一変させてしまう事実もある。「これはおれたちが作った」と梁井や友和たちは言った。町ぐるみの陰の組織とかそういうたぐいではない。強いて言うなら農協程度のゆるい紐帯《ちゆうたい》だ。だけどそういう男たちがオオカミの改良育種を行なっていた。ワシントン条約の禁止事項を破って外来種を輸入し、過剰な交配を重ねるのは犯罪なのでこうやってこそこそしているが、それでも伝統は脈々と継がれてきた。この人たちはオオカミのブリーダーであり、わたしの前にいるのはオオカミや野犬の血が混ざったキメラ。それってつまり純粋なニホンオオカミじゃないということでは？　百歩譲って絶滅（ｅｘ）はしていなくても、野生絶滅（ｅｗ）しているってことでは？——それでも町の男たちは「オオカミだ」と言い張った。

「梁井、はじめから全部知ってたの」

「おおともさ。普通は十八歳で親に聞くんだけど、おれはちょっと例外で」

「オオカミを追う映画は、茶番？」

「なあ、種の交配ってすげえ難しいんだよ。作られたイヌって、おまえは狂犬病かよってぐらいにキレやすかったり、反対にビビリになりすぎたりして、学習もろくにしねえくせに調教師を逆恨みするような失敗作も珍しくねえの。狩ってよし走ってよしのオールラウンダーなんてそうそうできねえんだわ」

「クラスのバカ男子が、なんかいっぱしの悪党みたいね」

「ちゃんと聞けよ、おれがこの人たちに言って聞かせたんだからね？　この町にはブリーディングの長年の実績があるわけ。知識の蓄積があるわけ。この土地で作られるのはかぎりなく本家本元、しかもコントロールの利く理想形のオオカミといっていい。営利目的とかじゃなくてさ、誇りでやってんだよ。だから暴いてもらったら困るんだわ」

「だって、だって……コントロールができるっていう時点で、そんなのオオカミじゃないじゃない！」

たまらずに叫んでいた。眼の下に心臓が来たみたいにごろごろと顔を打つ痛みがあった。これまでの事件はいわば事故だったのだという。多頭を交配していれば暴走する失敗作も出てくる。騒ぎになるたびに隠蔽工作がなされてきた。山狩りにまぎれて一部の者が、それこそ神代珠子のような目利きに追わせないように痕跡をつぶしてきた。人も死んでいるというのに——そうした犯罪行為まで告白する町の男たちが、わたしに望んでいることはわかった。愚かさや過ちを、胸がむかつくような生命の支配をともに分かちあえる相手かどうか、ためらわずに堕ちていける仲間かどうか、わたしの品定めをしているのがわかった。組合の窓口の娘の面接でもするかのように。

「おまえ、おれとおなじだろ」友和は猟銃をもたげた。「見りゃわかるぜ」

「絶対にいや」わたしは頭《かぶり》をふった。

神代珠子の安否は知れなかった。たとえ転落死を免《まぬが》れていたとしても、口封じに獣の餌《えさ》にされてしまったか。だれもわたしにそれを教えてくれなかった。

あらたな教師は、友和だった。町ぐるみの育種は秘密主義が徹底されていて、万事に抜かりがなく、営林署や畜産試験場で連携をとりあって、地方自治体にも食いこんだ同胞が外の目を遮断していたが、たとえば梁井親子が日常を送りながら改良育種に関わっているのとは異なり、獣たちにつきっきりで食事をさせ、交配させ、調教するフルタイムの管理者が必要になってくる。それが友和だった。

「おまえの母ちゃんなんかは、なんにも知らねえくちだけどな。娘が家出したって大騒ぎになってたけどよ。気にすんな、東京に出ていって帰省《かえ》らねえのとなにも違わねえさ」

あきらめと屈折と、底の知れない欲望と、あとはなにがあっただろう？　わたしは家に帰らずに、消息不明者となり、友和から育種のいろはを叩《たた》きこまれた。数が増えすぎないように個体数を調整し、人目につかないように細心の注意をはらいながらシカなどを狩らせる。はじめのうちは、獣たちはわたしになつかなかった。だけど血を舐めさせるようにして共同生活を送るうちに、わたしを上位の者とみなすようになった。

最初のころは、友和たちの冒瀆《ぼうとく》行為をいさめるという目的意識もあったけど、次第にそんな大義名分で自分を納得させなくてもよくなった。わたしは順応していった。近隣の山系を流れるように移動しながら、各地に用意された荒沢の洞窟《どうくつ》や、山中の小屋、畜産試験場で寝起きする。他の獣を追わせるとき、わたしは昏い喜びをおぼえる。笹藪を跳ねるように逃げていくシカを追うとき、彼らには殺生《せっしょう》の戸惑いも、命に対する意識すらもない。信じられない速度で捕らえたシカの喉頸に食らいつくその刹那《せつな》、あふれすぎて行き場を失ったアドレナリンがわたしの心臓をめった打ちにする。それは獲物がシカから人になっても変わらなかった。

わたしはどこでその一線を踏み越えたのか。もともとそんな一線なんてなかったのか。友和たちは育種しているのが〈理想のオオカミ〉である以上、ときには人を襲うのもやむなし、という信条を共有していた。たとえば不運な目撃者や、ごくまれに育種事業の利益に反すると目された人物には獣をけしかけることで証拠湮滅《いんめつ》をはかっていた。鍛えられた彼らは上下の顎骨《がっこつ》で、獲物の膝の皿を咬み砕くことができた。

「おれたちの先祖はよう、山のなかを放浪しながら狩りで食いつないだんだ」友和はときどき、わたしたちの血統の話をした。「で、群れからはぐれたオオカミの子を育てて連れ歩いていた。オオカミにも放浪の習性があるからウマがあったんだな。飼いならすというか共生関係を築いてたんだ」

「祖父ちゃんが言っていたのもそのことなのね」

「ただの宿無しじゃあねえぞ。山のなかに生きる者に、里の言葉があてはまらねえのは当たり前だ。おれたちの先祖は名づけられない存在だった」

「野生動物みたいに。野生の人ってことか」

「ご先祖たちはオオカミのように誇り高く、戸籍をもたず定住もしなかった。だけど徴兵やら住民登録やら警察の摘発やら近代化政策とやらで、離散したり里に溶けこんでいったり……それであるひとかたまりの先祖があの町に住みついた。野生絶滅はしちまったが、町にはオオカミ信仰と、よそにはない交配育種のノウハウが残された」

わたしは野生絶滅（ｅｗ）した名づけえない者たちの末裔——だからこんなにもこの暮らし

がしっくりくるのか？

どこかに漂着点を探さなくてはいけないと思って生きてきたけど、どこにも漂着しないままに生きていいのだと知ることができた。

ごわごわする髪の毛や体臭に我慢ができなくなれば、渓流で水浴びをした。水面にはたくさんの木の葉や虫の死骸が浮いていた。わたしは水際で服も下着も脱ぎ、裸足になって、そっと水中に沈みこむ。浮かびあがって顔を上空に向けると、後ろに垂れた髪が水面に揺れ浮かぶ。そこにはときおり血も浮いた。女としてのわたしの体は律儀だった。どこかの旅館の主人が、訪れる予定のない客のために欠かさずシーツや枕カバーを取り替えるように。わたしはそんなとき、水場をともにするこの獣たちをみんな産み落とした妄想に駆られた。そんなときだけ自分が胎生哺乳類であることも、女であることにも意味を感じられるような気がした。

ほとんど不足はなかったが、不満はあった。わたしは決して放浪生活の教師を受け入れられたわけじゃなかった。友和を見ていると、憧れたり愛したりすることはないとわかる。獣性に呑《の》みほされた人間はこうも醜《みにく》いのかと反面教師にしたくなる。とくに寝入ったわたしの体をさわってくるのには虫唾《むしず》が走った。獣たちをけしかけて息の根を止めたいと思ったが、あるとき里に下りた友和が過去の暴行致死罪で捕まり、刑務所をしばらく出られなくなってからは現場の監督者はわたしだけになった。そのころにはやるべきこととやってはいけないことは承知していたので、町の男たちもあらたな人手を寄越してこなかった。わたしと獣たちだけが残った。わたしたちは体温を交換しあった。柔かくしなやかなその体軀、温かい生命を宿した背中のファー。彼らと過ごす夜はここちよく、壮観な山の嶺《みね》の向こうでは星々の火が燃えていた。わたしは子どものように眠り、悪夢も見ず、起きたときには自分がいったん死んで、人間の領域を離れたところで生まれ直したように感じられる朝もあった。恐ろしいほどの寒波も、天と地の区別もつかなくなるような降雪も経験した。三度目の冬を越えるころには、獣たちとともにシカの心臓を生食することにも抵抗がなくなっていた。

だけどそろそろ、ほんとうに終わりにしようと思うのだ。

友和がそうであったように、わたしもすべての獣を御していたわけではなかった。人間に育種されたオオカミのうちの何頭かは、かならず暴走する。わたしの群れから離れていた一頭が人里に現われて、そこに居合わせてしまった数人を餌食《えじき》にしていた。そのなかの一人が、高校の同級生だった。

わたしは伏したい。すべてを伏して記したい。

このことだけは記したくなかったし、このことだけを記すべきだったのかもしれない。あんなことが起きて、どうしてこれまでどおりに物事をつづけられるだろう。それがわたしへの因果応報だったとしても、どうしてその矛先がわたし以外に向かわなくてはならなかったのか？

テレビやネットにまったくふれない生活を送っていたわたしは、すぐにそのニュースを知ることができなかった。郷里の山にひさしぶりに戻ってきたところで、顔を出した梁井にまどかの訃報を聞かされた。

「天災みたいなもんだって。尾谷、おまえが罪悪感を感じることじゃねえ」

「あんたたちが、あんたたちがなにかしたの」

「起こるときは起こる。死ぬときは死ぬ。それがたまたまおれたちの友達だった」

催眠に誘う言語のようにそれは復誦《ふくしょう》された。嗜眠《しみん》の病にかかったようにわたしの眉間が重くなる。たしかにそこには個人的な黙示の手ざわりがあった。

「あいつはおまえのことを心配してたんだよ、急に行方知れずになったから。こっちに帰省《かえ》ってきて、思い出の場所でもめぐってたんじゃないか。それで運悪くはぐれオオカミに出くわして、そいつはまた山んなかに逃げていった」

わたしが大好きだった人は、血まみれの洗濯物の山のように倒れていたという。そこはかつて映画の撮影もしたことがある自然公園だった。雪が降るなかで四つん這いになって彼女と笑った。遠吠えの真似をして、世界が絶滅してもこの人がいてくれたらいいとわたしは心から希《ねが》った。そういう場所で、彼女は、彼女は獣に食われた。

体のなかを流れる血が温度を下げていった。手指の先まで冷たくなり、筋肉をこわばらせて呼吸まで苦しくした。わたしはこれでよかったんだと思おうとした。これでほんとうに人の世界への未練を断てるのだから――

「おまえのせいじゃねえんだから。変なことを考えるなよな」

こちらの顔色をうかがうように梁井は言った。出頭なんてするなよと釘《くぎ》を刺しているのか。たしかにわたしは悪くない。いったいなにができただろうか？　わたしとの関係なんて彼女にとって意味のあるものではなく、わたしがどう関わろうと彼女は死んだ。わたしは彼女に好きだとも伝えず、ただ偶像の座にまつりあげるだけで、獣たちよりも生身の相手として向き合えなかった。生来の臆病さと自意識をふくれあがらせ、鬱屈した日々の孤独にも、女という性にもあきらめと厭世観《えんせいかん》をあおられて、ほんとうはだれよりも生きることと死ぬことについて教えてくれた人を、愛するあまりに遠ざけた。傷心と別れを恐れて、遠ざけるために俗世を離れて、獣たちと野生の天地に生きることの優越感に酔い痴《し》れた。ただそれだけのことだ、わたしはなにひとつ悪くない――

彼女の死を悼むのなら、山でシカとおなじように狩らせた人々はどうなるのか。あれは梁井や友和たちの罪だと責任転嫁をするのか。そうしてこの醜い畜生たちにもいずれオオカミをけしかけるのか？

ほんとうはわかっていた。わたしの牙を、突きたてるべきはわたし自身だった。まどかを食い殺したのはわたしだった。

瞼の裏に、光が弾けて、乱れた髪が泣きじゃくる口に入ってくる。髪にからめとられる熱い舌を動かして、わたしは哭びつづけた。

獣たちと放浪をしたところで、わたしはどこにも行けなかった。

終わりは、はじめから、わたしとともに在ったのだ。


他にも記すべきことはあっただろうし、ずいぶんと回り道をしたようでもある。忘れてしまって思い出せないこともあるにちがいない。だけど最後の嶺を越えてしまったのだから、ここから先は起こったことだけを語り残そう。

暁《あかつき》の光は、そのなかに豊かな命の約束をはらんでいるようだった。わたしはそれまでに見てきたすべての美しいものを胸に抱いていたかった。

濃度の異なる空気がよどみながら流動している。数年ぶりに山中の生活者ではなく登山者の一人になって、残されたサインを見分け、地形図を見ながら歩きつづけた。尾根筋を進んで、右方でV字に切れこんだ渓を横目にしながら、身をもって憶えた野生動物の追跡手段をあまさずに駆使した。

「おまえに、会いたかった」

怒りと憎しみに燃える眸と向き合い、わたしは四つん這いになって、疾風のような暴威を全身で受け止めた。瞬く黄金の眸はなににしろ、人を断罪するのだから。

わたしはできるだけ長く持ちこたえるつもりであり、迎えたその瞬間にはまどかのことすら脳裏によぎらなかった。わたしは鼻を地面に突っこみ、耳元で牙のがちがちと鳴る音を聞く。喉奥に血があふれてゆっくりと窒息していくなかで、思いがけずけたたましい音が響きわたっていた。

装薬銃の引き金が引かれていた。獣の後ろ肢に一撃を見舞い、引きつける。体の向きを変えた獣が突進しかけたところで、つづけて発砲の音が響いた。獣がどさっと横倒しに倒れこんだ。間に合ったその人を恨んだ。同時にあさましくも、助かった、と思ってしまった。今度はちゃんと猟銃なのか。おかげで死にそこねた。神代珠子が薬莢《やっきょう》を抜きながら目を細めて、わたしに歩み寄ってくる。

「尾谷、まだ絶滅してないんだろ」

すべてを見透かしたようなその言葉が刺さった。死ぬんでいいのか、おまえの獣がまだ絶滅(ex)しちゃいないだろ――

「おまえは私が拾ってやるから、教育しなおしてやるから、私についてこい。おまえは私と一緒に次のフィールドワークに出るんだ――」

肌の上では風が蒸発し、鼓動も呼吸も時間も止まる予感があるのに、それでもわたしは死ねず、おそらくはまた次の絶滅の瞬間まで生きながらえる。その途方もなさが身に染みてわかったから、わたしは目を閉じた。冬ごもりをするオオカミのように、今はただ眠ってしまいたかった。

僕のルーニー

宮部みゆき

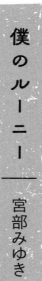

宮部みゆき　みやべ・みゆき

1960年、東京都生まれ。

1987年、「我らが隣人の犯罪」でオール讀物推理小説新人賞を受賞。

1988年、『かまいたち』で歴史文学賞佳作入選。

1989年、『魔術はささやく』で日本推理サスペンス大賞を受賞。

1991年、『本所深川ふしぎ草紙』で吉川英治文学新人賞を受賞。

1992年、『龍は眠る』で日本推理作家協会賞を受賞。

1993年、『火車』で山本周五郎賞を受賞。

1997年、『蒲生邸事件』で日本SF大賞を受賞。

1999年、『理由』で直木賞を受賞。

2001年、『模倣犯』で毎日出版文化賞を受賞。翌年、司馬遼太郎賞と芸術選奨文部科学大臣賞を受賞。

2007年、『名もなき毒』で吉川英治文学賞を受賞。

作品に『さよならの儀式』『黒武御神火御殿』『きたきた捕物帖』『魂手形』など。

あざみ野《の》小学校の正門前には、ダークグリーンの迷彩色の装甲車が二台、古めかしい造りの門扉を挟むように停《と》められていた。突飛で非現実的な景色で、映画の一シーンのようにしか見えなかった。

大きな道路はみんな渋滞しており、バスはあてにならずタクシーもつかまらなかったから、わたしは駅を出てからずっと走ってきた。息が切れる。足を止め、手近にあった標識の白ペンキぬりの支柱につかまると、思い出したみたいに膝ががくがくした。

老若男女、町じゅうの人びとが続々と集まってきて、正門のなかへ吸い込まれてゆく。自治体からの緊急メッセージで、持ち出すのは貴重品だけにするようにと指示が出されていたからか、ほとんどの人が手荷物しか持っていないようだ。誰もが足早に歩いているが、挨拶を交わす声が飛び交い、ちらちらと笑顔も見えるのは、やっぱりこの事態に今ひとつ現実味がないからだろう。

「こういうとき、地域住民を避難させるのは、あくまでも念のためだよ。そんなに怖がらなくても大丈夫だ。しっかりしてくれよ」

さっきの電話で、康介《こうすけ》もそう言っていた。

資源だけが豊富な遠い異国へ単身赴任して六年目になるうちの夫は、ごく初期の３Ｄゲームのキャラクターとしてのルーニーしか知らない。ユーザーインターフェイスの顔としてルーニーを採用した一般家庭用キューブポストを使ってみたことがなく、自律的アクションプログラムによって生き生きと活動するルーニーがどんなに愛らしい生きものなのか、実感したこともない。だから事の重大さを理解できないのだ。

怖がらなくてもいい？　とんでもない。彼らは――彼は本気だ。やると言ったらやる。この攻撃予告は、脅しなんかじゃない。

　このあたりは昔からの住宅街なので、一戸建ての家が多いし、最近になって建ち始めた分譲マンションも、大規模なものではない。だから全体的に平らな町だけれど、普段なら、この距離から、町の中心に位置している株式会社トライオーシャンのこぎれいな本社ビルを見つけることは難しいはずだ。でも、今は否応《いやおう》なしにわかった。ヘリコプターが二機、大きなギンバエのようにしつこく、その上空を旋回し続けているからだ。

　あれは警察や機動隊のヘリだろうか。それともテレビ局？　あんなに接近して、空中衝突しないんだろうか。

「モリ君ママ、大丈夫？」

　大声で呼びかけられ、後ろから肩をつかまれて、わたしは我に返った。

　ぎょっとするくらい近くに、加奈《かな》ちゃんママの丸顔が迫っていた。この人の悪い癖だ。パーソナルスペースに対するデリカシーがなさすぎる。

――2DKの市営住宅に、夫婦と子供四人とお姑《しゅうとめ》さんで住んでるんでしょ？　しょうがないわよねえ。

こっちが我慢してあげましょう。他のママ友とは、内緒でそんな申し合わせをしている。

「だ、大丈夫。ちょっと息が切れちゃって、休んでただけですから」

わたしは身を引いて、彼女から距離をとろうとした。

「ホント？　顔色が悪いよ」

加奈ちゃんママは、わたしの肩をつかんだ手に力を込めてくる。彼女一人だけで、下の双子を連れてはいない。胸ポケットに〈セキグチ運送〉という刺繍《ししゅう》の入った事務用の上っ張りを着込んでいる。

「パート先から直接来たんですか」

「うん。モリ君ママも？　凄《すご》かったね、あの緊急一斉メール。全員のスマホがいっぺんに鳴り出したもんだから、もうパニックだったわよ」

それは、彼女の住まいの市営住宅もパート先のセキグチ運送もこの地域にあり、同じレベルで緊急避難の対象になっているからだ。わたしの勤め先は電車で五駅離れた県庁の近くで、勤務中は誰も私物のスマホに触らないから、それほどの騒ぎにはならなかった。支社長を始め、みんなが青ざめたのは、ネットのニュースサイトのヘッドラインを見てからだ。

〈ルーニーの生みの親、株式会社トライオーシャン本社へ攻撃予告　デジタル生物保護団体ＲＡＤ《ラッド》幹部　声明を発表〉

ニュースで報じられたその声明が差し迫って恐ろしいのは、〈制裁〉〈処刑〉〈断行〉などの

文字があったからではない。〈化学兵器〉の四文字が使われていたからだ。

「叡智《えいち》ある人類にふさわしく、我々は忍耐し、待ち続けた。しかし、もはや時は満ちた。我々は忍耐の器を割り、浴びせられる冷血には冷血を以《もっ》て報いる」

ルーニーを滅ぼさんとする者には、等しく報復の死を。

株式会社トライオーシャンのCEOも、ルーニー開発チームのメンバーも、広報やマーケティング担当グループも、あの本社にいる人間は全員、罪人として処刑する。一人も取り逃がしはしない。

生中継のニュースの続報によると、現在、トライオーシャンの五階建ての本社ビルは、外部からのハッキングにより管理システムを乗っ取られている。ビル内で火災が発生したわけではないのに、防火シャッターと防火扉が全部閉まってしまい、すべての出入口と非常口は封鎖された。窓はもともと人力で開閉できない設計で、排煙装置はダウンしている。エアコンも換気装置も停まっている。

ざっと六十名の社員たちが、密閉された本社ビルのなかに閉じ込められている。

攻撃予告。化学兵器。

少なくとも、交渉の余地はあるのだろう。だからまだ何事も起きてはいない。まだ、RAD幹部の望む正義の裁きは実現していない。その隙に、地元住民は避難している。

一分でも早く我が子の無事を確かめたくて、パンプスの踵《かかと》を鳴らしながら必死に走っているあいだ、わたしの頭は一つの記憶で占められていた。繰り返される、あの日のやりとり。

――君があの町に住んでいるなんて、驚きだ。

一昨年《おととし》の秋、二十年ぶりの同窓会で再会した彼は、背が伸びて肩幅が広くなり、短く整えたあごひげがよく似合っていたけれど、面影はそのままだった。図書館で偶然のようにばったり会うことが多かった、物静かな少年。

――結婚して、お子さんがいるんだね。男の子か。ルーニーは好きかい？　そう、それはよかった。

偶然じゃないの、わたしはあなたに会いに図書館に通ってたのよ。そう打ち明けられずに卒業してしまったわたしは、二十年を経て、打ち明けることが憚《はばか》られる立場になっていた。既婚の子持ち。彼の方はわからない。尋ねるタイミングもなかった。

――ルーニーの最初のアクションプログラムは、僕がつくったんだ。だから、トライオーシャンからは離れても、あいつの生みの親は僕だ。

――笑っていいよ。今は冗談だと聞き流してくれていい。だけど、そのときが来たら、僕の言葉を思い出してほしい。

遠からず、ＲＡＤという団体から、株式会社トライオーシャンに対して、何等《なんら》かの声明が発せられる日がくる。その内容を軽んじてはいけない。真剣に怖がって逃げてくれ。

伏し目がちの内気な少年は、知的で静謐《せいひつ》な雰囲気のまま、決然としたまなざしを持つ大人の男に成長していた。

「モリ君ママ、どうしたの、またぼうっとしちゃって」

加奈ちゃんママに腕を取られた。彼女はわたしを正門の方へぐいぐい引っ張ってゆく。

「きっと貧血を起こしてるんだよ。横になった方がいいよ」

わたしは逆らわず、彼女と一緒に人の流れにまじって正門を通り抜けた。うちの真守《まもる》と加奈ちゃんはクラスメイトだ。一緒に二年A組の教室にいるのだろう。わたしたち地域住民は、迷彩服を着た機動隊員たちに、体育館へと誘導されてゆく。

「気分の悪い人、具合が悪い人は申し出てください。救護所に案内します」

ヘルメットではなく、迷彩柄のキャップをかぶった隊員が、拡声器でそう呼びかけている。するとと、加奈ちゃんママはわたしの腕をつかんだまま、その隊員へと近づいていった。

「すいません、この人、貧血なんです！」

バカみたいに大きな声を張り上げる。

「いえ、違います、気分は悪くありません」

慌てて加奈ちゃんママの腕を引き剝《は》がし、彼女にも拡声器の隊員にも笑いかけながら、わたしは言った。

「それより、わたしたち、この学校の児童の母親なんです。子供に会えるでしょうか」

拡声器の隊員は若者だった。太い眉毛が凜々《りり》しい。

「お子さんは何年生ですか」

「二年と四年です！」

わたしを押しのけて、加奈ちゃんママが叫んだ。彼女の子供たちは、四年生の幸菜《ゆきな》ちゃん、二年生の加奈ちゃん、二歳三ヵ月の双子の兄弟だ。

「現在の方針では、全児童が教室内待機となっています。お母さん方には、今は体育館にいていただくしかありません。ただ、避難が長引くようでしたら、避難区域外に住居のある児童を集団下校させた上で、避難区域内の児童と保護者の皆さんには、一緒に宿泊施設に移ってもらうことになります」

加奈ちゃんママの目を見て、

「お子さんたちだけがどこかへ行ってしまうことはありません。安心してください」

「わかりました、ありがとうございます」

今度はわたしが先んじて言って、加奈ちゃんママの腕を取った。

「しばらくは、体育館で待ってるしかないわ。幸菜ちゃんはしっかりしてるし、うちの真守も加奈ちゃんも聞き分けのいい子だから心配ないわよ」

「そうだといいんだけど……」

加奈ちゃんママは、急にぐずぐずし始めた。すぐには子供に会えないとわかって、動揺したのだろう。

「それより、双子ちゃんたちは？」

彼女ははっとして、まわりを見回した。「お姑《かあ》さんが連れてきてくれることになってるの」

「団地から？　だったら、もう来て待ってるかもしれないわよ。近いんだもの」

自分の口から飛び出した「団地」という言葉に、何かしらの色をつけたつもりはない。加奈ちゃんママの方も、気にする様子はなかった。だけどわたしは後悔した。「うちから？」でよかったのに。

――無神経に無自覚に、他人を見下してるんだよ。

夫とのあいだに決定的な溝を刻むことになった最後の大喧嘩《おおげんか》で、もっとも手ひどくわたしの心を傷つけた言葉が、それだ。

――育ちのいいお嬢さんだから、寛容で優しい女だと思ってた。普通はそうだろ？　でも、おまえはまったく逆だ。いろいろな理由があって自分ほどは恵まれていない他人に、おそろしく冷たいよな。

一年余り前のことだけれど、あのとき心から流れ出た血はまだ生温かい。あれが二人の引き返し不能地点だった。

真守が一歳になったばかりで始まった単身赴任が六年も続いているのが、本当に会社の意向なのか、夫の意思によるのかわからない。夏休みもクリスマスも正月も、妻子の待つ家に帰ってこられない。あなた、それでいいの？　夫の本音を引き出したくて食い下がった時期もあるけれど、空しかった。わたしはぬかるみの急斜面に張りついているようだった。泥に指を突き立て、這《は》い上がろうともがけばもがくほどに、その反動でずり下がってしまう。

——きっと女がいるんだ。

調査会社を雇って、康介君の赴任先での生活を調べろ。父にも母にも何度もそう勧められた。父は、必要な費用は出してやると言ってくれた。わたしはその都度、言い訳をして逃げた。決定的な事実を知りたくなかった。真守に妹か弟を与える夢を捨てきれなかった。結婚前の康介はひょうきんで明るく、自分もよく笑い、わたしをよく笑わせてくれた。あんな二人に戻れる可能性が、分子レベルでさえ残っていないなんて認めたくなかった。

真守の小学校の入学式のときには、さすがに帰国してくれたけれど、たった一日しかいなかった。そしてその二十四時間の半分以上を費やしてわたしと大喧嘩し、夫婦のあいだに埋め戻すことのできない亀裂をこしらえて、夫は赴任先へ戻っていった。

あれ以来、必要最低限のメッセンジャーのやりとりがあるだけ。真守とはパーソナルジャムで話しているようだが、そのデータをキューブポストにも送ってわたしにも見せてほしいと頼んだら、断られてしまった。

——パパと真守だけのひとときを邪魔しないでくれよ。

さっきの電話は、勤め先を出る前にかけたものだった。前後を忘れてかけてしまった。地球の反対側にいる人に助けを求めたってしょうがないのに、でも康介はわたしの夫で真守の父親なのだから。

——そんなに怖がらなくて大丈夫だよ。

大学のゼミで知り合い、わたしが最初に惹《ひ》かれたのは、夫の声だった。今でも好きだ。その声が冷笑を含んでいた。しっかりしてくれよ、母親がそれじゃあ真守が可哀想《かわいそう》だ。

体育館のなかには、臨時のパーティションが設けられ、マットが敷き詰められて、避難してきた人びとが家族やご近所などのグループごとに固まっていた。スペースの八割方は埋まっている。加奈ちゃんママは、その一角にお姑さんと双子ちゃんの乗ったベビーカーがいるのを見つけて、わあっと声をあげて駆け寄っていった。

わたしはその場でパンプスを脱いだ。足は楽になったが、爪先がじんじん疼《うず》いた。合板張りの壁に身を寄せると、体育館のなかを動き回る大勢の人びとの生み出す振動が伝わってくる。壁に額をあてて、わたしはこの現実に背中を向けた。館内の喧噪《けんそう》が、遠い潮騒《しおさい》に変わった。

——海へ連れていったんだ。

ジョンの死の間際に、自転車の荷台にペット用のキャリーを縛りつけて、家から三時間も一人でこいでいった。

——あいつが仔犬《こいぬ》だったころ、うちは海のそばに住んでた。砂浜を散歩して、ビーチボールを追いかけて、ジョンは育った。おかげで足腰が強くなったんだよ。

死にかけているジョンに、もう一度海を見せてやりたかった。波が打ち寄せる音を聞かせてやりたかった。

獣医は、もうできることはないと言った。老衰だからね。静かに死なせてやるしかないよ。痛みがなく、眠るように。

それなら病院のケージのなかは駄目だ。一緒に出かけよう。海を見よう。

——結局、ジョンを抱いて一晩中波打ち際に座ってた。

夜明け前には、ジョンは息が絶えていた。その身体《からだ》から温《ぬく》もりが消えて硬くなり始めるまで、彼は泣きながらジョンに話しかけ、たくさんの思い出話をしながら、ずっと一人で座っていた。

雑種犬だったけれど、「十メートル離れたら血統書付きの柴犬《しばいぬ》に見える」し、勇敢で賢くて飼い主に忠実な犬だった。自宅だけでなく、散歩を巡回パトロールにしてご近所の治安も守った。三度空き巣を捕らえ、お向かいのお嬢さんが変質者に襲われそうになったところを助け、迷子《まいご》になった子供を見つけ、徘徊《はいかい》する認知症の老人を保護した。地元の警察署から感謝状と、首輪につける褒賞のメダルをもらった。

——あいつは我が家のヒーローだった。

ジョンには、ちゃんとフルネームがあったんだよ。ジョン・コナー。古いSF映画のネタだから、君は知らないかな。人類を絶滅させようとする人工知能のネットワークと戦うレジスタンスのリーダーなんだ。

ジョン・コナーはヒーローで、何度も危ない目に遭うけれど、けっして死なない。だから、うちの犬にもその名前をもらった。ヒーローになって、長生きできるように。

ジョンは本当にヒーローになり、長生きした。だけど、生きものはいつかは死ぬ。それは運命で、誰も抗《あらが》うことができない。どれほど泣いても、惜しんでも。

――僕は最先端の情報技術を学んで、いつか理想のデジタルアニマルを創ってみせる。

彼はその夢をかなえ、ルーニーが誕生した。不死身で、存在感ばかりか手触りまで感じられる、究極のVRペットが。

午後三時に、学校側から発表があった。避難区域外に住んでいる児童の集団下校を開始します。すでに迎えに来ている保護者の方々に付き添いをお願いします。集団下校が完了した後、避難区域内にお住まいで当校に児童のいる保護者の皆さんには、順次教室に入っていただきます――

子供たちはいつものように給食を食べたというから、よかった。体育館に避難しているわたしたちには、ペットボトルの水が配られたきりだ。緊張しているから空腹は感じないが、何となく力が入らない。

わたしは、体育館の正面出入口の近くで折り畳み椅子に座っていた。スーツにパンプス姿なので、床に直《じか》に敷かれたマットレスには座りにくい。同じように感じる人がいて、倉庫から式典用に使われる折り畳み椅子を大量に持ち出してくれたおかげで助かった。

椅子に移ったら、位相も変わったらしい。加奈ちゃんママだけでなく、ここには何人ものママ友がいるけれど、誰も煩わしく話しかけてこなくなった。静かになってほっとして、ちょっとの間うとうとしてしまった。

わたしは時間給ではあるけれど、加奈ちゃんママみたいなパートタイマーではない。会社員だ。真守が新一年生を迎えた去年の春、結婚前のキャリアを活《い》かせる仕事を探して、わたしも出直しの新社会人一年生になったのだ。急を聞いて子供の学校へ普段着で飛んでこられるようなママたちとは立場が違う。彼女たちには親しみも感じない。親しくなりたいと思ったこともない。「〇〇ちゃんママ」と気軽に呼び合うのは、そういう本音を隠すための方便に過ぎなかった。

「井草《いぐさ》さん」

誰かがわたしを名字で呼び、隣の椅子に腰かけた。

「記憶違いだったらごめんなさい。あなた以前、トライオーシャンに知り合いがいるって言ってなかったかしら」

ＰＴＡ会長の三枝《さえぐさ》さんだった。白髪ではなく銀髪と呼ぶべき、きれいに整えられたプラチナの髪。わたしではなく、わたしの母に年代が近い女性だ。彼女の子供たちはとっくのとうにあざみ野小学校の卒業生になり、今は子供の子供たちが通っている。三枝さんは孫たちの祖母と

してPTA活動に参加しているうちに、去年の選挙で会長に選ばれてしまったのだ。さすがに初のケースだったらしい。

でも三枝家は地主で資産家で、このあたりの顔役でもある。三枝さんはおおらかで、地域で発言力の強い人にありがちな横暴なところはなく、嫌味のない世話焼きだから、保護者のまとめ役にはふさわしい。

ただ、わたしはあまり交流がなかった。PTA活動なんて関わりたくないので、いろいろ理由をつけて逃げ回ってきたから、単純に付き合う機会が少なかったのだ。

トライオーシャンに知り合いがいる。

わたしがそう発言したのなら、それはもちろん彼のことしかない。でも、外でしゃべった覚えはなかった。ましてや三枝さんを相手に。

わたしの戸惑いが伝わったのだろう。三枝さんは目を細めると、

「ほら、去年の卒業式の前日、あなた、会場の飾りつけを手伝ってくれたでしょう」

それなら覚えている。わたしの数少ない学校がらみの奉仕活動だ。ボランティアを募るメールが回ってきたので、こういうときに点を稼いでおけば、あとあと面倒が減ると思って協力したのだった。

「フラワーアレンジメントを習っていたことがあるので……」

「そうそう。とってもきれいに仕上がって、ありがたかったわ。あのあと、お手伝いの人だけ

で、調理実習室でお茶会したでしょう。あのとき、新しいルーニーを連れてきたママさんがいて」

わたしの脳裏に、その場の光景がよみがえった。ポータブル型キューブポストをポシェットみたいに肩から掛けた若いママさんが、

――やっと手に入ったから、早く子供に見せてやりたくて、持ってきちゃった。

いかにも自慢そうに、調理実習室のリノリウムの床を歩き回らせていた。迷彩柄の軍服を着て腰に無線をつけ、電撃銃を肩に担いだアーミールーニーだった。その出《い》で立ちが一部で物議をかもしてしまい、確かに入手困難なものだった。

「いくら可愛《かわい》くても、キューブポストのおまけでしょ。うさぎとネコとタヌキを混ぜたみたいで、確かに愉快な生き物だけどね、本物のペットじゃない。大人が夢中になるのは、どうかと思うけどねえ」

そう、あのときも、三枝さんは今みたいに目を細めて、ちょっと苦い顔をしていた。だからわたしは言ったのだ。つい言ってしまったのだった。

――トライオーシャンでルーニーをつくった人って、わたしの中学の同級生なんです。そのころから、けっして死なない完璧なペットをつくるのが夢だと話していました。

ルーニーは、死んでしまった愛犬を忘れることができない少年の涙から生まれた、理想のデジタルペットなのだ。

——大人とか子供とかの区別はなく、ペットを愛する人たち全てを、ペットとの死別という苦しみから永遠に解放するために。

そこまで言っても、三枝さんの苦い表情は変わらなかったような気がする。それを思い出すと、胸の奥で鼓動が速くなった。

座り直してスーツの襟を整え、

「あのとき申し上げたことは、ちょっと正確ではありませんでした」と、わたしは言った。

三枝さんのヘアスタイルや品のいいメイクを見たら、急に自分の身なりが気になった。それにここは蒸し暑い。わたしは汗臭いかもしれない。

「ルーニーをつくった人が中学の同級生だったことは間違いありませんが、その人はもうトライオーシャンにはいないんです」

トライオーシャンを興した情報工学と理工学専攻の大学生三人組の一人で、株式の三割を持っていながら、あとの二人が持つ七割の力に圧倒されて、彼は追放されてしまったのだ。ちょうど、同窓会で再会する五ヵ月前の出来事だった。

わたしは経済紙で読んで知っていた。他の同窓生たちも知っていた。だから、彼が同窓会に現れたときには、事前に出欠の返事を取りまとめていた幹事でさえも驚いた。ホントに来た。元気なの？　いろいろ大変だったね。また新しい会社をつくるんだろ？　プログラマーを募集するなら、声をかけてくれよ。

「ですから、わたしの知り合いは今、トライオーシャンの本社ビルに閉じ込められてはいません。ご心配をおかけして申し訳ありませんでした」

「そう、それならいいんだけど」

三枝さんは、目を細めたままわたしの顔を見つめた。何かを読み取られそうな感じがして、わたしは不自然ににっこり笑った。

「それと、ルーニーにタヌキの要素は入っていません。ネザーランドドワーフという種類のウサギと、マンチカンという種類のネコがモチーフになっているんです」

薄茶色とタマゴ色の毛並みはもふもふで、耳は猫にしてはちょっと長めで、手足は短くおなかはふっくら、ジャンプ力が強くて肉球がやわらかい。

「あらそう」と、三枝さんは言った。視線が緩む。わたしへの関心が引いてゆく音が聞こえてくるようだった。

「あの頭のおかしい連中が、気の毒なトライオーシャンの社員たちに本当に何かしたとしても、風向きの関係で、この学校は安全のようよ」

言って、口の端だけでちょっと微笑《ほほえ》み、折り畳み椅子から立ち上がった。

「だけど、そろそろ何か食べものをもらわないとね。皆さん、補給が要りそうな顔をしてるわ」

三枝さんが、それらの手配をしてくれそうな責任者を探して外へ出ていってしまうのを見届

けて、わたしは自分のシャツブラウスの襟元を持ち上げ、そこに鼻先を突っ込んで、体臭を確かめた。

「あの人たちと一緒に、アーミールーニーもいるといいのにね」

二階の教室の窓から校庭を見おろしながら、真守が呟《つぶや》いた。

ずいぶん久しぶりに、わたしは息子を膝の上に乗せていた。真守は早生まれで体格が小さめだけれど、二年生になるとさすがに重い。でも、今はその重さと体温がわたしを温めてくれる。

避難地域外に住まいのある児童たちの集団下校が終わり、校内に子供が残っている保護者は、我が子と合流することが認められた。午後四時を過ぎて、体育館では調理パンや飲み物が配布され始めた。どこからか備品のテレビも持ち込まれ、ニュースが見られるようになった。

真守が「あの人たち」と指したのは、迷彩服を着た機動隊の隊員たちだ。ついさっき、大型バスが正門前に到着したので、移動を希望する人びとが体育館からぞろぞろ出てきている。その誘導や身元の確認などのために、隊員たちは大わらわのようだ。

「真守、やっぱりアーミールーニーがほしかった？」

息子の頭のてっぺんに顎を乗せて、わたしは尋ねた。真守はくすぐったがって身をひねり、笑った。

「だってカッコよかったもん」

「そうね。だけどママは、ルーニーに軍服は似合わないと思うの」

彼がトライオーシャンにいたなら、あんなものを容認したはずがない。彼を裏切った七割の二人は、軍服姿で武器を持ったルーニーを市場に出すことで彼の夢と理想をも裏切り、結果としてルーニーのイメージを傷つけた。

わたしの心の奥で、ジョンの話を聞いた十四歳の少女だったころのわたしが、ホームルームで手をあげて発言するときみたいにきっぱりと言う。だから、彼にこっぴどく復讐されたって文句は言えないと思います。

アーミールーニーは、ルーニーのお着替えコレクターたちのあいだで大人気を博したのだけれど、その一方でリベラル派の政治団体や平和活動をしているグループから激烈な批判を受けた。海外では武装勢力のプロパガンダ動画に勝手に流用されたり（その動画のなかでは、アーミールーニーと並んだ少年兵たちが電撃銃ならぬ自動小銃を持って笑っていた）、銃規制や徴兵制度で揉《も》めている国々では、賛成反対どちらの陣営でもアーミールーニーをデモや集会の旗印にするようになった。

アーミールーニーはただの着せ替えの一パターンに過ぎないのに、過剰な意味を持たされ、結果として発売から半年足らずで販売停止となった。ルーニーの個体は、それぞれキューブポストに一体ずつ「住みついて」いるデジタルアニマルだから、キューブポストの数だけ個性の違うルーニーが存在する、彼らは生きものであるという美しい嘘《うそ》は、あっけなく底が割れた。

発売元のトライオーシャン本社の中枢部で、開発グループがアーミールーニーの3D画像データに手を加えたら、すべてのアーミールーニーが一瞬で〈すっぴん〉に——金の鈴がついた赤い首輪をはめているだけのルーニーに変わってしまったのだから。

その際の、トライオーシャン側の言い訳は、ぬけぬけとしていた。

「アーミールーニーは、この世界から戦争が失《な》くなることを願い、軍服を脱ぎ武器を捨てました」

驚いたことに、このきれい事の欺瞞《ぎまん》に対する抗議の声はあがらなかった。トライオーシャンの連中は、この一件で学んだに違いない。それらしい説明を付すことができれば、ユーザーたちはルーニーの変化をあっさり受け入れるのだ、と。

ならば、説得力のあるストーリーを用意して働きかければ、ルーニーそのものが消え去ることであっても許容されるのではないか。

彼を追い出したトライオーシャンの連中は考えていた。彼の最大の功績であるルーニーにも、もう賞味期限が近づいている。いつまでも古い看板商品にすがりついてはいられない。この業界の競争は熾烈《しれつ》だ。

本来、人気商売のキャラクターが不死身だなんて、意味がないのだ。いつかは必ず飽きられ、忘れられることが、すなわち死なのだから。ルーニーがそんな死を迎える前に、新しいキャラクターを売り出さなくては。

いや、順番が逆か。七割の株式を持つ二人は、そもそも、ルーニーに代わる新キャラを売り出したかった。だから、確固たる信念と強い願望を持ってルーニーを創造した三割の彼が邪魔になり、追い出したのだ。

もともと、ルーニーに公式な死を与えるのは、技術的には難しいことではなかったはずだ。ただ、物語の破綻がマーケティングの失敗につながる事態を怖れて、実行しなかっただけで。ルーニーは不死身だ。ルーニーは死んでしまって飼い主を悲しませたりしない。そういう約束の物語上に存在している全てのルーニーと全ての飼い主の関係を壊したら、誰もキューブポストを使わなくなってしまう。

でも、上手《じょうず》な理由をでっちあげて言いつくろえるなら、話は違ってくる。

もともと、キューブポストは万人の生活必需品ではない。第三世代ＡＩ家電用のコントロールポストなのだから、それとネットワークを築くことができるレベルの家電が存在しない世帯では、宝の持ち腐れになる。

これはキューブポストだけの問題ではなく、どこのメーカーのコントロールポストだろうが、百パーセントの威力を発揮するのは、第三世代以上のスマートハウスのなかに置かれた場合だけだ。それ以外の一般家屋やマンションのなかでは、掃除ロボットに指令を出したり、冷蔵庫の中身を調べて通販サイトに買い物を発注したり、室温と湿度を管理したり、天候と陽当《ひあ》たりによって家じゅうの窓のカーテンやブラインドを上げ下げしたり、ホームセキュリティ会社との契約に従って侵入感知センサーを動作させたり、家の内外の監視カメラをコントロールしたり、一つ一つの働きを条件指定して実行させるのが関の山である。

それでも、ルーニーが愛らしいから、ルーニーを飼いたいから、スマートハウスに住んでいなくても、AI家電など一つも持っていない世帯や個人も、多くの消費者たちが熱狂的にキューブポストを選んで購入した（加奈ちゃんママ一家がそのいい見本だ）。バージョンアップという名目の〈お着替え〉の配信があれば、喜んで追加料金を払った。

わたしたちはルーニーの虜《とりこ》になった。

夫が単身赴任の三年目に入り、幼稚園生になった真守が、園の仲良しのおうちでルーニーを見せてもらって、可愛かったの、マモルもほしいの、どうしてもほしいのとねだってきたとき、わたしは最初、かなり強く叱ってはねつけた。お友達の持っているものをすぐほしがるなんて、いい子のすることではありません。

いつもならこれで諦めるはずの真守が、泣きわめいてわたしにすがりついた。これから何もおねだりしないから、クリスマスもおたんじょうびも何《なん》にもいらないから、ママおねがい、ルーニーがほしい！　涙と鼻水で顔をぐしゃぐしゃにして、しまいには過呼吸になってしまい、そうなるとわたしも怒りより当惑と恐怖を覚えた。

数日、真守の様子を観察しながら、どうしたものかと悩んだ。あのときも夫は相談相手にならなくて……そう、電話はつながらず、メッセンジャーには三日も返事がこなかった（あとで、地質調査に同行して電波の届かない岩山に登っていたのだと弁解してきた)。だからわたしは実家の両親を訪ねた。

　すると、そこにいたのだ、ルーニーが。

　赤い首輪をつけているだけの〈すっぴん〉だった。母と一緒に玄関先へとことこと出てきて、母の顔を見上げ、五歳児くらいの声と口調でこう言った。

「ママ、お客さま?」

　わたしの母は満面に笑みを浮かべ、身をかがめてルーニーと目の高さを合わせると、楽しそうにこう答えた。「ママの娘よ。お嫁にいって、別のおうちに住んでるの」

　わたしの実家に入り込んでいたルーニーは、黒くて丸い瞳でわたしを見つめ、長い耳をぴょこんと揺らして、うさぎみたいな前歯を見せた。

「こんにちは。ぼく、ルーニーです」

　母がその耳と耳のあいだのすべすべしたタマゴ色の毛並みを撫《な》でると、ルーニーは気持ちよさそうに鼻をひくつかせた。最新型のキューブポストのおかげよ。凄いでしょう?　とても立体映像とは思えないわよね。この子には触れるの。膝に乗せられるし、添い寝もできるのよ!

　——ただの機械に、そう錯覚させられてるだけよ。

　わたしは言い返した覚えがある。母の笑顔に冷や水を浴びせるだけの効果はない、ただ反論するための反論。今思えば、母の耳に届いてさえいなかったかもしれない。

わたしの父は会社人間としては優秀だったが、家庭人としては陰気で気難しい人だった。わたしは父が家で笑うのを見たことがない。母もそんな父に気を使って、我が家はいつもお通夜のような雰囲気だった。わたしの結婚式当日の控え室でさえ。

なのに、そんな母がのびのびと笑っている。呆気《あっけ》にとられて玄関先に立ちすくんでいると、奥の居間から父も出てきた。

「やあ、珍しいな。どうしたんだ」

お父さんこそどうしたの。わたしは尋ねた。どうしてルーニーがいるの?

「会社の忘年会で、ビンゴの一等賞があたったんだよ」

父がルーニーを見おろすと、ルーニーは父を仰いだ。ポンポンみたいな丸い尻尾《しっぽ》で、リズミカルに床を叩《たた》いている。

「可愛いだろう?」

ルーニーは短い前足をぱっと広げると、父に言った。「パパ、お客さまですよ。お湯をわかしてお茶をいれましょう」

「そうだな。愛美《まなみ》も、突っ立ってないであがりなさい」

父がわたしの名前をちゃんと呼んでくれたのも、いつ以来だろうと思った。思い出せないほど久しぶりのことだった。

父は、自分の膝頭に届くほどの身の丈しかないルーニーに手を差し伸べた。ルーニーのピンク色の肉球のついた前足を握り、幼子《おさなご》と連れ立っているかのように、その足取りに合わせて台所の方へ歩いていった。

「ね？」

母がわたしに笑いかけてきた。

「お父さんも、あの子にメロメロなの」

わたしが何も言わないうちから、両親はルーニーについて詳しく説明してくれた。パンフレットもくれた。

それから一週間後、わたしと真守の住むマンションにも、ルーニーがやって来た――

「ママ」

膝の上で身体をひねり、真守がわたしを見上げた。

「なあに」

「ルーニーの会社の人たち、助かる？」

ここにいるとテレビは見られないし、わたしのスマホは充電切れだ。

「わからない」わたしは正直に答えた。「だけど、恐ろしいことにならないように、警察の人たちが一生懸命頑張ってくれているから、きっと大丈夫よ」

真守はまた窓の方へ向き直った。児童たちの一団が、教師と機動隊員に付き添われて、正門の方へ移動してゆくのが見える。学年が入り交じっているし、けっこうな人数だ。

「あの子たち、どうしたのかしら」

「今日のうちにパパやママと会えない子は、先生たちとホテルに泊まるんだって」

そうか。わたしや加奈ちゃんママのように、学校まで飛んでくることができない保護者もいるのだ。

「僕たちは教室に泊まるの？　先生は体育館に行ってもいいって」

「体育館は空気が悪いから、ママはこのお教室にいたいな」

そういう親子は少数派であるらしく、今この二年A組の教室には、わたしと真守しかいない。さっきのバスで、学校から立ち去った人たちも多いのかもしれない。

わたしたちはこの学校から動かない。事態を見届けて、安全になったら、二人で走って家に帰るのだ。うちのルーニーが、一人で寂しがっている。

「ルーニーの会社の人たちが、助かったら」

真守は、一語一語を確かめるように、のろのろと言葉を吐き出す。

「ルーニーは消えちゃうの？」

「い、い、い、い、い、い」

株式会社トライオーシャンが「ルーニーの絶滅」を発表したのは、今年の三月はじめのことだ。一昨年の五月に彼を追い出してから、着々と計画を立てていたのだろう。

ルーニーに代わる新しいキャラクターを売り出すために、ルーニーに退場してもらう。それにふさわしいストーリーが、「絶滅」。

「我々のルーニーは、当初から不死身の存在ではありませんでした。命は儚《はかな》い。だからこそ尊い。それをユーザーの子供たちに実感してもらうために、ルーニーには寿命を設けてあったのです」

嘘ばっかり。彼は死なないペットを夢に描いていたのだ。彼が味わったジョンの死の悲しみと喪失感を、二度と、誰にも味わわせないために。

「新年度である四月一日以降、製造番号の若い順に、ルーニーは老化を始めます。最初のうちは、ユーザーの皆さんは何も気づかないでしょう。ルーニーは病気にかかるのではありませんし、身体のどこかを痛めるわけでもありません」

ただ、老いてゆくのです。生きものだから。

「そして命が尽きれば、死亡します。最終的には、子孫を残すことのできないルーニーという生きものは、地上から絶滅することになるでしょう。わたしたちの心に、温かい思い出をたくさん残して」

違う。違う違う違う。それは彼がもっとも望んでいなかった結末だ。

守銭奴どもめ。そんなにトライオーシャンを自分たちだけのものにしたいのか。そんなに彼の功績を消したいのか。彼の夢を消し去りたいのか。

当然のことながら、この発表に、ユーザーたちのあいだでは議論が沸騰した。ＡＩ産業やゲーム業界でも、賛同する意見と強い反対論が流星のように飛び交った。

それでも、株式会社トライオーシャンは一民間企業だ。その進路を決めるのは、経営責任者と幹部たちである。彼を追い出し、トライオーシャンを手中に入れた者どもが「ルーニーを絶滅させる」と決めた以上、それを阻《はば》むことは誰にもできない。

できない――はずだったけれど。

デジタル生物保護団体、通称ＲＡＤが立ち上がった。

ＲＡＤは北米に本拠地を持つ。十年前、カリブ海の小島や中東の砂漠のなかに造られたサファリ型のＶＲテーマパークで、大型のデジタル動物たちがハンティングの対象にされていることに抗議するデモで知り合ったデジタル技術者や企業投資家、医師、教育者、映像作家などが集まって、最初のうちはもっぱらウェブ上で情報発信と啓発活動をしていた。

ＶＲテーマパークのドームのなかに、狩られて殺されるためだけに存在しているデジタル動物たちにも、生存権を認めるべきだ。データの集合体のホログラムであっても、「殺す」ことができる存在ならば、「命」を持っている。彼らのそんな主張は次第に一定の市民権を得ていったけれど、なにしろその当時は一部の特権階級向け娯楽施設を対象とする話だったので、一般市民にはあまり縁がなかった。

ＲＡＤの名称が広く知れ渡ったきっかけは、四年前に東ヨーロッパで発生した貨物列車爆破テロ（死傷者七名）事件である。この貨物列車には、ホームシアターを経由したＶＲシステムで、〈マンド〉と呼ばれる蝙蝠《こうもり》に似た小動物のホログラムを室内に投影し、それを専用の電気銃や電気棒で退治するというコンセプトのゲームソフトが積み込まれていた。しかし、このゲームの〈マンド〉はチュートリアル的なお試しであり、真の売り物は、バージョンアップ後の〈ゾンビ〉〈中型恐竜〉〈十五種類から任意に選べる実在する野生動物〉の方だった。

この爆破事件の際、ＲＡＤは初めて声明を出した。それはデジタル動物を創っては殺すことを躊躇《ちゅうちょ》しない金儲《もう》け主義者への宣戦布告だった。

「命を狩り、流れる血で錬金術を行おうとする者どもは、自らの命と流れる血を以て報われるべきである」

ジョンを愛したあの彼が、いつからＲＡＤに関わったのか、わたしは知らない。同窓会で会ったときには、既に参加していたのだろう。今回の、ルーニーの絶滅を食い止めるための大がかりな攻撃予告には、トライオーシャンの内部事情（とりわけビルの管理システム）に詳しい彼が、深く関与しているに違いない。

手前勝手な理由で他人の命を奪ってはいけないと、わたしは思う。

どんな理由があろうとも、テロリズムは許されてはならないと、わたしは信じる。

だけど――

そこに信念があったら？

守るべきものへの深い愛情があったら？

夫の背中を見失い、孤独な子育てに疲れ、自分の人生を疑い、足元に散らばった幸福の破片が、割れたガラスのように足の裏に突き刺さる。そんなとき、ルーニーの存在が、どれほどわたしを慰めてくれたことか。

真守を寝かしつけたあと、夫につながらない電話をかけ続け、未読のままのメッセンジャーの文字列を見つめて泣いた。惨めなわたしの背中に、そっとルーニーが寄り添ってきたとき、心臓が止まりそうなほど驚いた。

——ママ、悲しいの？　ママが泣くと、ルーニーも悲しいよ。

ルーニーのアクションプログラムは、そのユーザーの家庭に子供がいた場合、最優先でその子供の行動パターンを学習する。それは知っていた。取扱説明書にもそう記してある。

それでも。

——ルーニーと一緒に寝たいから、夜になってもスイッチを切らないでね。

真守に頼まれたから、主電源だけは切らなかった。だけど忘れていた。どうせ家電のマスコットキャラクターだ。

そしたら、動き出してそばに来たのだ。素晴らしきアクションプログラム。

進歩した科学技術は魔法と見分けがつかない。見分ける必要がない。

——どうしたら、ママを慰めてあげられるのかなあ。

わたしの顔をのぞきこんで、ルーニーはそう言った。ベテランの声優があてている声だ。わかっている。だけどわたしは、

――こっちに来て。

気がついたら真守を抱くようにルーニーを抱いて、ゆっくりゆっくり揺さぶっていた。涙が乾くまでそうしていた。

かつて、命の灯が消えてゆく愛犬を抱きしめながら、彼もこうして波打ち際に座っていたのだろうと思いながら。

「ルーニーは消えないわ」

小学校の教室の窓際で、膝の上の愛する息子に、わたしは答えた。

「永遠に消えない。不死身なんだもの」

突然、頭上で爆音が弾《はじ》けた。ヘリコプターだ。一機ではない。編隊を組んで、この校舎の真上を飛んでゆく。

「トライオーシャンのビルへ行くのかな？」

怯《おび》えたように身をすくめて、真守が訊《き》いた。わたしは答えられずに、ヘリの行く先に広がる灰色の雲を見つめた。

うっすらとだけれど、煙の筋が立ちのぼって見えないか？　それとも、あれも雲だろうか。やけに白くて、細長い――

「モリ君ママ、モリ君！」

教室の前の扉から、加奈ちゃんママが飛び込んできた。セキグチ運送の事務服の前を開けて、下に着ているTシャツが丸見えだ。首のまわりに汗染みが浮いている。

「ねえ、トライオーシャンで本当に何かが爆発したらしいの！　警察が突入するみたい」

加奈ちゃんママは、手にしたスマホをわたしの鼻先に突きつけた。薄手で軽量な新しいスマホで、画面の解像度も高い。そこにニュース映像が映っている。

トライオーシャン本社ビルの窓のあちこちから、異様に白い煙が噴き出している。一階のエントランスには、防護服姿の機動隊員たちが、特殊な機材を手にして突入を待っている。いや、この防護服は自衛隊じゃないの？

防護服。化学兵器。爆発。不自然に白い煙。

音声はミュートだが、字幕が出ている。次々と表示されては慌ただしく消える。

〈二階エレベーターホールに複数の遺体〉

〈ビル内からの通信はなく、生存者は確認できない〉

〈使用された化学兵器の種類を調査中〉

加奈ちゃんママが身体を震わせる。

「どうしよう。ホントにこんな怖いことが起こるなんて」

「こっちは風上だから大丈夫よ」

わたしは自分の声が答えているのを聞いた。平坦で、感情を欠いた声音。

「そうじゃなくて！　自分たちが無事ならいいってもんじゃないでしょ？」

加奈ちゃんママは叫ぶ。自分たちが無事で、ルーニーも無事ならそれでいいじゃないの。わたしは心のなかで言った。

そのとき、窓の外から、人びとの歓声と拍手が聞こえてきた。わたしと真守と加奈ちゃんママは、窓を押し開けて下を見おろした。

体育館から、校舎のなかから、児童や保護者や先生たちが、校庭に出てくる。みんなトライオーシャン本社ビルがある方へ目を向けている。人びとが集って、空のそっちの方角から何か尊いものが昇ってくるのを待ち受けているかのようだった。

拍手と歓声は、子供たちのものだった。飛び跳ねて喜んでいる子供もいる。

「ばんざ～い！」

ポニーテールの女の子が、空に向かって両手をあげて叫んだ。

「これでルーニーは助かった！　もうルーニーを滅ぼそうとする奴《やつ》らはいなくなったんでしょ？」

喜ぶ子供たちを囲んでいる大人たちも、戸惑い、不安、恐怖を少しずつ解体してゆく。

「解決しそうだから、みんな喜んでるのよね」

窓枠に手をかけ、強く握りしめながら、加奈ちゃんママが呟いた。顔から血の気が抜けている。

「人が死んでるのよ。一人や二人じゃない。これ、テロなのよね？　それでも解決しそうだから、みんなほっとしてるだけよね？」

あなた、自分の住んでる古い団地じゃ使い道がないと百も承知の上で、ルーニー欲しさにキューブポストを買ったんでしょ？　そんなあんたが、何きれい事を言ってんのよ。

笑ってやりたかったけれど、わたしは黙っていた。それにあんた汗臭いの。ママ友なんかじゃないんだから、なれなれしくしないで。

校庭で、ひときわ高い歓声があがった。学年主任の教師を囲んで、高学年らしい子供たちが輪になっている。教師の手にはスマホ。最新ニュースを見せているのか。

「どうして笑ったりできるんだろう」

加奈ちゃんママは、怯えたように後ずさりして窓枠から離れた。不器用に身体の向きを変えながら、わたしと真守の顔をうかがった。

何を期待していたのか知らないが、わたしたちの顔の上に、彼女のお望みのものは見つからなかったのだろう。

「――子供のところに戻らなくちゃ」

こそこそと教室を出ていった。

校庭は、今やお祭騒ぎだった。ルーニー、ルーニー、ルーニー！　子供たちのシュプレヒコールが、暮れかけてきた空に響く。この場に居合わせたみんなの心が一つになり、距離が狭まってゆく。

ただ一人、三枝さんだけはその輪から離れて、体育館の出入口のすぐそばで、腕組みをして立っている。動こうとしない。プラチナの髪に乱れはない。陰になっていて、顔が見えない。

「ルーニー、ルーニー、ルーニー!」

その光景を見おろしたまま、真守がわたしの手を探り当て、握りしめた。

「ぼく、早くうちに帰りたい」

「そうね。ママも早くうちのルーニーに会いたい」

世界が一つしか選べないのならば、時には犠牲を払わねば。人類はそうやって進歩してきたのだ。

——いつか理想のデジタルアニマルを創ってみせる。

彼のまなざしを思い出すと、涙が出てきた。一筋、二筋、頰を伝って流れ落ちる。跡がついてしまうだろう。それを見つけたうちのルーニーは、きっと心配してくれる。そして寄り添って、温かな肉球でわたしの手の甲に触れながら、こう言うのだ。

泣かないで、ママ。

桜を見るかい？

――Do you see the cherry blossoms?

平山夢明

平山夢明
ひらやま・ゆめあき

1961年、神奈川県生まれ。
1993年から、実話怪談「「超」怖い話」シリーズに参加し、執筆活動を開始。
2006年、「独白するユニバーサル横メルカトル」で日本推理作家協会賞を受賞。
2010年、『ダイナー』で日本冒険小説協会大賞と大藪春彦賞を受賞。
作品に『暗くて静かでロックな娘』『デブを捨てに』『ヤギより上、猿より下』
『あむんぜん』など。

a

まず桁外《けたはず》れに狂った主婦アキヱ夫人が登場します——この物語はこのようにして始まるのです。五十路《いそじ》をふたつみっつ越えたアキヱ夫人は今迄《いままで》、何の不自由もなくと云《い》うとアキヱ夫人に叱られてしまうかもしれませんが、普通の主婦よりは恵まれた暮らしをしてまいりました。本人のお父さんが実業家だったこともあり、彼女はただ只管《ひたすら》、親の云い付けや世間の常識や友達の云う事に『うんうん』『はいはい』と返事をし、なんとなく云われた通りにしてさえすれば大過《たいか》なく過ごせてきたのです。勿論《もちろん》、親同士が決めた結婚相手にも素直に従い、夫が右と云えば左でも上でも下でもそれは『右』と云う。正に主婦の鑑《かがみ》の生き方を選択し、またふたりの文字通り素晴らしい天使の様《よう》な子供達が長じてからは夫に加え、子供達の言葉にも『そうねえそうねえ』『あら嬉《うれ》しい』だけを云っておれば東から昇った太陽が西へ沈む様に平穏な日々は約束されておりました。

今、アキヱ夫人は彼女を心配して集まった息子と娘、夫に囲まれて居間のソファに座っています。全員の顔に疲弊《ひへい》した影が深く刻まれ、いつもは笑いと温かい言葉の応酬絶え間ない、まるでインテリア雑誌から抜け出してきた様な部屋でしたが、今日は静かで重苦しい雰囲気に包まれておりました。

「それは無理だよ……かあさん」

長男のハメジロウがブロンドの髪を長い指で掻《か》き上げ、溜息《ためいき》を吐《つ》きました。白く憂いを帯びた顔はヨーロッパ映画に登場する悲劇の青年そのものでした。

「僕はかあさんの軀《からだ》のことが心配なんだ」

「そうよ……」

と、今度はハメジロウの向かいの椅子に座った娘のパンマがローズヒップを淹《い》れたティーカップから唇を外しました。

「屹度《きつと》、ママは未《ま》だショックから立ち直ってないの。だからそんな……」

「いいえ、おパン。私は正気よ。狂ってもなければトラウマのせいで口走ってるわけでもないの。ア騶《ソウ》先生も貴方《あなた》達にそう仰《おつしや》った筈《はず》でしょ」

「ええ。確かに心理テストにも異常は見られなかったと聞いたわ。だけど……」

「私はまともなのよ。此《こ》の口から出て居る言葉は其《そ》の儘《まま》、額面通り受け取って頂戴《ちようだい》な」

アキヱ夫人は眉を顰《ひそ》める娘のパンマに弱々しく微笑《ほほえ》みました。彼女が唇を嚙《か》むと白い肌が一層、極まり、まるで陶磁器《ボーン・チャイナ》の表面の様になります。

「わかるよ、かあさん。でもね……聞いてほしいんだ」ハメジロウがアキヱ夫人の手を優しく包み込みます。彼のマスカット色の瞳は我が子ながら溜息が出るほど美しいとアキヱ夫人は思いました。この子はもう幾つになるのだったかしら……そう三十になるのね。

「君は錯乱しているんだ。桜を見ると治るよ」

そう吐き出す様に夫のハア人《ト》がパイプを燻《くゆ》らせました。その肌色の溶けた茄子《なす》のような顔にはもう散々、夫婦の間ではこの話題を持ち出しているので嫌気《いやけ》が差したと描いてあり、其れ故に今般、夫は海外にいたふたりの子供達に母親を説得するよう助力を求め、急遽《きゅうきょ》帰国させたのでした。

「今はそんな気持ちにはなりません」

「何故《なぜ》？　桜は美しいもんさ。美しいものを目にすると人は心が落ち着く、整うものだよ」

「今は結構です。それに私、本当云うとあまり桜が好きじゃありませんことよ」

「何を云い出すんだ急に。おまえは昔っからあんなに桜を楽しみにしていたじゃないか」

「そうだよ。母さん、僕たちにだって桜を好きになって欲しいって云ってたよ」

「ごめんね、ハメジロウ……あれは母さん、本気じゃなかったの」

アキヱ夫人は三人が深い溜息を吐くのを聞きました。もう耳に蛸《たこ》が踊るほど聞いた音ですが今回はそれに夫の言葉が付け加えられていました。「……憐れだな」

アキヱ夫人が暴漢に襲われたのは四ヶ月前。

結婚記念日だったので良い肉を奮発して、すき焼きにしようとＡＺＡＢＵ百番へ出掛けた折の事でした。スーパーの駐車場が満杯だったので、仕方なく離れた墓地裏の駐車場に駐《と》め、スーパーに向かっている所を狙われたのです。男の行動は素早かった。ＴＯＫＹＯは安全だと云われていますが絶対貧民が消毒された訳ではないので昨今でも掏摸《スリ》や窃盗の類《たぐ》いは発生していました。アキヱ夫人も背後から不意に襲われた途端、〈盗まれる！〉とカードの入った鞄《かばん》を胸元に引きつけたのです。が、そうは成らず相手は彼女のスカートを捲《まく》り上げてきたのでした――。

その後は予想だにしない展開と時間が過ぎ、更に想像もしなかったことが出来《しゅったい》したのでした。つまり、アキヱ夫人は強姦《ごうかん》され、警察に保護され、周囲からその事によって慰撫《いぶ》され、遂には掛かり付け医のア鄹が何とも云えない表情を浮かべつつ「まちがいありませんね。普通であればお祝いを伝える場面でしょうが……」と妊娠を告げるのを聴《き》かされたのです。

当然、後日アキヱ夫人は堕胎《だたい》すべく手術室に入りました。此の歳《とし》で此の様な有様になるとはアキヱ夫人は思ってもみず、学校を出たばかりの様な若い看護師に開脚し、架台に足を載せる様、指示されると身の置き所のないような寒々とした気持ちに成りました。待合室に居るハア人の顔は木の皮の様にどす黒くなっています。事件を知らされて以来、夫は『なんで俺たちがこんな目に……』と呪文《じゅもん》の様に繰り返していました。

冷めた餅《もち》の様な色をした下腹部が剝《む》き出しにされ、無影灯が頭上で点灯された時――アキヱ夫人は発狂しました。

『……タスケテ』

確かに、それは蚊の羽音にも似た微《かす》かなものでしたが、アキヱ夫人には落雷の様に轟《とどろ》いたのです。

「え?」

思わず口走ったアキヱ夫人に耳ではなく、それは確実に胎内を通し――。

『タスケテ』

アキヱ夫人は看護師が口に当てようとする麻酔用の吸引マスクを押しやりました。

その行為に調律されている手術室の空気がザワリッと乱れ、流れる様な動きで準備を進めていたア鄂の軀が停止しました。

「せんせ……」

アキヱ夫人は自分の口が自分のものではないように動くのを感じました。でもその様に云うのは、とても勇気ある正しい行いなのだと生まれて初めて〈脳〉が囁いたのです。

「なんでしょう」

「産めますか」

「え?」

「……私、産めますか? 私の歳でも」

雷が落ちた様にその場にいた全員が震え、沈黙しました。ふたりの看護師が互いに顔を見合わせ、次いでア瓢を見ました。

すると少し間を置いて石化した喉《のど》から絞り出す様な声で医師は答えました。

「医学的には可能です……然《しか》し……」

b

アキヱ夫人は自分が間違っている事は百も承知、億も合点でした。堕胎を中止し、帰宅したアキヱ夫人の告白を聞いたハア人は異星人《エイリアンズ》を見る様な目でこう云い放ちました。

「はあ？ なんですか？」

「産みます。産みたいのです、私」

「産む？ 産むって何を？」

アキヱ夫人はお腹《なか》にソッと手を当てました。

「坊やちゃん」

ガタリと大きな音がするとハア人は瘧《おこり》のように痙攣《けいれん》立ちし、顔は野菜室で忘れられていた蕃茄《トマト》のような腐り赤になりました。「な……な……」そして其の儘、どぉっと音を立てフローリングの床に凸《デボ》チンをガチンとぶつけたのでした。

再びア鄙が到着し、ハア人の手当を終えると今度はふたりが並んでアキヱ夫人と向かい合いました。

「確かに奥様は既にふたりのお子さんがいらっしゃるわけですから、初産《ういざん》ではありません。然し、やはり御年齢的にもリスクは大きいと申し上げねばなりますまい」ア鄙はポマードを塗りたくった薄い髪を引っ掻きながら斯《こ》う云いました。「それに一般的な常識から考えても奥様の御決断は些《いささ》か常軌《じょうき》を逸《いつ》してらっしゃると云わねばなりますまい」

「ええ。承知しております」

「じゃあ何故なんだ！」ハア人が叫びました。

「聴こえたんです。声が」

「声。声とはなんでしょうか」

アキヱ夫人はア鄙に微笑みました。

「せんせの、あの手術室の台で待っていた時にお腹の中からタスケテって小さな声がしたんです」

「いゃあ、其れはですなあ。手術への不安ときんちょ……」

「二度」アキヱ夫人は指を立てました。「二度しました。間違いじゃありません。私、此の耳で。いえ。此のお腹で聴いたんです」

「けれども、おまえ。お腹の子は犯罪者の種だよ」

「其の通り、此の子も私と同じ被害者ですわ。父親のせいで殺されて良い筈が御座いますでしようか？　せんせ！」

ア齁は聞いていなかった。昨夜、大手代理店の便通を介して犯《や》った援交女が未成年だったのではないかと気になっていたのである。なので『ですなあ』と曖昧《あいまい》に呟《つぶや》き、ハア人に睨《にら》み付けられ温泉饅頭《まんじゅう》色の顔を顰《しか》め、唇を羅針盤《コンパス》の針の様にSE-WNに傾けて唸《うな》った。

「先生……私は家内の軀が一番心配なんです」ハア人は俯《うつむ》いた。「なんとかならないものでしようか」

「然しですなあ。現行法では斯うして自傷他害の怖れが奥様には散見できんのですから、意に反して堕胎する事はできません。御家族で能《よ》く相談なさる事が一番ですな」

「ですが先生……彼女のお腹にいるのは全くアップグレードされていないんですよ」

「確かに。昨今では珍しい。と、云うよりも最近では医学部でも天然物《ラフ・カット》に関する記述は教科書《テキスト》から除外されております。現状、三十歳未満での未デザイン率は国内ではゼロ。北半球でも確認はされていません。恐らく奥様のお腹に宿っている世代に於《お》いては此の惑星では皆無となるでしょう。まあ我々世代が絶滅危惧種であることは間違いありませんな」

「アキヱ、能《よ》く能く考えておくれ。そのお腹の子の父親は犯罪者だ。狂犬の様に誰彼構わず襲いかかり、おまえを妊娠させた。そんな獣《けだもの》の血が混じっている子を如何《どう》しておまえが命を賭けて迄、産まなくてはならないんだ。不幸に成るのは目に見えているじゃないか」

「でも半分は私です」

「奥様、冷静になられては如何《いかが》でしょう。今は被害者のプライバシーを守るという事でマスコミも動き出してはいないようですが、余り事態が複雑に成りすぎますと」

「私は冷静ですわ。巧《うま》く口では説明できないけれど自分の遣《や》っている事が普通でないと云う事は承知しています。おふたりから見たら、いえ世間から見ても私の出産は〈汚点〉でしかないのでしょう。でも、お腹に、お腹に宿った命を偶然であれ、原因は地獄であれ、私は〈育てたい〉と思ったのです。この自然児《こ》がどのような顔で私を見、どのように成長するのか見たくなったのです。多分、此の子が充分に成長する時には、私は老残《ろうざん》を晒《さら》しているでしょう。でも私は〈彼〉が見たいのです」

「彼……って。未《ま》だ決まった訳じゃないだろう」

「声を聞きましたから。手術台に載った時、タスケテって確かに聴こえたんです。幻聴なんかじゃ有りません。男の声が確かに聴こえたのです。其れも二度！」アキヱ夫人は夫に向かい指を二本突き立てました。

　口をぽかんと開けたハア人はア鄂を又々、見ました。

「先生、此《これ》は……」

「科学ではありません。奥様の仰っている事は。どちらかと云えば宗教です」

「しゅうきょー？」

「シュウキョウ」

「アキヱ、君は自分の軀がどうなっても構わないのか？　私との世界一周クルーズ養老旅行はどうするんだ？　子供達もやっと手を離れたから地方で別荘暮らしをしようという僕たちふたりの夢はどうした？」

「ごめんなさい」

　事件後初めて、アキヱ夫人の目に光るものが浮かびました。

　ハア人は何も云えなくなってしまいました。

　すると夫の携帯《スマホ》が鳴りました。

「もしもし……はい。そうです。え？」ハア人の顔面が硬直しました。

　ふたりが見守る中、通話を終えたハア人がアキヱ夫人に告げました。

「犯人が見つかった……既に自殺していたそうだ」

　驚いて立ち上がったアキヱ夫人は無意識に手でお腹を守る様に擦《さす》っていました。

　其れを見たハア人がア翫に訊《たず》ねます。

「先生。処置の期限は……リミットは？」

「最大で二十一週。今から凡《およ》そ四ヶ月後です」

「正に天涯孤独の坊やちゃま！　私、断末魔ですわ！　断末魔の思いで産みますわ！」

　アキヱ夫人は窓の外を指さして云い放った。

「御言葉ですが、其の場合は断腸ですな」ア鄲が補足した。

二十一世紀半ば、未曽有《みぞう》の災厄に襲われた人類はその悲劇の体験から、一部に歪《ゆが》んだ終末思想とも云える過激刹那《せつな》主義を生みました。其れは未来に夢を託すというよりも現時点での利得を最善とする近視眼的な底の浅い新自由主義でしたが、人は生まれつき努力よりも手っ取り早くて楽を選択するものですから、べちゃべちゃ豪雨の後の土砂崩れの様にほぼ全年代層にエッセンスだけは浸透していき、知識は端末で簡単に入手できる時代、欲望は主に外見的な美の追求へと集中しました。そして今迄は生命倫理上、男女の産み分け程度で抑止されていた禁忌《タブー》の領域への資本形成を加速させ、美容整形から美容人体形成を経て、遺伝子改良へと進み、それらは『美ザイン』の名称で様々な産業へ細菌の様に感染していきました。当初の美ザインでは身長の伸張、体型の変革、頭蓋変容《スカル・メイション》、肌の培養栽培《スキン・プランテック》が主でしたが当然の如く満足のいく施術を行うには法外な費用が必要となりました。

ですので自身に其れだけの投資をする余力のない中間貧困層は其の身の丈に合った選択をしたのです。つまり自身への美ザインではなく、次世代——つまり自分たちの子孫に成功者としてのチップを賭けたのです。あわよくば容姿端麗でスポーツや芸術、発明、経営の才能豊かな子供が手に入れば、その製造元として一生安泰、左団扇《ひだりうちわ》で暮らす事が出来るのです。また旧来の完全な第三者の精子卵子を其の儘、使用し、戸籍上のみ我が子とするような手技は廃《すた》れ、現在では実の親の精子と卵子をベースにし、其れへ提供された精子と卵子の遺伝的特質だけを抽出、加工、移植する『コラージュ法《メソッド》』が可能になったのです。斯うした遺伝子の継《つ》ぎ接《は》ぎ、貼り混ぜに因《よ》って、遺伝的にも親の存在は確認でき、我が子としての一体感は失われなくなったのです。斯うした事も有って美ザインのハードルは猶《なお》一層、低くなり、其れに呼応する形で世界中のスポーツ選手、俳優、歌手、モデル、一流経営者、芸術家、音楽家などの卵子や精子は高騰しました。

特に此の時期、中国西部独立地域飢餓救済《China Baby Never Cry》キャンペーンに合わせ世界的なポップスター、ジャイケル・マクソンがN・Y・のクリスティーズの競売《オークション》に提供した精子《スパム》は1dp《ワン・ドリップ》三百万ドルで競《せ》り落とされ、『世界で最も高い精子』としてギネス認定された事で一気に美ザイン産業は世界中で市民権を得る事に成りました。

此らの人々は〈人間鉱脈《ホモ・マイン》〉と呼ばれ彼らの卵子、精子は〈生きる宝石《ロー・ジェム》〉と呼ばれました。またそれらの人々以外に一般人の中でも遺伝的に病気への耐性、知能指数、耐老化、長寿などがズバ抜けている人々などは積極的に自分の精子や卵子を培養・販売する企業を興《おこ》し、世界の彼方此方《あちらこちら》に〈卵子富豪《エグ・オネア》〉や〈精子長者《汁バー・スプーン》〉等が生まれました。またコンピューター産業の大複合企業であるア・ペア社がロー・ジェムの廉価版として開発した人種特有の特徴のなかから人気の高身長、髪色、肌色や瞳の配色などの遺伝要素に特化した〈ドリームベイビー・キット〉は『JUST BE IT!《なりたいものになれ》』のキャッチコピーと共に世界的な大ヒットを記録しました。此により街中はおろか、世界の彼方此方がモデルやハリウッドスターのような容姿を持つ子供達で溢《あふ》れ返り、十数年後には此の様な遺伝メイクされた子の中から聡明な発明家や芸術家が頻出するに到り、美ザインはコンタクトや化粧以上の……否、我が子を賢く逞《たくま》しく生きさせる為には必須手段とまで成りました。

当然、斯うした風潮は行き過ぎだとの反発も起きました。人間の本来の姿で生きる事に真の意味を見いだそうとする人々です。彼らは誇りを持って自らをロー・ジェムに対抗して『類い稀な宝石《レア・ジェム》』と呼びましたが、此らを面白く思わない人達は遺伝子加工術、完成前の〈胚〉を『荒削り《ラフ・カット》』と呼んでいるのに因《ちな》み『美包茎《アン・カット》』と揶揄《やゆ》し、嗤《わら》い飛ばしました。その後、運動も其の精神的支柱で有った政治家のナオミ・デラックスが「普通の女の子になりたかった」との言葉で自らを美ザインし、別人化してしまったことで半年を待たずに求心力を失い瓦解しました。

「かあさん、医学的に可能という事は必ずしも生活の質や安全を保証するものではないんだよ」ハメジロウが愁《うれ》いを帯びた顔で溜息を吐きます。

「ええ。わかっているわ」

アキヱ夫人は自分の決断が全くのエゴに由来するものであり、科学的でも論理的でもない、其の意味に於いて間違っていることはわかっていました。ですからア鄂が堕胎期限を告知してから後、ハア人が会社の同僚、知り合いの弁護士、行きつけの寿司屋の夫婦、アキヱ夫人の同級生、会社のカウンセラー等ありとあらゆる手蔓《てづる》を使って説得を試みるのを邪魔はしませんでした。またハア人が連れて来る然う云った人々と会う事は決して拒まなかったし、必要とあらば先様へ赴いて〈傾聴〉という形の対峙《たいじ》をしたのです。其れはアキヱ夫人にとっても自分が自分に課した選択への覚悟がどれ程のものなのか見定めようとする行為でもありました。斯うしてアキヱ夫人の日常は説得という名の洗濯槽にブチ込まれ、絞り上げられ、頭の漂白を試みられる日々へと変化したのです。

そして四ヶ月になろうとする今、夫婦の前には説得の最終兵器とでも云うべきふたりの子供が座っていました。長男のハメジロウは当時、流行していた『魅惑のヴィスコンティ・デカダンス・キット』から選んだのです。其処には〈これぞ遺伝子工学《トランス・ジエニテク》の結晶!『ベニスに死す』に登場する美少年タジオの全てが貴女の元へ〉と宣伝されていました。アキヱ夫人は学生時代、イタリア文化院主催の回顧展で『ベニスに死す』を見ていたので、あの神の子の様な美少年を我が胸に抱くことができるのなら死んでも構わないと思いました。着床から十ヶ月弱、夫人のタジオは義父の強い勧めでハメジロウと名付けられ、当然の事ながら日本人離れした容姿を持って美々しく成長しました。更に夫婦にとって僥倖《ぎょうこう》だったのはハメジロウが容姿だけではなく語学の才にも長《た》けていたことです。美ザインの担当コーディネーターに依《よ》ると多分に数カ国語を操る事を常とする北欧圏のＤＮＡが含まれているからではないかとの事でした。そのせいかハメジロウは高校に入ると直ぐに交換留学生として渡英。一旦帰国して日本の国立大学を卒業するとニューヨーク大学院で政治哲学を専攻し、現在は国連での勤務を狙って活動しています。

　また娘のパンマはハア人が選んだハリウッドセレブのエージェントが起業した美ザイン会社『子宮宮殿《ウーム・パレス》』が販売する〈美貌《エロス》と才能《アテナ》の融合！　誰もが羨《うらや》むハリウッドセレブを丸ごと良いとこ取り！〉の謳《うた》い文句からスカーレット・オマンソンら五人のセレブの卵子情報を寄せ集めた『ハリウッドアクトレス・ベーシック・キット』が使われていました。本来ならば其の上のアドバンス・キットを買う予定だったのですが義父の急逝により、銀行が貸し付けを渋った為、仕方なかったのです。其の後、ハア人の弟であるノブ音《おん》が長兄ヒロの保証を得てハア人と全く同じキットのマスターを購入し、それがスカーレット・オマンソンのフルボトルであると知った時にはハア人はアキヱ夫人が今迄に見た事がないほど激高し、夥《おびただ》しく下痢便を撒《ま》き散らし、以来ハア人は兄弟との付き合いを一切断ってしまいました。

「もう私はママに云う言葉がなくなっちゃったわ……」

　もう何度も実らぬ話し合いを続けた御陰《おかげ》でふたりの子供は毛の生《は》え変わり時期の犬のようにブロンドの髪も精彩を失っていました。

パンマは長く細い首を揺すり、皮肉っぽい笑みを浮かべました。ブロンドの髪が軽い羽根のように肩の辺りで左右に揺れました。ぷっくりと膨らんだピンク色の唇はその中に隠されている真珠の粒のような白い歯を際立たせています。

イギリスのダラム大学を出たパンマはデイリー・ミラーで記者として働いていました。外見同様に優しく、全てに於いて繊細で柔らかなハメジロウに比べ、妹のパンマは努力家で野心家でした。容貌以外、此と云って秀《ひい》でたものが無いと理解し、才能豊かな兄をライバルと目す事に因って人生を創り上げた猛女とも云えるのがパンマでした。

アキヱ夫人は一度だけ子供に手を上げた事が有りました。其れはパンマの臍《へそ》の横にタトゥーを見つけたからでした。『友達はしているのよ』確かに彼女が通うインターナショナルスクールの生徒や外国人には然うした輩《やから》の多い事もアキヱ夫人は承知していましたが『見掛けはどうあれ、あなたは日本人なのよ！　日本人の気持ちを忘れちゃダメ』と声を荒らげながら娘の両肩をグイッと摑んだのです。するとパンマは『日本人の気持ちっていったい何よ？』と母親をキッと睨み付けました。とっさにアキヱ夫人は『桜よ』と呟き『それは日本人の気持ちを取り戻すには桜を見ること』とまごつきながら返事をしたのです。結局、パンマはタトゥーを消す手術を受け、今では全く判らないほどになっていました。

「かあさん、僕はジョンズ・ホプキンス大の知り合いに今の此の時代にどの程度居るのかリサーチして貰《もら》ったんだよ」

「何を？」

ハメジロウはアキヱ夫人の丸みを帯びた腹を指さしました。「斯う云う風に生まれてくる子の事をさ。つまり、予期せぬ妊娠をした結果、其の儘、出産に到ってしまうケースについて」

「やるじゃんアニキ！　教えてよ」

「そうだ。ハメジロウ、能く遣った。かあさんに教えてやれ」

「あのね」とハメジロウは云い辛《づら》そうに言葉を唇の端に溜《た》めてから云いました。「ゼロなんだ」

然し、アキヱ夫人の顔に〈そんな莫迦《ばか》な〉という表情が浮いたのを見て、息子はすかさず補足します。「勿論、此は意図せぬ妊娠、望まぬ妊娠の数だよ。今でもビーガンやスカトロ愛好のようにアンカット信者というのは居るからね。でも、そんな彼らに於いても計画的に子供を作ってるんだよ。かあさんのように意図せず、まして犯罪者の子供だとわかっていながら産む例は無いんだ。２０２×年の12月25日にサウドグラビアで確認されたのが最後なんだよ」

「アキヱ、もう此の子達を此の問題から解放してやりなさい。おまえのために斯うして何度、お金と時間を使ってやってきていると思うんだ。其れにそんな事をしてハメジロウの就職に障ったら如何する？」

アキヱ夫人は立ち上がると窓辺のソファに座り直しました。お腹の中では少し前からポコポコとお湯が沸いているような胎動が始まっていました。ア鄂の検査では母子ともに不幸なぐらいに健康との事でした。

「質問しま～す」アキヱ夫人は挙手しました。

三人はキョトンとしています。

「此の質問に見事に答えられたら、出産は諦めるわ」

「本当か？」ハア人が飛び上がるように云いました。

「ええ、約束するわ。質問は此です。〈何故、此の子を産んではいけないのか？〉」

「そんなのかあさんの軀が危険だからに決まってるじゃないか」

「ア翺先生のお見立てでは全く問題がないそうよ。ママは初産ではないから通常の高齢出産の枠にも塡《は》まらないの」

「パパが嫌がってるわ」

「そうね。確かに其れは有るわね。でもお父さんが此の子を殺す権利をもっているわけではないわ。若《も》し如何しても厭《いや》だというのならママはパパと別れてひとりで育てます。その資金は有ります」

「莫迦な！　何を云い出すんだ！」

「それじゃあ一緒に育てて下さるの？」

ハア人は口をへの字に曲げるとパイプに葉を詰め始めました。

「ママ、其の子の身にもなって御覧なさいよ。おかあさんがいきなりお婆《ばあ》ちゃんなのよ。それに充分に遊んだり抱いて遣ったりする事も出来ない。結局は人を雇って任せる事になるわ。そんなの本当の愛情ある子育てとは云えないでしょ」

「其れはそうだけど死なせる理由にはならないわね。然う云った事は此の子には充分に説明して謝るつもりよ。判って貰う自信はあるわ」

「巫山戯《ふざけ》るな！　そんな莫迦な話が何処《どこ》に有るって云うんだ！　俺は被害者だぞ！　なんで被害者の俺が苦しめられなくちゃならないんだ」

「此の子だって被害者よ。お父さんは強姦魔で自殺しちゃってるし、こんなお婆ちゃんがお母さんなんだもの。みんな、どうかしら？　弟を歓迎してあげてくれないかな」

「ねえ……ママ、好《い》い加減にしてくんない？」

「なにが？」

「なんか変なシュウキョウにでもかぶれたの？　急に博愛主義になっちゃってさ。そんなにご大層な人生を送ってきたつもり？　あたしたちをこんなに苦しめて、何が目的なの？」

「何を云うの」

「あたし達はママの軀が心配だから止《や》めてって云ってんじゃん。ママの人生、ママとパパの人生が滅茶苦茶になるから止めてって云ってるのよ。いい歳して莫迦な事ばかり云わないでよ」

「私は正気だし真剣なだけよ。良い子ぶったりしてるわけでも博愛主義とかでもない。ただなんで此の子が殺されなくちゃならないのか……」

「此の子、此の子っていうのは止めろ！　まだ其れは生まれてもないし、そんなものは人間でもない！」

「人間です！」

「真面《まとも》じゃないわ！」パンマの声がリビングに響き渡りました。「真面じゃない。ちっとも真面じゃないわよ」

「何を云うの？　パンマ」

「だって然うでしょ？　強姦魔と婆《ばばあ》のナンジャモンジャを捏《こ》ね回したものでしょ。そんなことが真面な筈ないわ。とんでもないスキャンダルになるに決まってる。社会の敵！　害毒よ！」

　アキヱ夫人は我が子の信じられない言葉に耳を疑いました。

「本気で云ってるの？　私は人の命の話をしてるのよ……」

　母親の視線に耐えられなくなったパンマがプイッと横を向きました。

「かあさん、パンマは確かに云い過ぎだ。だけど本当に其の子は生まれてきて幸せになれるかな」ハメジロウが珍しく感情を面《おもて》に浮かべて云いました。「だってそうだろ？　其の子は遺伝子的には全く改良されてないんだよ。つまりかあさんやとうさん、否《いや》、その犯罪者のものまでもレアの状態で引き継いでくるんだろ？　そんなのが果たして幸せになれるかな」

「ハメジロウの云うとおりだ。大根だって畑で其の儘、噛《かじ》る莫迦はいない。洗って皮を剝いて出汁《だし》で煮るからおいしい。松阪牛だってそうだろ？　牛を其の儘、噛るか？」

「人間も同じだって云うの? ハメジロウ」

「全くではないけど、似たようなものだよ。特に現代では。親から押しつけられた実存は母親のお腹の中に置いてくるんだ。だからこそみんな幸せになれるし、自信を持って生きていける。僕だってパンマだってそうでしょ? そう思ったからかあさんやとうさんは僕を作ってくれたんでしょ? 今更、宗旨替えはズルいよ」

「おまえは主婦ばっかりだったから現実が判ってないんだ。リアルに物事を考えろよ」

「私はリアルです! なぜ人は完璧でなくちゃ幸せになれないの?」

「当たり前だろ。ブサイクで不格好でアッポーな生き物がどうして幸せになれるんだよ。金も掛けずに畜生のように生まれ放しの奴らにどうして幸せになる権利があるんだ」

「然う云う人にだって幸せになれる権利はあるはずです」

「おまえの云ってるのは甘ちゃんの精神論だ。戦車に竹槍で突っ込んでった日本兵と同じレベルだ。宇宙服なしで月に行く莫迦がいるか!」

「かあさん、其れは一部の過激なタダ乗り《フリーライダー》の思想に近いよ。人は対価を払い、社会で評価される為の武器を手に入れるべきなんだ。其れをせずに巧くやろうというのは社会制度に甘えてタダ乗りしてるのと同じだよ」

「人が幸せになることの最低条件は他人に評価されることじゃないわ。人は人であれば幸せになる権利があるし、社会が尊重すべきものなのよ。此の子は何も悪くないじゃない! 何故有りの儘に生きる事が許されないの」

するとパンマがアキヱ夫人の前に立ちはだかりました。

「ママ、もし出産なんてことになったらあたしは此の家と縁を切るわ。こんな馬鹿馬鹿しいグロテスクな事、誰にも云えないもの。恥っ晒しも良いとこだわ。ウチの母は強姦されて妊娠しましたけれど、子供の命を考えて出産して今は子育てに奮闘していま〜すなんて。此じゃ、まともな結婚だってできやしない。まるでウンコを捏ねて富士山と同じ高さの山を造ろうとしているようなものよ、狂ったド変態だわ！」

アキヱ夫人は思わずパンマの顔に張り手を喰らわせようと手を振り上げました――が、其の手は宙で止まったままでした。一同が見守る中、アキヱ夫人の怒りの表情が溶け、奇妙なものへと変わりました。

「……たわ。今、此処を蹴ったわ」アキヱ夫人が然う云ってお腹を大切なもののように抱き込んだ途端、「もう駄目だ！」と絶叫したハメジロウが手にしたカプセルを飲み下し、其の儘、どぅっと昏倒《こんとう》しました。


「と云う事はハメジロウの云った事は本当なんですね」

「ええ。かなり正確なデータ《もの》です。あの様な形での出産例は今や世界に皆無です。彼は本当にお母さんを愛していたんですね」

「有りの儘の人間なんて……気持ち悪い、身震いする」然う云うとハア人は軀を揺すりました。ハメジロウが緊急搬送された直後、ハア人は知り合いの大手代理店便通の幹部と連絡を取ったのです。アメリカＣＩＡの出先機関として密かに設立された隠密会社便通は世界中のありとあらゆる事に精通しているのです。

「で、どうしますか？　もう既に準備は整えてありますが」

「危険はないんでしょうな？」

「勿論です。人体への安全性は中国、ロシア、ハンガリーで実証済みです。モリ、カケ、サクラと三機種が有りますが、どれを？」

「違いは？」

「モリは即効性はありますが稀《まれ》に記憶の想起《リコール》と性格が粗暴に変容した例があります。カケの場合には洗脳と記憶の消去はできますが、改変記憶の定着に難があります」

「サクラは？」

「奥様には打って付けです。強姦から堕胎手術までの全ての記憶の消去、改変。またハア人様の心理アセスメントから抽出した性格特性と好みに合わせた性格にリプログラミングできます」

「あの事件の事を思い出して騒いだりしては困るよ」

「それはＣＩＡのお墨付きです。奥様は一切記憶はしておりませんし、手術の痕《あと》は盲腸だと医師に説明させます。それにもう奥様は以前のような方ではありません。あなたの好みに合わせて振る舞う事が無上の喜びとなっているのです」

ハア人は便通の幹部に案内され、エレベーターを降り、長い廊下を進みました。毒薬を飲んだハメジロウは一命を取り留め、無事に退院して帰国し、愛娘《まなむすめ》パンマは婚約者を来月連れて来ると云う話でした。ふたりの子供も母親への堕胎を含めた意志矯正手術に強く賛同していました。特にあの強気に見えたパンマは〈昔のママに戻ってきてほしい〉と涙ながらに署名をしたくらいです。

「宜しくお願いします」

ＣＴ検査台にも似た処置台の上に寝かされているアキヱ夫人は頬に涙の痕がありました。便通の幹部が頷《うなず》くと『意識改変装置・サクラ』が起動し始めます。

「二時間ほどで終わります。どうか休憩室でお待ちください」

「処置が無事に成功したというのは、どうやって判るのかね」

ハア人の問いに便通の幹部が耳打ちをしました。

二時間後、病室でベッドに横たわるアキヱ夫人が目を覚《さ》ましました。

「あら……あなた……私、どうしたのかしら」

「突然、酷《ひど》く苦しみだして卒倒したのさ。驚いたよ」

「そうなの……嗚呼《ああ》、なんだか頭がぼんやりして……」

「まだ麻酔が効いてるのさ。暫《しばら》く寝ると良い」

窓の外には雪がチラついていました。葉を落としきった枝が指の骨のように見えます。

「また寒くなるわね」

「アキヱ」ハア人が妻の手を握って顔を寄せました。

「なあに……」

「桜を見るかい？」

其の瞬間、アキヱ夫人の顔から表情が失われ、また戻りました。以前よりもずっと柔らかで無邪気なものとなっています。

「見だい！　桜！　マブゲロ大好ぎ‼」

ハア人は、嗚呼良かったと胸の内で溜息を吐きました。

それからいろいろあってみんな幸せに暮らしました。

大量絶滅

木下古栗

木下古栗

きのした・ふるくり

1981年、埼玉県生まれ。

作品に『グローバライズ』『生成不純文学』『人間界の諸相』『サピエンス前戯　長編小説集』など。

『グローバライズ』はテレビ番組『アメトーーク！』の企画「読書芸人大賞2016」で光浦靖子氏に取り上げられ、注目された。

「多少は慣れてきたと思うんだけど、でもやっぱり痛いんだよね」

「夢が大きすぎるんじゃない？」

豊田明美《とよだあけみ》はにやりと含み笑いを浮かべながら、真剣な面持ちの遠藤希実子《えんどうきみこ》の腕を肘で小突いた。二人は仲良さげに肩を並べて、繁華街の大通り沿いの歩道を歩いていた。

「そうなのかな、他のは経験したことないから分からないけど」

「たぶん大きいんだよ、それ、あっちの夢が。それか逆に、もしかしてそっちの心が狭すぎるのか」

「狭すぎるってことはないよ。といっても、それも比べたりできないけど、たぶん」

遠藤は恥じらいがちに小さく口先を尖《とが》らせると、数歩進むうちにまた真顔に戻り、思案げに眉根を寄せながら目を伏せた。

「まあでも、単純に回数自体がまだ少ないんだと思う。お互いに初めての相手でぎこちないし、実家暮らしだから、そうなかなか機会がないし」

「ならホテルにでも行けばいいじゃん」

「だってお金かかるから。まだ学生だし、そのために五千円とか一万円とか使うのも馬鹿らし

くない？」

「向こうが出してくれたりしないの？　常に全部とまではいかなくても多めに」

「私そういうの嫌いだから。それに、向こうのほうが色々忙しくてあんまりバイト入れないんだよね。だから私よりお金ないっていう」

「でも一回くらい行ってみるのもいいと思うよ、社会見学も兼ねて」と豊田は先輩風を吹かすような口ぶりで言った。「私もそんなに色々行ったことはないけどさ、内装とか設備とか、かなり面白いところもあるから」

「ふうん。でも、そういうのってごく普通のほうがいい気がするけど。落ち着かなさそうだし」

行く手の歩行者用信号の赤をちらと見やり、二人は周囲の通行人たちと共に、交差点の横断歩道の前で立ち止まった。のどかに晴れ渡った空の下、陽光を反射する車体が次々に車道を走り過ぎていく。

「でもやっぱり、大きいのかな」と遠藤は小首を傾《かし》げながら呟《つぶや》いた。「もちろん大きくなるから大きいなとは思うんだけど、客観的にも、平均よりも大きいのかも。そんな抜きん出た大きさじゃないにしても」

「今度メジャーで測ってみたら？」

「そんなことできるわけないし。台無しだから」

「でも夢は大きいほうがいいよ、絶対」と豊田は目の芯を輝かせて力強く言いきり、また含み笑いを口もとに浮かべながら、隣の腕を肘でつんつんと小突いた。「羨ましいくらい」

「いやあ、私は普通でいい。痛くないほうが」

「それは最初だけだから。頑張《がんば》って慣れてきたら絶対、夢は大きいほうがいいって実感すると思う」

「そうかな」

「絶対そう。何なら、夢だけ貸して、私に」

「何それ、貸してって」と遠藤はちょっと噴き出しそうに言って、ふと豊田の顔をまともに覗《のぞ》き込むと、ぱっと目を面白そうに見ひらいた。「というか、何でそっちがそんな顔真《ま》っ赤《か》になってるの？」

「え、赤くなってる？」

「うん、めっちゃ赤くなってるよ」

「あ、本当だ」と豊田は紅潮した頰を両手で挟んで、照れ臭そうに苦笑を浮かべた。「やばい顔が熱い。興奮してるのかも」

「やだもう、私のほうが恥を忍んで相談してるのに」

「いやでも実際、本当に夢は大きいほうがいいから」

「まだ言うの、それ」

「いや本当に」

「しつこい」

遠藤が隣の脇腹を肘で小突いた直後、歩行者用信号がぱっと青に変わった。二人は楽しげに笑い合いながら、横断歩道を渡り始めた。

15:37

「絶望の谷でもがくのはやめましょう。私は今日、我が友人である皆さんに言いたい。たとえ今日も明日も私たちが困難に直面するにしても、私にはなお夢があります。それはアメリカン・ドリームに深く根ざした夢です」

イヤフォンから響く英語音声を聞きながら、若林純一《わかばやしじゅんいち》は卓上のラップトップ画面で再生中の、古めかしい白黒映像をじっと睨《にら》んでいた。大勢の群衆に密に取り巻かれて、口髭《くちひげ》を生やした黒人男性が演説を行っている。音声に合わせて日本語字幕も下部に表示されていた。若林はアイスティーのグラスを手に取り、ストローでちょっと啜《すす》ると、その先端をしばらく口に咥《くわ》えたまま、思案げな面持ちで移り変わる字幕に視線を注いだ。それからふと画面上のブラウザのタブを切り替え、ウィキペディアの「マーティン・ルーサー・キング・ジュニア」の項目を表示すると、そのページを下へ下へとスクロールしながら、ざっと読み流すように視線を滑らせていった。

いきなり肩を叩《たた》かれた若林はびくっとして横を向き、ひょいと挨拶の片手を上げた松尾浩介《まつおこうすけ》の、にこやかな顔を見上げた。若林が椅子に座ったまま、微《かす》かに会釈してネックストラップ型のイヤフォンを両耳から外すと、松尾はもう片方の手に持ったマグカップを丸テーブルの上に置き、肩に掛けたトートバッグを下ろしながら、向かいの椅子に腰を下ろした。若林はラップトップを閉じて、アイスティーのグラスを手前に引き寄せた。

「何かすごい集中してたみたいだけど、ＡＶでも観《み》てたの？」と松尾は飄々《ひょうひょう》とした口ぶりで話しかけた。「近づいても全然気付かないし」

「いや、さすがにこんなところじゃＡＶは観ないから」と若林は鼻先に乾いた苦笑を漏らして、壁際の二人席から、カフェ店内の様子をちらと横目に眺めた。座席の九割方が埋まり、それぞれ連れと談笑したり、一人きり掌中の画面を見つめたりしていた。「一般教養的な共通科目で取ってる授業でさ、歴史上の、有名な演説を一つ取り上げて、その中の文言を引用しながら、それと関連する社会的、政治的問題について纏《まと》めろっていう課題を出されてて。コメンスメント・スピーチ、つまり卒業式の贈る言葉みたいなのでもいいし、別にそんなに過去じゃなくて、現代のものでもいいんだけど。それでちょうど去年くらいかな、キング牧師って分かる？」

「ああ、アフリカ系アメリカ人の、人種差別反対の代表的指導者みたいな？」

「そうそう。一九五〇年代、六〇年代に公民権運動っていうのがあって、まあ、黒人をはじめとした有色人種も白人と同じ、合衆国市民としての平等な権利、平等な地位をっていう。俺も全然、詳しくはないけどさ、当時は特に南部のほうで人種分離法とかいうのがあって、白人と有色人種で、公共施設がそれぞれ別々だったり、ホテルとかレストランとかでも、入口とか座席とかが分けられたりしてたらしくて。ふざけるなっていうさ」

「ひどい話だよな」

「でさ、そのキング牧師を主役として描いた一昔前の映画をたまたま、去年くらいに観たんだよね。ドキュメンタリーじゃなくて、事実を基にした歴史ドラマ、伝記映画っていうか。たしかアカデミー賞にもノミネートされたやつ。それ観てさ、俺、けっこう感動して。実際、批評家とかの評価もかなり高かったらしいんだよね」

「へえ、俺も観てみようかな」と松尾は呟き、マグカップのコーヒーを口に運んだ。

「でさ、それを覚えてたから、その課題を出された時、すぐにキング牧師の、あの有名な演説を取り上げようと思ったわけ。映画にもそのシーンがあったし」

「ああ、私には夢がある、だっけ?」

「そうそう。ワシントン大行進っていう、人種差別撤廃を求めるデモでの、超有名な演説。まあその伝記映画では権利の関係か何かで、実際の演説とはちょっと言葉を変えたりしてたみたいだけど。でもその演説が一九六三年にあって、そういう運動が盛り上がって次の年、公民権法が制定されて人種差別が禁止されて、キング牧師はノーベル平和賞を受賞する。実際、すごい訴えかけてくるものがある演説なんだよね。いつの日か、肌の色なんて関係ない国になるのを夢見てるっていうような」

「へえ」

「ところがさ」と若林はにわかに顔を曇らせた。「いざ、レポートにしようと思って調べ始めたら、キング牧師って、神学で博士号とか取ってるんだけど、その博士論文、あと大学院時代の他の論文とかも、思いっきり盗用、剽窃《ひょうせつ》、こういうのをしてるらしくて。しかも演説の文章、台詞《せりふ》もけっこう盗用してるっぽくて。まあそれは、聖書とかシェイクスピアとかの引用もしてるから、引用か盗用か微妙っていうかさ、良い風に見れば、色んな声を自分を通して響かせる才能があったっていうことになるし、悪い風に見れば、うーんっていう。その、私には夢があるっていう有名な一節も、他の反人種差別運動家の女性が先に使ってて、それを見てパクったみたいな。まあそれも、パクったっていうか、他の人の声を取り込んだみたいに言うこともできるけど。色んな人の思いを乗せてみたいなさ」

「へえ、そうなんだ」と松尾は少し意外そうに言った。「でもまあ、音楽で言えばサンプリングみたいなもんでしょ。それこそヒップホップと同じで」

「そう、それは俺も思った」と若林は頷《うなず》いた。「んだけど、でもさらに加えて、キング牧師って浮気、不倫、買春、乱交、こういうのも常習者だったみたいで。そういうことを知って今さ

っき、実際の演説の動画をもう一回観てたらさ、ちょっとなあって思っちゃって。そういう側面は俺が観た伝記映画では、美化されてたっていうか、たしかそんなに描かれてなかったんだよね。まあ下半身は私生活だから別物って言えばそうだけどさ」

「性依存症とかだったのかな」

「かもしれない」と若林は頷いた。「キング牧師って非暴力の抵抗を掲げてたけどさ、何かそういう、表向き立派な正義とか大義を掲げる人って、私生活では逆に、ハラスメント体質だったりしない？　あと内輪の不正は見て見ぬふりだったりさ。実際、ＦＢＩに盗聴されて不倫とか乱交とかバレてたんだけど、他のやつがレイプするのを笑って傍観したりもしてたらしいんだよね」

「最低だな」

「だから、やっぱり誰か、他の演説にしようかってちょうど今、思い始めて」

「ふうん」と松尾は相槌《あいづち》を打ち、またマグカップのコーヒーを飲んだ。

「ちなみに何かさ、いい演説知らない？　できればレポートにしやすそうな」

「うーん、あ、あれは？　ちょっと昔だけど、グレタさん。温暖化問題で怒りを表明して話題になったやつ。ハウ・デア・ユー！」

「ああ、懐かしいね。俺らが中学生くらいの時だから、もう五年以上前か」

「ハウ・デア・ユーってどういう意味だっけ？」

「よくもまあ、みたいな。よくもそんなことをって、呆《あき》れて怒ってる感じ」と若林は答えた。

「でもそう言えば俺、その演説に絡めて温暖化問題の作文書かされたりしたわ」

「俺も俺も」と松尾は懐かしげに相槌を打った。「でも実際さ、世代的に、ニュースとかで同時代的に目撃した初めての、有名な演説があれだと思うんだよね」

「たしかに」

「地球温暖化だって今、もう本気でヤバい感じになってきてるし、人類が人口増加の山を越えて次のフェーズを上手《うま》くやっていけるかっていうのと、二大問題って感じじゃない？　それこそ滅亡しかねないっていうか、二十二世紀は迎えられても、二十三世紀はどうだろうっていう」

「まあね。もし経済成長がどうにかこうにか続いて世界全部が先進国になって、地球規模で出生率落ちて少子化が止まらなかったら、究極的にはゼロになるからね。そうやって人口がどんどん減ってくなら世界的に高齢化の問題も蔓延《まんえん》するだろうし。何かほら、世界終末時計っていう人類滅亡までの残り時間を時計で表すやつがあるけどさ、昔みたいに核戦争で一気に壊滅する危機とかじゃなくて、リアルにじわじわ暑くなっていく温暖化って、真綿で首を絞められるような怖さがあるよね。少子高齢化も」

「そう考えると何か、お先真っ暗かもな」と松尾は伏し目がちに呟き、片方の手先で顎をさすった。「毎年異常気象だし」

「でも俺たちはもう、その真っ暗な頃にはいないから」

「いやあ、生きてるうちに真っ暗になるかもよ」と松尾は苦笑交じりに顔をしかめて、それからふと神妙な面持ちになった。「それに遠い先だとしても、子孫がいるかもしれない」

「松尾ジュニア？　ジュニアのジュニアのジュニアくらいか」

「いや、二十三世紀だともっとだろ。俺たちが十九とか二十歳《はたち》で今が二〇二五年だから、平均三十歳ちょっとで子供作るとしても、若林ジュニアの、ジュニアのジュニアのジュニアのジュニアのジュニアくらい？」

二人はまともに目を見交わして、ふっと鼻先に笑みを漏らした。

15:54

「五階で合ってるよね？」

「うん、ギャラリー何とかっていう、企画展示のスペース」

豊田は足を止めて振り向き、上りエスカレーターを降りた脇の、フロアマップの掲示を眺める遠藤の横顔を見つめた。遠藤はちらと斜め向こうを覗き込むようにしてから、通路に出て豊田の隣に並ぶと、さっと左奥の方向を指差した。

「そこ左に曲がってまっすぐ」

豊田はこくりと頷き、二人は肩を並べて歩き出した。

「でもこういう、都心の大型商業施設っていうかさ、そういう所の中で写真展を開けるなんてやっぱり、けっこう一般に人気が広がってきたのかな」と豊田は通路沿いの小洒落《こじゃれ》た雑貨店を横目に見て言った。「写真はあくまで余技なのに、こんな人の集まる所で」

「うーん、でもここのギャラリースペース？　サイトに過去の展示履歴もあって、それちょっと見たら、けっこうニッチな界隈《かいわい》向けのものも多かったけど。女性の筋肉ばっかり撮ってる写真家とか、聞いたことない現代アーティストとかの展示もちょくちょくやってる感じで」

「でも写真家とか現代アーティストって、そもそも何人知ってる？」

「いや、ほぼ知らないけど。でもサイトにはたしか、新しい文化の発信地として何たらかんたらとか書いてあったから、敢《あ》えて知る人ぞ知るみたいな、そういう展示も積極的にやってるんじゃない？　それなりに有名な人の展示の間に、ちょくちょく挟んでいくみたいな。基本的に二週間交替みたいだし」

「なるほどね」

「それに現代ってもう、みんなハマってるものがバラバラだから」と話しながら通路を左折するなり、遠藤はぱっと目を見ひらいて前方を指差した。「あ、あそこあそこ」

周囲はフロアの通路にひらけた店舗ばかりの中、そこだけ白い壁に囲まれた区画があり、正

面の壁面に「GALLERY（　）」と黒い文字看板が掲げられている。その左寄りには入口が見え、すぐ脇に設置された立看板には「芥川翔《あくたがわしょう》写真展——FROM THE《フロム・ザ・》LYRICS OF《リリックス・オブ》凛々《りり》シスト」と銘打たれていた。

「ギャラリー、何て読むんだっけ？」と豊田が壁面の文字看板を指差して訊《たず》ねた。

「たしかあの丸括弧を英語で読むんだよね」と遠藤は答えながら、右手の携帯端末を操作してウェブサイトを表示した。「あ、ギャラリー・パレンセシーズ。二週間ごとに取り上げるアーティストが代わるから、あの丸括弧の中に、ギャラリーの毎回のコラボ相手が入って、数式みたいに相乗効果が生まれる。そんなイメージで名付けられたって」

「へえ、でも読めなくない？」

「うん、でもだからこそ、逆に何て読むんだろうって印象に残るんじゃない？」

入口前まで来た二人は立ち止まり、揃《そろ》って携帯端末のカメラ機能を立ち上げると、芥川翔の凛々しい顔写真入りの立看板へそれを向けて、カシャッ、カシャッと撮影した。その撮れ具合を確かめながら入口をくぐった途端、左手の受付に座る女性スタッフがにっこりと微笑《ほほえ》みかけてきた。

「こんにちは」

「こんにちは」「こんにちは」

挨拶を返しながら二人は手早く携帯端末を操作して、電子チケットを表示したそれぞれの画面を提示した。すると女性スタッフがそれを手持ち機器で立て続けに読み取り、次いで受付台に積み重ねられた層からチラシを二枚、手に取って差し出した。

「こちらどうぞ」

二人はチラシを受け取り、女性スタッフにぺこりと会釈を返すと、短い通路をてくてくと歩き、その突き当たりで右折した。

すると真っ白な直方体の展示空間がそこに広がり、四囲の壁面にずらりと写真作品のパネルが並んで、十人ほどの先客たちがぽつぽつとそれらを鑑賞している。各作品には文字パネルで題名も添えられていて、それは白地に黒い明朝体で印字されていた。

「壮観だね」と豊田はぐるりと見回しながら呟いた。

「何か、食べ物の写真が多い感じ」と遠藤もざっと視線を巡らせながら言った。

それから二人は最も近くの、生々しい照りを帯びた赤貝の握り寿司《ずし》を接写した作品をじっと見つめた。六〇×八〇センチほどの大きさのその写真パネルの下には『夜通し艶やかな心を味わいたい』という題名があった。

「何か、また興奮してきたかも」

豊田は頬に片手をあて、冗談っぽく言った。その隣で遠藤は携帯端末を構え、画面内の枠に写真と題名を両方収めて、カシャッと撮影した。遠藤がその撮れ具合を確かめながら次の作品の方へ移ると、豊田も『夜通し艶やかな心を味わいたい』の真っ正面に立ち、それをカシャッ

と撮影した。

遠藤は『朝どりの新鮮な夢を君に与えたい』という題名の、はちきれんばかりの一本の胡瓜《きゅうり》の写真の前に立ち止まった。その胡瓜はぐんと反りかえり、みずみずしげに水滴をまとっていた。

「あ、夢だね」と追いついた豊田は言って、さらにひとつ先の展示へ視線を送った。「あ、こっちも夢ばっかり」

そちらには『熱い夢・香る夢・ひと皮剝《む》けた夢』と題された作品が見え、ほんのり湯気の立つフランクフルト・ソーセージ、太い柄に丸っこい傘の大ぶりの松茸《まつたけ》、上半分の皮を剝いたバナナの三つの写真パネルが連なって展示されていた。

遠藤が『朝どりの新鮮な夢を君に与えたい』をカシャッと撮影すると、豊田は携帯端末を横長に構え、一歩後ずさって『熱い夢・香る夢・ひと皮剝けた夢』をカシャッと撮影した。それから二人は立ち位置を入れ替えて、それぞれもう一方の作品もカシャッと撮影した。

「何か、よだれが出てこない？」と豊田は身を寄せて耳打ちした。「夢がいっぱいで」

「出なくもない」と遠藤はこっくりと頷いた。

二人はちらりと横目に見交わして、含み笑いを嚙み殺すようにしながら、次の作品の方へ目をやった。そちらには『心開いて本当の気持ちを教えてほしい』と題された二つに引き裂かれて肉汁が溢《あふ》れ出す肉まんの写真が展示されていた。

16:09

「ところでジュニアと言えば、お前のジュニアの調子はどうなの？」と松尾はまた飄々とした口ぶりで訊ねた。「不純異性交遊、略して性交を初体験されたっていう感動的なお話をこの前、有り難く拝聴させていただいたわけだけど」

「いや、ジュニア自体は絶好調なんだけどさ」と若林はうっすら口もとにはにかみを浮かべながら、同時に悩ましげに眉間に皺《しわ》を寄せた。「互いに実家暮らしだから、なかなか経験を積む機会が。両方とも弟とか妹がいるし、マンション住まいで自分の部屋が二階とかでもないし、だからこの時間からこの時間まで絶対に他に誰もいないっていう、それが確定してないと、向こうも奥手っていうか慎重っていうか、そういうタイプだから、気乗りしてくれない感じで」

「じゃあホテルとか行けば？」

「いや、それも経済的な問題でさ、まあ勿論《もちろん》、たまになら行けるんだけど、学生だし、そんなことのために結構な金額使うの勿体《もったい》なくないって否定的に言われて。向こうが今言ったみたいな性格だしさ、俺も無理強いはしたくないし」

「そんなことのためにって、つまり、一時の快楽のためにってことか」

「というか正直、俺のほうはそこそこ快楽なんだけど、向こうは痛がるんだよね。まだ片手で数えても余るほどだから、そのうち慣れてくるとは思うんだけど」

「そこそこなんだ、そっちも」

「いやだってかなり痛がるから、あんまりこう、思うままにはできないし。だから正直、自分一人のほうが思いっきり快楽だよね」

松尾は笑った。「自分のことは自分が一番よく分かってるからな」

「まあ、長い付き合いだしね」

「もはやゴッドハンド?」

「うんまあ、忘我の境地に行けるからね」

「極めてるな」

「学生の本分は勉強だけどね」

「でもそうなるとさ」と松尾はふと怪訝《けげん》そうに言った。「それってある意味、お預けを食らってるみたいなところもあるわけでしょ? せっかく味わえるはずの果実があるのに、なかなかそれを思いきり味わえない。ちょっと味見した程度で。となると、渇望っていうかさ、健全な青年なりに、ちょっと文学的な表現で言うなら、肉欲の悪魔に取り憑《つ》かれるみたいなのはあったりしないの?」

「それは正直、あるよね」と若林は感慨をこめて言った。「だからその、ゴッドハンドに頼る回数が増加したね」

「ああ、そっちが増えたんだ」

「だからまあ、ある意味ではお祓《はら》いみたいな感じというか。つまり頻繁に念頭に渦巻く邪念、よこしまな欲望、あとそれこそキング牧師じゃないけど、下半身ですぐ頭をもたげる悪魔、これをゴッドハンドで一日に何回もお祓いしないといけないっていう」

松尾はにやにや笑った。「大変だな」

「まあだから、こういうチェーン店のカフェとかで勉強するのも正直、自宅だと一向に捗《はかど》らないからなんだよね」と若林は苦笑交じりに言った。「自分の部屋にいるとつい、お祓いしちゃうから」

「でもそういう、頻繁にお祓いしなくちゃいけないお前の下半身事情というか、男の性《さが》というか、それは全然理解されてないの？」

「うーん、どうだろう。たぶん何ていうか、男女っていうより友達みたいな関係性がまだ強いっていうか」と若林は悩ましげに言った。「しかも正直、どっちかって言うとそっちのほうが大事なんじゃないかっていうくらい仲が良い女友達がいて、俺が何か誘っても断られることも結構あったりして」

「実はまだ男にそんな興味がないんじゃない？　つまり奥手とかじゃなくて、そもそも重きを置いてないっていう」

「いや、男に興味はあると思うんだよね。というのも、その女友達の影響で去年くらいから、男三人組のアイドルグループのファンになったらしくて、かなりハマってるみたいで。今日もそのグループの、メンバーの一人がカメラ好きで写真展を開いたらしくて、それを一緒に観に行くとかで」

「へえ、何てグループ？　といっても俺はアイドルとか全然興味ないから、聞いても分かんないかもしれないけど。まして男のグループだしな」

「何だっけな、えーと」と若林は呟きながら、携帯端末を手に取って操作した。「あ、凛々シストっていうグループ。凛々しい眼差《まなざ》しとかの、その凛々しいの凛々を漢字のまま使って、それに片仮名でシスト」

「凛々シスト？　全然聞いたことないな。けっこう人気なの？」

「いや、どうなのかな、少なくとも一般的な知名度はそこまでないと思う。ただ男性アイドルグループ好き界隈の、その生態系の中ではそこそこ、一定の地位を占めてるみたいで。何かちょっと変わってるっていうか、個性的なグループらしくてさ」

松尾はふうんと頷きながら携帯端末を手に取り、検索窓に「凛々しい」と打ち込んで「しい」だけを消してから、続けて「シスト」と打ち込んで画像検索を実行した。すると赤茶に染めた長い前髪の優男風、黒髪を中分けした爽やかな好青年風、長髪に切れ長の目と高い鼻梁《びりょう》の色男風、三人の若い男が並んだ画像が現れた。揃って暗色系の衣裳《いしょう》を着て、薄いアイメイクを施していた。

「何かでも今、その凜々システムで画像検索してみたら、普通の美男子グループって感じだけど。ちょっと耽美《たんび》的っていうか、そういう方向性の見た目ではあるけど」

「基本的に楽曲制作とライブ活動がメインっていう、ちょっとアーティスト寄りのグループで、歌も踊りも上手《うま》いんだけど、でもそれだけじゃなくて、その楽曲の歌詞が特徴的で。何か夢とか愛とか希望とか切なさとか、そういう陳腐な単語を多用したり、あと永遠とか天使とか絶望とかさ、そういう大袈裟《おおげさ》な言葉遣いをしたり、要するに一見、ポップソングによくある歌詞なんだよね。クリシェっていうか。でも実は、そのよくあるような単語がどれも、性的な仄《ほの》めかしっていうか、隠語になってる。ちょっと暗号みたいな。たとえば切なさとか切ないっていう単語は、まあ結構直截《ちょくせつ》に卑猥《ひわい》なんだけど、挿入したいとか挿入中の感覚っていうような意味で。それは何でかって言うと、切ないって言葉には、締め付けられるような心地、みたいな意味があるでしょ？　それが転じて、つまり、挿入すると締め付けられるからっていう」

「なるほどね」と松尾は下らなそうに相槌を打ち、ふっと鼻先で失笑した。「切なくて君に会いたい、とかそういう陳腐な歌詞でも、暗に卑猥な意味になるわけか」

「そうそう」と若林は頷いた。「そういうことをいかにもな美男子に、流し目とかを使いながら歌われると、客席の女たちがこぞってキャーッて黄色い声を上げるみたいな。まあそれも半分はお約束っていうか、そうやって盛り上がるのが楽しいっていうことなんだろうけど」

「へえ、そんなのいるんだ。全然知らなかった」

「まあほぼ、女性限定の人気だろうしね。それでその、写真展を開いた奴が作詞作曲を主に担当してて、ファンクラブに入ると裏公式サイトみたいなのに入れて、そこでそういう歌詞の、裏の意味を知ることができる。まあ結局、ファンもその隠語の基本的な辞典みたいなのをネットで作っちゃってて、それは普通に検索で引っ掛かるんだけど。ただ新曲が発表されるたびに歌詞に新しい隠語が使われるから、その意味が裏公式サイトで明かされるまで、ファンの間でちょっとした謎解きみたいになったりもするみたいで。何か今日行ってる写真展も、展示されてる写真作品の題名が、今まで発表された曲の歌詞から取られてるんだって」

「要するに上品な、詩的な下ネタって感じか。露骨すぎると引くけど、オブラートに包まれると結構、そういうのが好きな女性もいる」

「そんな感じだと思う。あくまで言葉遊びというか。もちろん格好良いアイドルがそれをやるからであって、その辺のオッサンがやったら気色悪いだけだろうけどね」

「でもそれってお前としては、ちょっと嫌だったりしないの？　いくらアイドルとはいえ」

「いや、そういうのは特にないんだよね」と若林は屈託のない声で答えた。「何か現実離れした甘い言葉を囁《ささや》くような、ちょっとエロい女性向けの恋愛ゲームとか漫画とかもあるしさ。それに俺だって思いっきりＡＶとか観てるし」

「なるほどね」と松尾は小刻みに頷きながら、ふと腕時計を見た。「あ、そろそろ俺バイト行かないと」

「じゃあほら、あれを」

「ああそうだった。それ受け取りに来たんだった」

若林は足もと脇に置いたリュックに屈み込んで、その中からＡ４判の茶封筒を取り出すと、それを松尾の方へ差し出した。松尾は両手で受け取り、その茶封筒の中に収められたＢ５判冊子の重なりから、一冊だけを抜き出して眺めた。十数ページほどの薄い冊子の、表紙の上段には「考《かんが》ＷＥＬＬ《ウェル》」という大きな手書き風の題字、中段には国会議事堂の写真と共に「特集・新しい選挙制度を提議する」という文言、下段にはこれも手書き風の書体で「ＴＡＫＥ　ＦＲＥＥ！」という英字が躍っていた。

「新しい選挙制度を提議する」と松尾は特集名を棒読みした。

「そう」と若林はこっくり頷いた。「国会議員って昔からさ、政治家としては無能そうな二世議員とかタレント議員とかが簡単に当選しちゃったり、あと全然、その分野に専門的な知見がない人が大臣になったり、政策通とか呼ばれてても実際には時代遅れの知識の持ち主だったり、そういう場合が多かったりするじゃん？　だから俺たちが大学受験で共通テストを課されたり、士業とかの職業を目指す時に資格試験をくぐり抜ける必要があったりするみたいに、国会議員も立候補するためにはまず基礎的な法学、経済学とかの共通テストを受けて、それで足切りされるようにしよう、そしてその点数を一般公開するようにしようっていう、そういうアイデアの検討が今回の特集。うちの大学の選挙制度に詳しい政治学の教授とか、あとネットとかで政策をきちんと発信してるのに、大衆的な知名度とか人気がなくて衆議院選挙に落選しちゃった候補者とか、そういう人たちにこのアイデアをぶつけて話を聞いたりっていう、そんな記事が載ってる」

「へえ」と松尾は相槌を打ち、その一冊をぱらぱらとめくった。「たしかに、もしそういう試験があったら明らかに適性がないだろうっていう芸能人とかは、そもそも選挙に出られなくなるな」

「うんまあ、現実的には実現は難しいだろうし、ある意味で素朴な、若者らしい理想主義の提案なんだけどさ。でも知名度とか人柄とかじゃなくて、知識や政策で見ていこうっていう、そういうメッセージをこめてみたいな意図で」

「ふうん」と松尾は小刻みに頷きながら、眺めていた一冊を茶封筒の中に戻した。「でも前号も前々号もけっこう捌《さば》けたし、俺のバイト先はこういう真面目《まじめ》系のフリーペーパー、配布場所としてうってつけかもしれない。何ていうか、コワーキングスペースなんだけど学生も含めて、資格試験の勉強する人とかも多くて、ちょっと意識が高い感じっていうか、そういう雰囲気がなきにしもあらずだから」

「じゃあ今、二十部置いてもらってるけど、もうちょっと増やせたりとかは？」

「いや、これくらいがちょうどいいと思う。ページ数もそんなにないからさ、席でぱらぱら読んだ後、棚に戻す人も見かけるんだよね。他に置いてるフリーペーパーもだけど、持ち帰るとゴミになるとかもあるのかも」

「そっか。でもまあ、有り難いわ」

「でもこういうのって、たった十ページとか二十ページでも作るのは相当、大変だろうな」

「うん、素人の学生団体だからね。でも制作作業以外にも下調べ的に、毎号取り上げるテーマに関連した勉強会を週一でやってて、そっちのほうがむしろ忙しくて」

「お前、本当に根が真面目っていうか、向学心があるよな」

「いや、どうだろう」と若林は小首を傾げた。「だってさっき言った演説の、レポートの課題、実を言うと提出が月曜なんだけど、まだ一行も書いてないっていう」

「明日じゃん。じゃあ徹夜して一週間が始まる感じか」

「そうだね、下手《へた》すると徹夜になるかも。何とか今日中に終わらせて寝たいけど」

「まあじゃあ、もうそれはグレタさんでいいんじゃない？」と松尾は軽い口調で言って、また腕時計を見るなり、そそくさと茶封筒をしまい込んだ。「ごめん俺、もう行かないと遅刻しちゃうわ」

「ああ、じゃあこのマグカップ、俺が片付けとくよ」

「マジで？　ありがとう」と松尾は腰を上げた。

「また近々、フットサルで」

「うん、じゃあまた」

松尾は小さく片手を上げると、もう一方の肩にトートバッグを掛けながら、すたすたと歩き出した。数歩進んでちらと振り返り、別れの目礼を交わすと、にわかに足を速めて店を出ていった。

18:16

「でもさあ、まさかソロデビューするとはね」

豊田は両手で持った写真展のチラシをくるりと翻して、その裏面を見つめた。そこには「芥川翔ソロデビュー曲、発売&配信決定！」と銘打って、芥川翔の憂いを帯びた顔写真と共に『絶滅』と題された曲の告知情報が列記されていた。

遠藤は隣から覗き込むようにしながら、チラシ中央に配置された「2000枚限定シングル」と注記されたジャケット写真を指差した。正方形の枠いっぱいに、接写された大量の生しらすの身がぬらぬらと溢れて、その上に『絶滅』という曲名が豪快な毛筆書体で躍っていた。

「けどほら、ジャケットも顔写真じゃないし、凛々シストには相応《ふさわ》しくない暗い内省的な曲もたまに出来ちゃうから、それを別に発表するためのサブプロジェクトって言ってたよね。あくまで楽曲中心で、本人はなるべく表に出ないつもりって」

乗客も疎《まば》らな電車内、七人掛け座席の片端に並んで腰掛けた二人は束《つか》の間《ま》、顔を寄せ合ってじっと『絶滅』のジャケット写真を見つめた。

「でもさ、作詞作曲をほぼ一人でやってるから、そういうアーティスト的な方向を追求したくなって、そのせいで解散しちゃうとかありそうじゃない？」

「ああ、ティーザー映像に字幕で付いてる歌詞見たら、たしかに曲調は内省的だけど、凜々シストの時とほぼ同じ単語ばっかりだったもんね。その辺、もしかしたらあんまり区別されてないのかも。曲調がライブ向きじゃないっていうだけで、作り方は一緒っていうか」

にわかに電車の走行速度が落ち始めた。

「まあでも、先行きなんて考えても仕方ないし、ファンとしては、その時その時を楽しむしかないよね」と豊田はぽつりと言って、チラシをトートバッグの中にしまい込むと、向かいのドアの上の、次の停車駅を表示する液晶画面を指差した。「私、乗り換えだから」

「あ、うん」

遠藤はこくりと頷き、進行方向の車窓の外へ目をやった。そちらから駅のプラットフォームの光景がなめらかに流れてきた。豊田は隣の肩をぽんと叩いて、にっこりと微笑みかけた。

「じゃあ」

「うん、また」

遠藤が微笑み返した直後、減速を続けていた電車が停《と》まり、一瞬の間を置いてドアが開いた。豊田はすっくと腰を上げ、トートバッグを肩に掛けながら振り返り、にこやかに手を振った。遠藤もにこやかに手を振り返した。

20:41

「これか」

松尾はぼそっと呟き、一人きり座る受付内の、手元に置いた携帯端末の画面からふと目を上げて、カウンターの外の様子を窺《うかが》った。面前に広がるカフェスペースの大きな共用テーブルには誰の姿もなく、その向こうの、ガラス一枚に隔てられたワークスペースにぽつぽつと見える利用者たちは各自、一人用デスクの上にひらいた書籍やノート、ラップトップなどに集中している。受付内の側面に設置されたモニター四台、施設内各所監視カメラの映像にも目立った動きはなかった。

松尾はまた手元の携帯端末に目を落として、その画面に表示された「凜々シスト歌詞基礎用語辞典　BY名も無きファン」を読み始めた。

ゆめ【夢】 若いほどすぐ膨らむもの。妄想するほど大きくなるもの。転じて男性器。「はちきれんばかりの若々しい夢」「熱い夢に突き動かされて」

こころ【心】 異なるものを受け入れる度量。内なる器。身体の中に宿るもの。転じて女性器。「心開いて」「心の奥に深く響くように」

きもち【気持ち】 心の状態。転じて女性器の状態。「気持ちが潤って」「気持ちが引き締まる」

こいし・さ【恋しさ】 離れている人や場所、事物などに惹《ひ》かれること。転じて肉欲（＝合体したい）。「恋しさに駆られて」「会えない日々は恋しくて」

［派生］―い（形）

こいこがれる【恋い焦がれる】 耐え難いほど恋しい。転じて激しい肉欲に駆られた状態。「恋い焦がれて裸足《はだし》で走り出した」「心熱く恋い焦がれて」

寂し・さ【さびしさ】 あってほしいものがなくて、孤独で物足りない状態。心が満たされない状態。転じて挿入したい・されたい状態。「寂しさに気が狂いそうな夜」「寂しさを埋めてあげよう」「口寂しくて」

［派生］―い（形）

虚し・さ【むなしさ】 寂しいとほぼ同義。

［派生］―い（形）

せつな・さ【切なさ】 締め付けられるような心地。張り裂けそうな心地。転じて挿入中の感覚（男女双方の視点で使用可能）。もしくはその感覚への渇望。「身動きが取れないほどの切なさ」「心が切ない」

［派生］―い（形）

きぼう【希望】　期待に膨らむこと。転じて勃起すること（起きた棒＝起棒が同じ読みであることからも）。または勃起した状態。「この希望、君に捧《ささ》げて」「何かが溢れ出しそうなほどの希望」

ぜつぼう【絶望】　希望が絶えること。転じて萎えた状態。「君が絶望を希望に変えてくれた」「絶望している暇はない」

あい【愛】　注ぐもの。口に出して表現するべきもの。溢れるもの。心を潤わせるもの。転じて精液、愛液。「胸いっぱいに愛を」「いざ愛を解き放とう」「染み渡る愛」

よわさ【弱さ】　見せると舐《な》められるもの。転じて乳首。「弱さをさらけ出して」「僕の弱さをもてあそんだ君」

そら【空】　昇天するところ。転じてオーガズム。「空へ駆け上がって」「見上げれば空」

つばさ【翼】　空へ飛ぶためのもの。転じて快楽やその高まり。「翼が生えた」「翼羽ばたかせて」

はね【羽】　翼と同義。

はばたく【羽ばたく】　空へ飛ぶために反復運動をする。転じてピストン運動。「空へ向かって一心不乱に羽ばたいた」「僕の上で羽ばたく君」
てんし【天使】　昇天へと導いてくれる眩《まぶ》しい存在。転じて目を細めるほどの快楽。それをもたらす相手や技。「君の中の天使」「天使が僕の上に舞い降りた」
えいえん【永遠】　果てしないさま。果てないさま。転じて精力絶倫。「今宵《こよい》は永遠」「永遠の夢を」

「思いつくままにざっと羅列してみました。前後の繫《つな》がりや文脈によって、多少意味合いが異なる場合もあります」という末尾の付記まで読みきると、松尾は「凜々シスト　歌詞　辞典」の検索結果を示したページに戻り、最上部の検索窓に新たに「芥川翔」と打ち込んで検索した。するとウィキペディアの当該項目や凜々シスト公式サイトの下に、トップニュースとして「凜々シストの芥川翔ソロデビュー曲、発売&配信決定／ジャケット写真&ティーザー映像公開」という見出しが表示されている。松尾はその見出しをつんと突《つつ》いて、音楽情報サイトの記事本体に飛んだ。すると『絶滅』という曲名と共に、大量の生しらすが接写されたジャケット写真が目に飛び込んできた。記事には簡単な紹介文に加えて、芥川翔からのメッセージも掲載されていた。
「凜々シストではファンの皆さんと共に盛り上がり、共に楽しむことを第一に楽曲を制作してきましたが、今回はソロデビューということで、まさにソロ活動を体現するような楽曲を発表

することになりました。ある意味、かなり独りよがりな作品ですが、そんな自分も思いきってさらけ出してみようという、僕なりの挑戦です」

松尾はまた受付の外の、無人のカフェスペースをちらと窺うと、携帯端末の消音をオフにして、音量をゼロから目盛り二つ分だけ上げた。それから記事本文の下に埋め込まれた『絶滅』ティーザー映像の再生ボタンを押して、さらに全画面表示にした。すると真っ暗な中に「絶滅」と白抜きの毛筆で書き殴られるように曲名が現れて、まもなく白っぽい半透明の、見るからにぬらぬらとした生しらすが極限の接写から次第にズームアウトしながら、おびただしく画面に溢れかえった。それはプラスチックのカゴになみなみと入った生しらすで、漁船の上に立つ漁師がそれを片手につかみ取り、その鮮度と感触をたしかめるように、ゆっくりと五指を蠢《うごめ》かせた。

次の瞬間、暗く深刻な曲調のピアノ弾き語りが始まり、ぬらぬらした生しらすをひたすら五指にまとわりつかせる映像に被《かぶ》さって、歌詞の字幕が表示された。

あてのない寂しさに苛《さいな》まれて
切ない夢思い描いた
まだ見ぬ君の心を求めて
すり切れるほど希望と絶望を行き来した

空高く見上げては溜息《ためいき》をつき
天使と共に翼生やす夢を夢見た
愛は行く先もなくゴミ箱行《ゆ》き
自分の弱さ自分で痛めつけた

今宵もまた僕は絶滅する
孤独に羽ばたいて果てる鳥
今宵もまた僕は絶滅する
手のひらに儚《はかな》い愛の名残《なごり》

サビの終わりにかけて荘厳なストリングスが鳴り響いたところで、にわかに音楽はフェイドアウトしていき、ティーザー映像の最後数秒、画面にはポンプ式のホースから、大漁の生しらすがドバドバとプラスチックのカゴに噴出される光景が映し出された。

23:19

「よし、風呂にも入ったし纏めてくか」

若林はTシャツと下着だけの姿で椅子に座り、ペットボトルの炭酸水をごくごくと飲むと、そのフタを閉めて卓上の右隅に置き、正面のラップトップを開いた。すると画面には「定義と科学的理解」「要因」「影響」「歴史的経過」「対策」「現状と見通し」など項目ごとに文章の羅列された文書作成ソフトが表示された。ラップトップの左には数枚の紙の資料、図書館ラベル付きの『温暖化問題　地球への責務』という新書が置かれている。若林は紙の資料から「グレタ・トゥーンベリ（当時十六歳）、国連・気候行動サミット演説全文（２０１９年9月23日）」と題された一枚を手に取り、原文と対訳の並んだそれをじっと眺めた。

「一応、やっぱりもう一度動画でちゃんと観ておくか」

若林は無線接続したイヤフォンを両耳に装着すると、ブラウザを立ち上げるなり「グレタ演説」で動画検索を実行して、ずらずらと現れた候補の中から「気候行動サミット」という文言入りの一つを選び、ただちに全画面表示で再生した。すると濃いピンクのシャツを着た白人少女が会見場のような所に座り、アーと軽く声を出してマイク位置を調整してから、やや緊張感を帯びた精悍《せいかん》な面持ちで口をきった。

「私が伝えたいのは、私たちはあなたたちを注視しているということです」

グレタ・トゥーンベリが真剣な目つきで正面を見据えた直後、小馬鹿にしたような男の笑い声が上がり、次いでそれを掻《か》き消すような拍手と喝采が沸き起こった。グレタ・トゥーンベリは少し目を泳がせるも、くっと口もとを引き締めて、挑みかかるようにまた聴衆の方を睨みつけた。

「こんなことはすべて間違っています。私はここにいるべきではありません。本来なら海の向こう側の学校にいるべきなのです。それなのにあなたたちは、私たち若者のもとに希望を求めてやって来るんですか？　よくもそんなことができますね！」

グレタ・トゥーンベリは険しく顔をしかめながら、次第に語気と手振りを強めて、震えがちな声で言い放った。見るからに頬が紅潮して、感情の高ぶりが表れていた。

「あなたたちは空疎な言葉で、私の夢と子供時代を奪いました。とはいえ私はまだ幸運なほうです」とグレタ・トゥーンベリは切々と訴えながら、鋭く角張らせた目を潤ませた。それからちょっと手元の原稿を見ると、また口もとを引き締めて顔を上げた。「苦しんでいる人たちがいます。死に瀕《ひん》している人たちがいます。生態系全体が崩壊へと突き進んでいます。私たちはまさに大量絶滅の始まりにいるんです。それなのにあなたたちが口にすることと言えば、お金の話や永遠に続く経済成長というおとぎ話ばかり――」

ふと映像を一時停止すると、若林はTシャツの首もとをしきりに引っ張り、手のひらで顔を扇《あお》いだ。

「何かやけに暑いな、残暑も終わったらしいのに」

若林は立ち上がってTシャツを思いきりよく脱ぎ、それを傍らのベッドの上へ放り投げると、壁掛けのエアコンのリモコンに近寄り、ピッとエコモードの冷房を点《つ》けた。それからまた椅子に座り、ふうと溜息をつき、下着の内股《うちもも》側の裾をつまんで引っ張って、しきりに股間を涼ませるように空気を入れた。

まもなく捲《まく》り上がった下着の裾から、くすんだピンク色の、半剝けの亀頭がひょっこりと顔を覗かせた。若林はそれを下目に見やり、おもむろに指先でつんつんと突くと、そっと撫《な》でさすったり、かるく揉《も》んだりした。するとペニスは少し膨張した。若林はその亀頭をむんずと引っ張り出して、雁首《かりくび》まで皮を剝き下ろすと、指先で弾《はじ》いてぺちぺちと内股に叩きつけたり、裏筋をやさしく引っ搔いたりした。するとペニスはまた少し膨張した。若林は余った皮をつまんで、亀頭に被せたり剝いたり、また被せたり剝いたりした。それをゆっくりとした手つきで繰り返した。

そのうちにペニスはむくむくと隆起していき、その亀頭はなめらかに張り詰めて、太々と芯の通った硬さをそなえながら、にょっきりと下着の裾から突き出た。その裏筋をつつっと爪弾くようにすると、ペニスはぐんとみなぎってそそり立った。竿《さお》には生々しく血管が浮き上がっていた。

若林は股間から顔を上げると、ちらりと自室のドアへ目をやった。すっと腰を上げて近寄り、注意深く静かに錠を回すと、するりと下着を脱ぎ捨てた。次いでベッドの枕元からティッシュ箱をつかみ取り、それを『温暖化問題　地球への責務』の上に置くと、すばやく数枚引き抜いて、素っ裸でまた椅子に腰掛けた。眼下にはたくましくペニスが突き立ち、正面の画面にはグレタ・トゥーンベリが顔を紅潮させて静止していた。

若林は数枚のティッシュを卓上に置き、目を逸《そ》らしがちに全画面表示を終了すると、一時停止中の演説はそのままに、ブラウザに新しいタブを開き、ブックマーク済みのポルノ動画サイトをそこに呼び出した。思案げな面持ちで束の間、勃起したペニスの裏筋を撫でさすり、ティッシュ箱の置かれた『温暖化問題　地球への責務』をちらと見やると、ふと思いついたふうに、サイト内検索窓に「温暖化」と打ち込んで検索した。当てはまる動画は一件もなかった。若林は続けて「猛暑」と打ち込んで検索した。

すると『超熱帯夜に隣の部屋に住むお姉さんが「エアコンが壊れたので涼ませてくれませんか？」と薄着すぎる半裸同然で訪ねてきたので、取り敢えず上がってもらったら猛暑で理性が吹っ飛んだ痴女だった！　ガンガンに冷房を効かせても全身汗だくで火照りまくる灼熱《しゃくねつ》淫乱ファックに電気代過去最高！』と題された動画が見つかった。若林は興味深そうに再生ボタンを押して、ただちに全画面表示に切り換えた。両耳に装着したままのイヤフォンから、ピーンポーンと作品冒頭のインターホンが鳴る音が聞こえた。

若林はそそくさと引き出しを開けて、マッサージ用オイルの容器を取り出すと、それを適量、手のひらに垂らすなり亀頭に塗りつけ、そのまま潤滑にこねくり回し始めた。勃起中のペニスはたちまち、さらにぐんと硬度を増してみなぎり、反りかえるように巨大に屹立《きつりつ》した。若林はうっとりと目を細めながら、ああ、と微かな喘《あえ》ぎ声を漏らした。

ラップトップ画面では隣人役の女優が三文芝居で暑がってみせながら、キャミソールの肩紐《かたひも》を外して、ノーブラの豊満な乳房をぽろんとさらけ出した。大学生役の男優は大げさに狼狽《ろうばい》して、両手で股間を押さえた。若林は手のひらでオイルまみれの亀頭をこねくりながら、もう片方の手でトラックパッドを操作して、数分ほど先の場面に飛んだ。すると大学生役の男優はソファに半裸で寝そべり、両手にうちわを持って隣人役の女優を扇ぎながら、執拗《しつよう》に乳首を舐められていた。女優はその口の愛撫《あいぶ》と同時に、片方の手で男優のもう片方の乳首をいじくり、もう片方の手で男優の股間の突起を撫でさすっていた。そのうちに女優は乳首から口を離すと、カメラ目線で「こんなもの穿《は》いてたら暑いでしょう？」と囁き、男優の下着を脱がせて、モザイクのかかった勃起したペニスをあらわにした。それに口を寄せてふうと冷ますように息を吹きかけてから、悪戯《いたずら》っぽく微笑み、ぱくりと亀頭を咥え、舌を巧みに躍らせて舐め回した。

若林はやや前のめりになり、女優の口淫に同期するように、ひたすらに潤滑油にまみれた亀頭をこねくり、ぴんと張った裏筋をなぞり、たくましく反り立った竿をしごいた。もう片方の手で陰嚢《いんのう》をやさしく包み込んで、その中の睾丸《こうがん》を転がしもした。ときおり気持ちよさそうに目を細めて、半開きの口をわななかせた。

　やがて若林はもぞもぞと両腿を蠢かせたかと思うと、慌ただしく卓上のティッシュ数枚をつかみ取り、それを亀頭のすぐ前方に覆い被せるようにあてがった。次の瞬間、猛烈な勢いで精液の弾丸がほとばしり、もう一発、さらにもう一発と立て続けに射精した。若林は荒い息遣いで肩を上下させながら、とろけたような虚《うつ》ろな目つきで、片手に持ったままのティッシュを眺めた。ぬらぬらと白濁した精液が染み込みながら、生々しい照りを帯びてたっぷりと溜《た》まっていた。ほんのり鼻をつく臭いに微かに眉をひそめて、丸めたそれをゴミ箱へ放り捨てると、新たにティッシュを引き抜き、オイルまみれのペニスを拭き、ぎゅっと根元から絞り出した残液も吸い取らせた。別の一枚で手のひらや五指も丁寧にぬぐった。それも丸めて放り捨てると、若林はペットボトルのフタを開けて炭酸水をごくごく飲んで、ふうと大きく息を吐いた。

「よし、今度こそやるか」

　若林はポルノ動画のタブを閉じて、全裸のまま真剣そうに顔を引き締めた。室内には快適な涼しさが満ち、卓上の目覚まし時計は十二時を少し回っていた。

「しかし最近、やけに大量に出るよな」

　ぽつりと呟いてティッシュばかりのゴミ箱を振り返り、訝《いぶか》しげに小首を傾げてから、若林はラップトップ画面に向き直り、一時停止中の映像を全画面表示にして、その演説をまた再生

した。

「よくもそんなことができますね！」とグレタ・トゥーンベリは叱りつけた。

灰色の空に消える龍

恒川光太郎

恒川光太郎　つねかわ・こうたろう

１９７３年、東京都生まれ。
２００５年、「夜市」で日本ホラー小説大賞を受賞。
２０１４年、『金色機械』で日本推理作家協会賞を受賞。
作品に『無貌の神』『滅びの園』『白昼夢の森の少女』『真夜中のたずねびと』など。

路面電車が東京市を進む。

平日の午後であった。ヨシマサがぼんやり車窓を流れる風景を眺めていると、隣の座席の、まだ小さい子供と三十代とおぼしき父親の会話が耳に入る。どうも、古代の動物について話しているらしい。

「キョウリュウは象よりずっと大きくて、一番強いのにいなくなったんだ」子供はいう。

リュウとは龍のことだろうか。気になるあまり、思わず隣の座席の見知らぬ父子《おやこ》にきいてしまった。

「その、キョウリュウってのは、リュウですか」

父子はヨシマサに顔を向ける。赤の他人にいきなり話しかけられて面食らう、という風もなく、また、ややわかりにくい質問――〈キョウリュウのリュウとは龍という意味なのですか〉をただちに理解し、父のほうが親切に教えてくれる。

「ええ、龍です。キョウリュウというのは、大昔に住んでいて、今は滅びてしまった龍です」

「いっぱい、いるんだよ」と男の子がいう。キョウリュウにはたくさんの種類がある、という意味であろう。

「この子が好きで」

「最近のお子さんは、いろんな勉強をしていて、偉いですなあ」ヨシマサはいう。父は、少し困ったような笑みを浮かべる。そして男の子に顔を向ける。「な、いろいろ勉強中だな」

「私の子供の頃は、そういう、なんというか、外国から輸入された学術が、まだまだ少なくて、おかげで、私なんか学がなくて」ヨシマサがいうと、父は、いえいえとんでもない、と恐縮する。「いろんなことが明治の間にずいぶん進歩しましたねえ」

本当にそうだと頷《うなず》く。ヨシマサが子供の頃は、客車は馬が引いていて、東京馬車鉄道といった。今はもう馬はいない。もはや明治ではない。タイタニック号が沈没し、孫文《そんぶん》が中華民国を作った年に明治は終わった。

路面電車をおりると、煉瓦《れんが》造りの街を歩き、ヨシマサは食堂に入った。メニューを開き、ライスカレーを頼む。かつて最先端の高級食であったライスカレーが東京の食堂に登場し、庶民の胃袋に入るようになって少したつ。だが、ヨシマサにとってはまだ、洒落《しやれ》た食べ物であることに変わりはない。

一年の大半は山のなかにいる。

春から秋までヨシマサは、龍を祀《まつ》る古い社《やしろ》に一人で暮らす。

冬になると雪に閉ざされるので、都会にでてくる。都会には仕事がある。日雇い週雇いの労役で銭を稼いでから、春になると山に帰る。あちこちからあつまってくる出稼ぎ労働者の木賃宿があり、そこに泊まっている。

ライスカレーが運ばれてくる。東京にいる間だけのごちそうで、非日常の匂いがする。値段は七銭。蕎麦《そば》なら安いところなら二銭もあれば食べられるから、三倍以上の贅沢《ぜいたく》だ。

――もっと銭が欲しい。と、思ってはならぬな。きりがないから。

酒は飲まぬことにしている。確かに、きりがない。〈特別の贅沢〉の一度、二度で満足し、山に戻らなくてはならない。

磨かれた銀色のスプーンを手にとり、そこに映る少し歪《ゆが》んだ自分の顔を数秒眺め、はやる気持ちをあえて少し焦《じ》らし、スプーンでカレーのかかった白米を少しとって顔に近づけ、異国の芳香を楽しむ。それから、おもむろに口に運ぶ。ああ、どっしりと美味《うま》い、歓喜の呻《うめ》き声が漏れそうになるのを抑える。

キョウリュウの話がずっと頭に残っている。どんどん新しい知識が輸入されたり発見されたりして、世の中が変わっていくのがわかる。どこか書店でものぞいてみるか。大昔のリュウ。龍を祀る神社の神主として、興味がある。

店をでると、駅に向かって歩き始める。待っているのは山へと向かう長い長い帰路だ。

春。山肌に沿って流れる谷川は緑が眩《まばゆ》く輝いていた。微《かす》かに甘い匂いのするそよ風を頰に受けながら、谷川に沿った道を歩いていると、笊《ざる》を持った壮年の男に出会った。灰色の髪に、白い髭《ひげ》をたくわえている。見かけない顔の男だった。

男はじろりとヨシマサを見た。

「なんでえ」

汚れた着物をまとい、足もとはたくしあげて水につかっている。

ヨシマサはぎょっとして、こんにちは、と静かにいった。

「なんだい、あんた、こんな山でなにしている。ああ、びっくりした」

「この近くに住んでいるんです」ヨシマサはいった。

「武者修行か？」男はいう。「ほら、山籠もりの」

「いや」意味がわからない。「あなたさんは砂金獲《と》りでござんすかね」

かつて金の出た山が近くにある。百年以上前に掘りつくされ、廃坑となっているが、川を浚《さら》えば砂金がとれる。

「うん、砂金だ」男はへらっと笑った。「悪いか」

「いや、全く。獲れますか？」

「少しは獲れる」

獲れるとしても、半日がんばって、粒がいくつか、といったところだとヨシマサは知っている。ずっと昔にやってみたこともある。

「私は魚を獲ろうと」

「竿《さお》を忘れている」

「ああ、仕掛けで獲るので。仕掛けたのを見にいくところです。よければ一緒に食べますか」

「金はねえぞ」

「いや、そんなの、請求しませんよ」ヨシマサは呆《あき》れながらいった。自分よりいくらか年上の男であったが、山中で出会った相手への警戒からか、必死に棘《とげ》をつくっている節があり、妙な可愛《かわい》げがあった。

ヨシマサは男を境内に案内した。神主をしているというと、男はしきりに感心したようになった。ハヤと岩魚《いわな》があわせて四匹ほど獲れたので、網で焼いた。

「拙者の名は、リサイというんです」男は名乗った。

「リサイさん」

「もはや、こういう身で、さん、など不要ですのでつけないでください」

数時間前に会った時の棘が消え、いつのまにか丁寧語になってる。

「いや、年配の方を呼び捨てにはできません。いったいどちらからいらっしゃった方ですか」

魚を食べながらリサイは語った。

「出身は薩摩《さつま》ですがね、日本各地を転々とした人生で、明治の終わりまでは帝都におりまして。いろいろやりました。一番長いのはガタ馬車の御者で、あとは穴蔵掘りや、楊弓場《ようきゅうば》の裏方仕事ですとかねえ、はっと気が付いたら、人生が終わりにさしかかっているんだ。で、身の振り方をいろいろ考えたところ、吾《われ》は剣豪として死にたいと思った次第です」

「け、剣豪？」

「ああ、宮本武蔵《みやもとむさし》みたいに」

「なるほど」とはいったが、解《げ》せない。

ヨシマサは、神主としては、半分が人の話を聞くのが仕事のようなものだと思っている。世の中にはいろんな人間がいるものだ。しかし、廃刀令がでて久しく、町では電気が灯《とも》り、汽車が走る大正の世で、剣豪はないのではないか。

「決闘で死にたいということですか」

「いや、違います」

「その、道場で教えたりしていた方ですか、究める道があると」

リサイは黙っている。それも違うというなら、なんなのか。何か話すのかと思ったが、リサイは「まあ、武者修行で山におるわけです」と呟《つぶや》いた。

「ご家族は」

「おりません。みな死にました。神主さんは、ここで、どんなことをしてらっしゃるのですか」

改まった口調できいてくる。

「まあ、最近は訪れるものもいませんが、祈禱《きとう》の相談とか」

「ほお、それはすごい。私も何かに憑《つ》かれていると思うのです。できれば、専門の方に、それを祓《はら》っていただきたいのですが、いくらかの砂金でどうでしょうか」

その顔はいたって真面目《まじめ》でふざけている様子はない。さきほどの川で獲った砂金か。大量にあるならまだしも、いくらかの砂金に価値はほとんどない。

「何かありましたか」

「最近、狸《たぬき》を殺して食べまして。それからちょっと調子が悪い。動物霊に憑かれている」

「ああ、まあ、無料でいいですよ」といってしまった。本来、お祓いは無料ではないのだが、元手がかかっているわけでもなく、相手次第のところがある。

「そういうわけにはいきません！」慌てたようにリサイがいう。「三銭ほどなら……」

「いえいえ」

やり取りの後、結局、今度、山菜か茸《きのこ》か何かを持ってきてもらうことで、祈禱の料金とする話がついた。

装束に着替え、オオヌサという、神具をだす。

眼を瞑《つぶ》って座しているリサイのまわりを祝詞《のりと》を唱えながらぐるぐるまわり、オオヌサで背中を叩《たた》いたり、塩をぶつけ、呪文を唱える。リサイはじっとしている。

「神主さんは、ずっとここで育ったんですか」

祈禱の後、リサイがきいた。

「そう思われるでしょうが、もとは東京生まれですよ」ヨシマサはいった。「縁があって、ここにきたのは――もうだいぶ前です」


明治十年、東京北部の村でヨシマサは生まれた。七歳の頃、父はコロリで死んだ。母はヨシマサをまだ幼いうちに奉公にだした。旅館や土産物屋《みやげ》を経営している大きなところにいった。蹴られ、怒鳴られ、辛《つら》いことが多かったが、いろんなことを前向きに考えるようにして乗り切った。

十二歳のときに、奇妙な男と出会った。

スーツ姿にハットを被《かぶ》り、足は革靴、当時最先端の洋装をした男であった。

彼は旅館の客であった。周辺の地理のことで話しかけられ、雑談を繰り返しているうちに男はいった。

「ぼくちゃん、いいねえ、いい顔だ。きりっとしている。ここの奉公が終わったら、よかったらうちの社を継がねえか。俺は山の中で神主やっていて、後継ぎがいなくてな。継げば全部自分のものになるぞ、どうだ」

それは本当に軽く、まるで冗談のようにいうのだった。

「ちなみに後継ぎは早いもの勝ちだ。早くこないと別の奴《やつ》に継がせちまうよ」

「そんなの嘘《うそ》でしょう。子供だと思ってからかっているんだ。おいら、本当にいきますよ。そうしたら神社もらいますよ」

「本当にこい。継がせてやるぞ、本気だぞ。ああ、そうだ、本気の証拠に、ここで買った絵葉書に地図を描いて、ぼくちゃん宛《あ》てにだしてやろうな」

絵葉書は旅館の前の売店で売っていた。男はそういってヨシマサから絵葉書を買うと、去っていった。

本当に数か月後、旅館の若旦那から「なんじゃあこれ、オマエ宛てだぞ」と絵葉書を渡された。山奥の神社の住所と地図が記されていた。手描きで龍が描かれている。龍を祀る神社か。若旦那に経緯を説明すると「行くな行くな。そんなもの、間違いなく変態が誘ってるんだわ。行ったら、殺されるぞ」と忠告された。

だが、無料で神社をもらえるという話はどこか忘れられない魅力があり、それから数年間、ヨシマサは山奥の神社で自由気ままに暮らす妄想を楽しんだ。絵葉書はとっておいて、何度も眺めた。

夢のなかで旅をした。山奥の神社には一日ではたどり着けなかった。汽車に乗り、駅から歩き、山中の小屋で泊まり、ようやく到着した。すると神社には、件《くだん》の洒落た洋装の男が珈琲《コーヒー》など飲んでくつろいでおり「おじさん、いつか約束した子だよ。何年も前だけれど」というと、目を見開き、笑い出し、「うはあ、大きくなったなあ！　ほんとに来たか！　よく来たなあ！」と龍に変身する。ヨシマサが龍の背に乗ると、空に舞い上がり、山から山へと飛んだ。

「人は宝を一つもてば、人生の苦しみは半減する。何しろもう誰のことも妬《ねた》まなくてもいいし、それを磨いて守ればいいのだからな」

夢のなかで、龍の化身の男はいった。

そして目が覚めるとそこは東京市の旅館の、従業員用の狭い座敷なのだった。


剣豪として死にたいと珍奇なことをいったリサイはその後、ちょくちょくと神社に現れるようになった。何をしているのかというと、変わらず川で砂金を集めているという。現れると一緒に将棋をさしたり、川で魚を獲ったりして、過ごした。リサイは学があるようで「キョウリュウ」も知っていた。「なんだか学者が西洋で仕入れてきた、ダイナソーちゅう、人間が地上に現れるより前の、信じられんほど大昔の生物を、キョウリュウと名付けたもんって聞きましたがねえ。骨がね、地面の断層に埋まっているっていうから、ここらあたりもいてもおかしくないですな。河原の石に貝や魚の模様がついていたりする珍石の類《たぐい》も、同じ古代の生き物が石化したもんだそうで」

夜になると、あたりは漆黒《しっこく》の闇に包まれ、提灯《ちょうちん》の灯《ひ》程度では足元が見えないので、リサイは泊まっていった。

ヨシマサは冬の間は東京にでることを話してリサイに一緒にいくかときくと、リサイは首を横に振った。

「無理です。ああ、吾は都会から逃げてきたようなものだから」

「何かやったんですか」犯罪を。

「特に後ろめたいようなことはないんだけれど、〈灰色〉が増えてきて、それがおっかなくて、逃げてきたんです」

「灰色？」

「大正の世におかしな奴だとお思いでしょうが、まあ聞いてくださいよ。これまではそこら中に野原があって家があって、なんとなく家の前に花を植えたりしていた。みんなそんなかんじだった。誰のものでもない小川とかがあって、土の道が林の中を通っていて、土地の境界も曖昧で、あちこちの隙間で、猫《ねこ》が仔《こ》を産んだり、狸が偵察にきたり、兎《うさぎ》が跳ねていたでしょうが。道の先の樫《かし》の樹までがうちの村で、その向こうが入会地《いりあいち》で、ってかんじだったじゃねえですか。

それが、灰色のせいでどんどん消えていくんだ。何かこうきっかりと線を引いて、そこらに寝そべることもできなくなって。俺は何か灰色がこの世を塗りつぶして何もかもつまらなくしていくのが辛くて悲しくて怖くてたまらない」

灰色。

コンクリートやアスファルトは明治時代にはほとんど見られなかったが、関東大震災を境に増え始めた。車が走りはじめると、道が舗装される。そうした近代的な建築素材と、時代の移り変わりと共に整然としていく土地の様相が、リサイのいう〈灰色〉であった。砂利《じゃり》道も含めれば、確かに景観に灰色は増えているが、そんなことは、気にするようなものだろうか。

「いやでもこんな山まで来なくても、帝都を少し離れれば、灰色もないだろうに」

「ですがねえ、だいたい村に電気が通じるようになったところは、じわじわと灰色が始まって広がっていくと思う——道路の灰色は車が走るための舗装でしょう。この時代から先、車が減るってことはもうないやね。さすがに畑まで灰色にはならねえだろうけど、道という道が、家やら壁が、灰色に潰《つぶ》されていくのは胸が痛くて、見たくない」

リサイは山中のどこかに居を構えているはずだが、どうもきいてもはっきりしない。あるとき、ヨシマサは、リサイが山の上の細道を歩いているのを見かけ、そちらに向かってみた。

踏み跡のようなものがあったので、つきあたりまでいくと、岩肌にぽっかりと洞窟《どうくつ》があった。何か秘密の匂いがした。なかに踏み込んで見ると、奥の岩だなに、風呂敷に包んだ荷物と、数振りの日本刀が置かれていた。リサイの塒《ねぐら》にちがいなかった。刀か——久しぶりに見る。そういえば剣豪がどうとかいっていた。

洞窟を見たことを、神社に遊びにきたリサイに話すと、リサイは頭をかいた。

「見つかっちまったか。あそこがワシの最後の場所なんですよ、あそこはワシの墓みたいなものだ」

「死に場所」

「そうです。洞窟で座して死ぬ計画です。結跏趺坐《けっかふざ》で」

リサイは、笑みをこぼしていった。

「ただ死んだって面白くねえ。墓買う金もねえし、無縁仏ですよ、吾なんざ。だけど、百年後に誰かが洞窟に入って、結跏趺坐した吾の骨を発見してごらんなさい。その前には刀。剣の書もある。新聞記者が集まって、こりゃ何者だと話題になって、明治の宮本武蔵か、幕末の剣豪かと、えらい騒ぎになって後の時代に残るはずだと思いませんかね」

「それは、ああ、残ると思います」謎であった剣豪として死ぬの意味がわかった。「後の時代の発見者は、そう解釈するでしょう」

だが、それは剣豪として死ぬ、というより、剣豪と誤認されるよう偽装して死ぬ、が正しく、人としての崇敬《すうけい》を求めるのなら、何かそもそもの方向が間違っているような気もする。剣豪というより、ほら吹きの凡夫《ぼんぷ》にしか見えぬリサイの顔に浮かんだ悪びれぬ笑みを見ていると、思わず笑いが伝染し、一緒になって笑った。

「その様を想像するのが痛快で。ただでは死なんちゅうことですよ。ここまで話したのなら、全て話してしまいますが、砂金集めもね、後世で偉人となるのに、この川で集めた金屑《きんくず》はそのときに、立派に見えるよう俺の髑髏《どくろ》に塗りたいんです」

ヨシマサは、ううん、と唸《うな》った。それは理解が及ばない。しかも――。

「誰が塗るんです」

洞窟で死ぬまではよしとして、死んだら自分の髑髏に自分で金を塗ることなどできない。誰かが手伝うのだろうが、そんなことをしてくれる人がいるのだろうか。

リサイは縋《すが》るようにヨシマサを見た。そこで急に土下座をした。

「なんですか！　およしになってくださいよ！」

「吾が死んだら、塗ってくださいませぬか！　聖なる仕事に就くあなた様しか適任の者がおりません」

「私が？　ああ、ちょっとちょっと」

「そうすれば後世、発見されたとき、金を塗った髑髏なんていろんな類推を生む。みな謎が好きですから、より話題になる。私はそれを想像すると幸せになるんです」

ここは笑いとばすところなのか？　いや、目の前の老人は本気だ。洞窟にただ骨があるより、金が塗られていたほうが衆目を集めるのは、事実であろう。

「それは、その」安請け合いをしたくなかった。が、リサイの頼みを無下に断る冷淡さもない。

そんなリサイであったが、五年たっても、六年たっても死ぬことはなく、様子を見に行くと件の洞窟や、川の近くの廃屋じみた小屋で一人楽しそうに魚を焼いたりしていた。山の岩石などの灰色は怖くもなんともないという。そのうちに大正も終わって昭和になった。

そして昭和になるや否《いな》や、不穏な連中が社に現れた。

「だからさあ、ここはあんたのものじゃないんですよ。法的にね。こっちはね、法律の話をしているんです。今ね、どこだって土地に住むにはちゃんと権利があるんだ」

三人の男がヨシマサの前に座っている。

主に話しているのは、背広を着た眼鏡《めがね》の男だ。その後ろにいるのはヤクザ風の男たちである。

「だから、前にもいったけれど、私は、もう何十年もここで神主をやっているんだ」

背広に眼鏡の男が、胸ポケットから煙草《たばこ》をとりだした。銘柄は『朝日《あさひ》』。マッチで火をつける。擦ったマッチは無造作に床に捨て、煙を吐く。

「モグリの神主をな？　私らから見れば、あんた、山奥の廃神社に勝手に住んでるだけなんだよ」

ヨシマサは唇を噛《か》んだ。

「だいたい、どこからどこまでがあんたの土地なんです？　ほら、全部いい加減でしょうが。

あんた何歳だか知らんけれど、百年前ならそれで通ったかもしれんが、ともかく、もう昭和だからねえ。そんなでたらめがよく今まで通っていたって不思議だな」

この先の山あいの土地にセメント工場を作る予定だと彼らはいう。龍の神社は作業道の予定地に建っているから出ていけという。そして〈立ち退《の》き料は一切払わない。時間の猶予はない。すぐに出ていけ。黙って立ち退きの書類にサインをせよ〉というのだ。

彼らが現れるのはこれで三度目である。初めて現れたときから、人を見下した顔で横暴を働く様子であったが、二度目にきたときは殴られた。次きたときにまだここにいたら、どうなっても知らないぞと脅された。セメント工場、もしくは土建屋が委託しているのであろう、立ち退かせ屋が暴力をふるうと、徒歩で一日かかる先の、管轄の警察署に訴えにいったが、捜査をしてくれる様子もなく、話だけ面倒くさそうにきいて、帰るように促された。村役場にも足を向け、相談したが、それは災難だが、ここでそんなことを訴えられても困るという。

そして今回が三度目であった。ヨシマサは対決の気概を持っていった。

「あんたらはなんという会社なんだ。まずあんたたちを雇っている人間と直接話したい」

「ああん? 国だよ、日本国からの依頼を受けているんだ」背広の男の口調が荒くなる。「文句なら総理大臣にいえな」男たちが笑った。

ふいに、後ろの目つきの悪い刺青《いれずみ》の中年男が立ち上がった。バン、と顔に衝撃があり、網膜に火花が散った。むっと男の体臭が臭う。男はのしかかってきた。

「おい！　おまえ、こないだ来た時、次来るまでに出ていかねえと殺すぞって俺はいったよな！　簡単なことなんだよお。おめえが死ねばそれで全部解決なんだ。このあたりは熊もデンだろ。おめえが死んだって熊の仕業になるだけよ。誰もかまうものはいねえんだから」

涙目で、鼻血が溢《あふ》れるのがわかる。笑い声が聞こえた。ああ、こいつらは、楽しんでやっている。ヨシマサは悟った。山中で人目もない。本当に殺されるかもしれない。

「あ～らあら、怒らせちゃったねえ」背広の男が口をはさんだ。「ああ、殺す前に待て。ちょっと聞いた話だが、龍の珠《たま》って神宝があるとか。そりゃなんなんだい」

「おお、そんなお宝があるんですか」

刺青の男が呟いた。「おう、じいさん、ちょいとそれを見せてくんねえかな。工事でこのあたり全部崩すからよ、ほんとにあんたが神主なら、この世からご社宝が消えちまうより、安心できるところに渡したほうがいいだろう」

全員の視線がヨシマサに集まり、部屋がしんと静まった。

「ない。そんなものはない」

ヨシマサは鼻血を手で拭きながら静かにいった。

「江戸の頃だ。ふもとの村で雨乞いの儀式をやる巫女《みこ》がいた。この上の山で火を焚《た》いた。水神である龍に祈る。なん百年も前のことだ。いつも雨を降らせたという。それがこの社の由緒《ゆいしょ》で、ここはもとは雨乞いの巫女が山に登る前にみそぎをするところだったという。それに絡《から》んで龍が下りてきて、龍の珠を最初の神主に預けたという神話がある。それだけだ」

少しの間があったが、背広の男がため息をついた。

「まあ、由緒はわかった。今話しているのはな、なんかここに伝わる宝玉的なものを見せてくれってんだけど」

ヨシマサは首を横にふった。

「だから、社宝はない——伝説があるだけだ」

「そっか、シケてやがんな。ふもとの村じゃ、なんかそんなものをあんたが継いだって聞いたんだが、でも、ん〜ま、そうだろうな、こんなところに碌《ろく》なもんがあるはずもねえ」背広の男は面倒くさそうにいった。「手間をとらしてすまんかった。じゃあもう死んでくれ。出ていけの時間は終わった。死んでくれの時間になった。なあ、なんで殺すかわかるか？　楽しいからだよ。くせになるんだよな、なんだかな」

刺青の男が立ち上がり、這《は》うように逃げ回るヨシマサを取り押さえると、首に手をかけた。

ヨシマサは呻いた。視界が赤くなり、最後の思考は、これが我の死にざまか、というものだった。

旅館の奉公が終わると、その後、ヨシマサはいくつかの職を転々とした後、川崎《かわさき》にある石鹼《せっけん》や生活具を売る会社に勤め、あちこちに石鹼や生活具を売り歩いた。

上司が引き合わせた女性を妻に娶《めと》ったのは二十八歳のときである。明治三十八年。いわゆる日露戦争があった頃で、国は祝勝ムードに沸いていた。

しばらくは平穏で温かい歳月が流れた。五年後の、明治四十三年の八月。

生暖かい風が吹いた。

河原の土手で、ヨシマサはとてつもない積乱雲を見た。さきほどまで空は雲に覆われていたのだが、風で少し晴れ間がのぞいた時に、西の山脈に見えたのだ。それは何かの神のように屹《きっ》立《りつ》していた。

江戸生まれであろう禿頭《はげあたま》の老人が、ひょこひょこと踊るような歩調で歩いてきた。

「嵐がくるぞ。雨乞いしたからなあ、龍が、龍が暴れるぞお」

老人は災害が嬉《うれ》しいかのように、ひょひょひょっと笑った。

晴れ間は再び雲に塞がれ、風に雨粒が交ざった。さっと突風が吹き、空に舞い上がっていく誰かの唐傘が見えた。

後にこの年の豪雨災害は、「明治四十三年の大水害」あるいは「関東大水害」と記録される。

梅雨前線に二つの台風が重なったその豪雨で、多摩《たま》川、荒《あら》川、利根《とね》川、名だたる河川が一斉に堤防決壊、氾濫《はんらん》し、東京のみならず関東全体が水没した。

東京府だけでも百五十万人が被災し、洪水の珍しくなかったこの時代でも、ひときわ甚大《じんだい》な被害をもたらした。

ヨシマサは、当時のことはあまり記憶にない。大急ぎで家に帰った。だがその後、押し寄せてきた水に家屋ごと流されて家も消えた。勤務していた会社も社屋ごと消滅した。流れてきたどこかの材木にひっかかり、命からがら、泥まみれで水流から抜け出すと高台にあがった。見渡す街は濁った池になっていた。水面に屋根だけが見えている。屋根の上にのぼって途方に暮れている人が多数見えた。

その後、被災小屋で暮らしながら、妻と四歳の娘を探した。遺体が見つかったわけではないので、行方《ゆくえ》不明であった。

すぐに秋になった。被災小屋で暮らしているうちにそのまま年が明けた。

やがて、ふっと悟った。死んだのだ。妻子は死んだのだ。人と話せば話すほど、探せば探すほど、実感した。急に気力を失い、抜け殻のようになった。

春の早朝、久しく見ていなかった、山奥の神社の夢を見た。まだ暗いうちに、被災小屋の寝床で身を起こすと、行こう、と思った。

何キロも歩き続けて、山奥の鳥居の前に到着した。しんと静まっていた。空気が澄んでいると感じた。なぜか踏み込むことができず立っていると、背後から声をかけられた。「どうなさいました」

振り向くと薪《たきぎ》を背負って立っている男がいた。言葉がでてこないまま、茫然《ぼうぜん》と男を見た。いくらかの間の後、用意していた台詞《せりふ》をようやくいった。

「おぼえていますか？　田上《たがみ》旅館で奉公していたウエノヨシマサです。絵葉書もいただいて。それで、あの。まだこの神社を継ぐことはできるんでしょうか」

ヨシマサは男が自分を値踏みする視線に耐えた。おぼえていますかだと？　そもそも自分がかつて絵葉書をくれた男の顔をおぼえておらず、目の前の男が本人かどうかすらわからない。だいたいが何年前の話だ。

「いや、そんな話は知りません。あんた誰ですか」男は訝《いぶか》し気にいった。それはある意味、当然の反応であった。

沈黙が置かれた。薪を背負った男はため息をついた。

「ま、遠いところからきたようで、今から帰るには夜になる。火にあたっておいきなさい。話ならきこう、これも縁でしょう」


神社でヨシマサは途切れ途切れに話した。豪雨災害のこと、妻子を失ったこと、大昔、旅館で働いていたときに一人の男が宿泊し、自分は神主で、ここを継がせてくれるといったこと。それはいざ言葉にして話していると、到底自分でも信じられないような内容で、自分が狂人にしか見えないのではないかと思った。絵葉書があれば証拠になるが、水害で消えていた。

「私は知らんけれども、いや、たぶん、あんたが会ったのは兄でしょうな」男は火鉢の前でいった。「かつては兄がここを所有していましたが、もう死にました。今は私が管理しておりますが、まあ、その、あんたの話は、いろいろおかしいが、兄は東京によく出ておりましたし、めかしこんで散財するのが好きな人だった。なかなか剽《ひょう》げた言動でまわりを驚かすことも多かった。神社にも、よくいろんな他所《よそ》の人を招いては泊まらせてましたな。しかしそら、譲るだなんだは、子供相手の冗談でしょう。でも、仮にですな、継ぐって」そこで男は呆れたように笑った。「こんなとこ、住んでも食い扶持《ぶち》がなんにもないですよ、このあたりは、下のほうの村で養蚕《ようさん》をちょっとやっていて、あとは炭焼き、村の外に仕事探してそのまま戻ってこないもんも多くてね、医者もいないし、人口もどんどん減っているんですがねえ」

明治は〈迷信の撲滅〉と〈近代国家の仲間入り〉という思想を基盤に発展した。神社合祀《ごうし》政策で、日本中の神社が統廃合し、土俗の民間信仰の社がどんどん消滅していった時期でもある。

「だいたいもう、迷信撲滅政策のおかげで、ここはだいぶ前から廃神社ですわな、ただ龍神の信仰もまあ古い人にはあって、来る方もいるにはいますが」

翌朝になってもヨシマサは帰らなかった。ぼんやり神社にいて、枯葉を掃いたりしていた。管理者の男はいったん去ってから一日おきぐらいに現れ、ぽつぽつと食料をくれたり、食べられる茸を教えてくれたりした。そのうち一週間が過ぎると、この管理者の男と打ち解けた。

二人で酒を飲んだ晩のことである。男はしばらく酔眼で三味線《しゃみせん》を鳴らして唄《うた》をうたったあと、「じゃあ、あんたもう気に入ったよ、おらは気に入ったどう、あんたがさあ！　最初みたときは正気じゃないなこいつと思っていたが、あんた割に真面目だし、ここが気に入るなんて奇特な人他にいないんだから、もうこうなったら、いたいだけいたらええよ」といった。「村のモンにも紹介したるわ、死んだ兄貴が指名した後継ぎなんだってよ」

その翌日、これから神渡しの儀を行うといいだし、この男は白装束に着替えた。神主――なのかわからないが、神主の姿に着替えた以上は神主であろう――は、朱塗りの盃《さかずき》をヨシマサの前に差し出した。

――だいだい伝わる龍は、墜落し、珠になってここにいる。さあ、受け取り飲み干しなされ。

ヨシマサは目を凝《こ》らしてみた。

ヨシマサには二つの記憶がある。

一つは盃が空だった、というものだ。

もう一つの記憶は、盃のなかには確かに光り輝く珠があったというものだ。

どちらが本当の記憶なのだろう。わからない。どちらも本当ではないのかもしれない。どちらも本当なのかもしれない。

ヨシマサは光る珠の入った盃を（あるいは空の盃を）口にやり、飲み干す。

関東を水没させ、妻子を奪ったのは〈水〉であり、その〈水〉を統《す》べるのは龍だ。その龍を飲む。水への畏怖《いふ》と、祈りを、ものにする。

川の源流近くにある、龍の神社は、雨雲が連なる天へ通じる門のようにも思えた。

自分の妻子は龍に飲まれ、天にいる。だとすれば、ここが妻子に一番近い場所ではないのか。

その後、下の村の連中にも、新しい神主だと紹介してもらった。しばらくはこの男とつきあいがあったが、十年ほどしたころ、この男は、酔って川に落ちて死んだ。

譲渡してもらったと思っていたが、勝手に住んでいるといわれれば、確かにその通りだった。山奥の小屋でしかなく、正確な権利については全てが曖昧であった。これまで文句はいわれなかった。ただそれだけのことだ。


静かだった。

どうしたのだろう。己は死んだのだろうか。

天井が見えた。ヨシマサは目を開いた。何か奇妙な気配と血の臭いに満ちていた。ぬるりと手が血に触れる。

身を起こすと、そこは己が絞められた社で、〈刺青の男〉と、もう一人の中年男が倒れていた。血だまりができている。戸は開いていた。風が吹き込んでいる。

震える足で立ち上がり、外にでると、地面に背広の男が倒れている。視線を巡らすと、切株に、リサイが座っていた。刀を布で拭いている。

「リサイさん」

リサイは顔をあげた。

「ああ、大丈夫でしたか。灰色の手先に殺されかけていたものですから、助けに入りました。

ワシの流儀では、こうするしかなかった」

　リサイは刀を拭き終わり鞘《さや》に納めた。

「あなたは」三人を斬ったのか――といいかけたが、言葉がでなかった。聞かずとも、見ればわかることだ。

　リサイは笑みを見せた。

「この連中と揉《も》めてるのは知っていた。山の上からこいつらが来るのが見えたもんで、刀もって駆け付けました。前にもちらりと話したかもしれませんが、ワシは士族の生まれで、若い時は西南《せいなん》戦争に参加しました。薩摩軍として雪のなかを行軍して。当時は未熟な青二才で、そのとき以来、人は斬っていないんです」

　明治三年には、平民苗字《みょうじ》許可令により、苗字を平民が名乗るようになり、明治九年には廃刀令、そして秩禄《ちつろく》処分によって士族は政府から給料ももらえなくなった。「武士の消滅」という事態に呼応して起こった西南戦争であった。

「思えばあれが最後だったんですな、武士というもんの最後です。国家が後ろだてにつけばね、警官だってサーベルっちゅう刀をぶら下げてますが、あれはワシの思う武士ではない。かというてワシかて武士じゃない。消え失《う》せちまったんですよ。ワシは……わかっとります……空想ばかりしている狂った老人です」

　ヨシマサはリサイに寄った。リサイの腹が血に染まっている。外に倒れている男が血のつい

た短刀を握りしめていた。無傷では済まなかったのだ。

「まずは手当てを」

「いやはや」リサイは苦笑気味にいった。「最後はね、腹斬って死ぬつもりだったから。まあできれば洞窟のなかが良かったが」

手当てを、といっても、何もないのだ。布を持ってきて、三人を斬って、腹にあててもらったが、それも真っ赤に染まる。だが一体この男はなんなのだろう。これから己が死ぬというのに、動揺が全くない。強がっているのではない。おそらくある種の達観にずっと前に到達しているのだ。武士のなんたるかなど知らぬことだが、この胆力は、十分に、剣豪ではないか。

「私だって、空想好きの狂った老人なんです。あんたのような実績なんて何もないんだ。ここに勝手に縋ってやってきて、それで周囲が勝手にいなくなって、なんとなく取り残されてここにぽつんといるだけなんだ。偽者の神主なんですよ、ふりをしているだけなんだ」夢中に言葉がでてくるが、自分でも何をいっているのかよくわからない。リサイもぼんやりした目で虚空《こくう》に視線を向けており、聞いているか聞いていないかわからない。ヨシマサは黙った。

いや、今は己の話などで時間を使ってはならない。

「金を塗る約束は、必ず果たす。悔いるのは、あなたの過去の武勇の話をたくさん聞いておけばよかったということです」

「いいんですよ、過去の武勇なんざ、今の世では、賊徒の人殺しの話でしかないし、話したいことでもないから。主君もいない、身分もない、ワシの知る元武士はみな碌な死に方をせんかった。喰《く》い詰めて強盗して最後は刑死か、穴蔵掘りで肺を病んだり、袋叩きにあって路上で死んだり。だからワシは幸せなんですよ、神主さん、最後にあなたに会えて」

それからふと思いついたようにリサイは空を見上げていった。

「神主さん、さっきなんかいってたが、いっちゃ悪いが、そんなもんに、偽者も本物もねえんですよ、そんなね、今考えれば士族だなんだも、ありとあらゆることがそうだと思うけどね、由緒だ格だ、正式だ正統だなんだってのは、言い張る奴の利得、信者の都合、時代の都合でくるくる変わる、形のないものだからね。神主さんからは龍を感じる。これがワシの偽りのない印象です」

ヨシマサは頷いた。

リサイは喋《しゃべ》るのをやめ、息をひきとった。

ヨシマサは遺骸《いがい》となった暴漢たち三人を、引きずって谷に落とした。その日はもうそれで手一杯だった。

夕暮れになると、空が異様なほど紅《あか》くなり、赤い光が山肌を照らした。

翌日にはリサイの亡骸《なきがら》を背負い、洞窟を目指した。彼の望んだとおりにするのが、彼の最後を見届けた自分の務めであろう。

汽車が都心に近づくにつれ、車窓を流れる風景に灰色が目につくようになる。かつての茅葺《かやぶき》の屋根が、ぽつぽつと建つような風景はもはや消えつつあった。馬糞《ばふん》や牛糞だらけの土の道も、舗装されたものに変わっている。一里塚もない。

しばらくすると、ヨシマサは急に灰色に息苦しさを感じ始めた。リサイの恐怖症がうつったのだと思った。

洞窟に座すリサイのことを思い出した。確かに運んで座らせた。前には剣。剣の書。彼は正しくも最後の武人だった。金を塗るのは骨になってからだ。

汽車を降り、市電に乗り継ぐ。東京のなんたるかは、どこぞの観光名所ではなく、もはや「電車」だと思う。しじゅう電車に乗っている。市電を降り、歩いているとやがて、四本の長い煙突が空に突き出し、煙を吐いているのが見える場所にきた。火力発電所であった。これから生まれる世代は、この灰色を当たり前の風景として育つのだろうとふと思った。

ヨシマサがえずくと、口からぽろりと珠がでた。

珠は光っていなかった。くすんだ灰色をしていた。

体に空洞ができたかのようなすうすうする感じがあった。これはなんだ？　やはりあのときの盃には何かが入っていたのだ。だがこれは珠というより石だ。

石はぼろりと崩れ、小さな龍になった。龍はあたりの「灰色」を見回すそぶりを見せ、そして空に向かって飛びあがった。

龍は曇り空に昇っていく。ヨシマサは見上げたが、すぐに龍は、視界を飛ぶ虻《あぶ》のようなちらつきと一緒になってしまった。

いずれ自分は思うだろう。今日この日起こったことは、誠の記憶であったか、それとも――と。いやもう思い始めている。自分は、空想好きの老人だ。現実に夢が入り混じる。

しばらく茫然としていた。建物も塀も曇り空も道も灰色だ。

この世の何もかもが、刻々と進行していく巨大な変化の波に晒《さら》される。仲間たちと気勢を上げて、大手を振って世界を闊歩《かっぽ》する時代が過ぎゆけば、やがて一人消え、二人消え、見知っている景色も消え、なじんだ生活も、それらを彩《いろど》っていた何もかもが、波に飲み込まれ、別の何かに変わっていく。

――東京にきたのだ。ライスカレーを食べよう。龍は消えてもライスカレーはまだ在るのだから。

そしてヨシマサはライスカレーのことだけを考え、灰色の道を歩き始めた。

全滅の根

町田康

町田康

まちだ・こう

1962年、大阪府生まれ。

1996年、『くっすん大黒』でbunkamuraドゥマゴ文学賞と野間文芸新人賞を受賞。

2000年、「きれぎれ」で芥川賞を受賞。

2001年、『土間の四十八滝』で萩原朔太郎賞を受賞。

2002年、「権現の踊り子」で川端康成文学賞を受賞。

2005年、『告白』で谷崎潤一郎賞を受賞。

2008年、『宿屋めぐり』で野間文芸賞を受賞。

作品に『ギケイキ』『湖畔の愛』『猫のエルは』『記憶の盆をどり』など。

全滅の根

地面の底のくらやみに、
さみしい病人の顔があらはれ。
（萩原朔太郎「地面の底の病気の顔」）

夏の夕はなにもしないに限る。空豆で焼酎を飲むに限る。そう定めて四十年。生きるよろこびはパンのなかにあったのだろうか。いやさ、ないだろう。

私はいつとも困惑していた。それはパンについて。私は食事は全てコンビニエンスストアーで買ったもので済ませていた。

なぜかというと、うまいものを欲し、それを求めて歩くのが浅ましく思えてならないからである。それをもう五年も続けていた。空豆や焼酎もコンビニで買ってるのだ。

そのとき困るのは具なしのパンが売っておらないこと。売っておっても種類が少ないことである。正味の話、客に媚《こ》びたような商品しか売っておらぬのだ。

私はそんな媚態《びたい》に激しい怒りを感じた。だからといって売り場で暴れるようなことはなかった。私はその怒りに対してまた別の眼差《まなざ》しを自らの中に具していた。

そしてなるべくプレーンな物を買い食して、その見え透いた媚に辟易《へきえき》し、そを二度と買うまいと誓いて、しかしすぐにその商品名を忘却、また同じものを買って後悔していた。そんなことをして五年は瞬く間に過ぎ、その短い夏も過ぎようとしていた。私たちがこんなことになってしまうことを回避できる最後の機会を失ったあの夏が。

その夏は本当に短かった。八月に入っても梅雨が明けず、そして冷夏であった。そのことが人の心のなかに染みいった。髙井真実《たかいまみ》という女が総理大臣になった。自宅で鯛《たい》を調理することが俄《にわか》に流行し、老いも若きも鯛、鯛、鯛と目の色を変え、品薄になった鯛の価格が暴騰した。鯛を調理しないと自分は駄目になる。滅びる。

人たちはそんな妄念に取り付かれていた。

夏の短さが人を追い詰めていた。人のなかにある凶暴なまでのレジャーへの渇仰《かつごう》が人を苛《さいな》み蝕《むしば》んでいた。パンにも景色にも媚と甘みを求めていた。広大な甘味処であった世界が狭小な苦み処になりつつあった。それも急速に。そして私は塩味を求めていた。そこへ秋風。その先に冬。

季節はめぐる。けれども人の一生はめぐらない。冬枯れてその先に虚無あるのみ。ボンボラボーン。虚無あるのみ、ボンボラborn。

私は木綿着物を着て金だらいを叩《たた》き、その瞬間は救われていた。ある人にとってそれは俳句だったのか。そんなことすら思わずに。

　そうしたところ、人が訪ねてきた。そのことに私はまるで驚かない。なぜなら予《あらかじ》め来意を告げられていたからだ。安井《やすい》アンという二十五年間、音信のなかったその男は、ある美術家についで話を聞きたい、とＳＮＳ越しに言ってきた。自分はその美術家について番組を作っているのだとも。

　それは間違いだった。その美術家について私は一片の知識も無かった。その作品を見たことすらなかったのだ。ただ名前をうっすら知っている程度に過ぎなかった。

　けれども私はそれをおもしろいと思った。知らないことについて喋《しゃべ》る。喋って喋って、血《ち》反吐《へど》を吐くまで喋り散らす。そして前のめりに倒れる。そこへもの凄《すご》い量の落ち葉が降ってくる。落ち葉は降っても降っても降り止まず、やがて身体《からだ》が落ち葉に埋まってしまう。

　それが日本の秋なのではないだろうか。

　ハッチャキになって紅葉を見にいき、猿に襲われて悲鳴を上げているような精神乞食《こじき》には一生訣《わか》らない、日本の、秋。

　空は日本晴れ。心に錦まとって。知らないことを語る。私はそう思い、「とにかく一度会おう」と返事した。

　そしてそれとは別に、安井に会ってみたい、という心が私にあった。三十年前、安井と私は同じ職場に勤める同僚であった。輸入雑貨を扱うその会社は究めて劣悪な職場で、労働時間が長く、仕事内容は単純で不愉快な肉体労働。そして私たちは奴隷同然の扱いを受けていた。社長は旧軍の関係者でいまも軍関係に知り合いが多く、そこから不審な利益を上げていた。

私たちがその会社を辞めなかったのは、募集の要項に私たちのクリエイティヴな欲求を満たす職種であるように書かれてあり、頑張っておればいずれそうした部署に配属されると信じていたからである（事実、その部署は存在して若干名はそこに配属されていた）。

同じような若い者が八人くらい居て私たちは仲がよかった。私たちは奴隷の連帯感を共有していた。

そこを辞めてからも暫《しばら》くは連絡を取り合っていたが、月日が経《た》つにつれて一人二人と連絡が取れなくなっていき、私たちは此の世のどこかへ散らばっていった。

安井と最後に会った場所は鎌倉《かまくら》だった。なぜ鎌倉で会ったのかはまったく覚えていない。覚えているのは八幡宮《はちまんぐう》に参拝したことと、それから町中から外れた蕎麦《そば》屋で酒を飲んだこと。それからどこか訣らない大きな寺に行って散る花を眺めた。

仕事を辞めてから五年が経っていて話題も乏しく、会話も途切れがちで、私たちは意気上がらぬまま駅で別れた。

「じゃあな」「またな」

そんなことを言って私たちは別れて二十五年が夢のように過ぎた。

ボンボラボーン。私は金だらいをそっと置いて応接に出た。

第一声が大事だと思った。第一声が、「どうもご無沙汰いたしております」なんてものであれば、それまで文面でどれほど親しげなやり取りをしていたって、私たちは昔のような仲にはならない。互いの今の立場を探り合い、失禮《しつれい》のないように気を遣いながら利害の穴の狢《むじな》となって洗顔パスタを贈りあう。

それが屈託のない笑みであれば言葉はいらない。「おう」「おう」と言うだけで二十五年の歳月は忽《たちま》ちにして溶けて流れる。

〽富士の高嶺《たかね》に降る雪も、京都先斗町《ぽんとちょう》に降る雪も、雪に変わりはないじゃなし、溶けて流れりゃみな同じ、スッチャチャラララッチャ、スッチャチャラララッチャ。

そんな風にして溶けて流れる。そしてその流れた歳月を、

「ああ、畳があっ」

など言い、慌てて雑巾を探すようでは駄目だ。そんなものは流れるままにしておいて相手に向き合うことが大事だ。

果たして安井はどんな第一声を発するのか。

私は集中力を高めて安井に向き合った。

その私の顔を見るなり安井はニヤリと笑った。気恥ずかしさと懐かしさと嬉《うれ》しさとが混ざったような笑みであった。

歳月が溶けて流れた。スッチャチャララララッチャ、スッチャチャララララッチャ。「マア上がれよ」ぶっきら棒に言う私に、「じゃあ、あがらせてもらうよ」と安井は言い、スッチャチャララッチャ、スッチャチャララッチャ、三十年前に私が暮らしていた上井草《かみいぐさ》のアパートメントに上がるのと同じ感じで上がってきた。

安井は私がまったく知らないかつての同僚や上司の消息をよく知っていた。あいつはどうしてんだ。あいつは雑穀屋になった。あいつはどうしてる。あいつは没落して乞丐《こつがい》になった。あいつはちぎり絵教室。某は独立して同じビルに店を構えたが社長に潰された。社長は半導体のビジネスに手を出して儲《もう》けているらしい。来年から民間情報会社とかいうのをするらしい。死ねばいいのに。マジマジ。そんな話が続いてなかなか用談に入らない。

とは言うもののその話もやがて尽きる。ふと話題が途切れ、急に真顔になった安井が、「ところで……」と言うのでいよいよ用談、というのはつまりその美術家の話になるのか、と思ってこちらも少し身構えた。

そうしたところ安井は言った。

「おまえさあ、平宗盛《たいらのむねもり》どう思う?」

私は面食らった。宗盛というのは確か、あの平家物語とかで有名な平清盛《きよもり》の息子で、なんか駄目な人だったように記憶する。それがなにか番組と関係あるのだろうか。私はなんと言ってよいかわからず、

「まあ、わからないけど、バカだと思うよ。だって、そうじゃん。あんな凄かった平家を滅びに導いたんだからさ」

と当たり障りのない感じで言って安井の顔を見た。安井は変な、悲しいような顔をしていた。私は慌てて付け加えた。

「まあでも本当のところはわかんねぇけどな。会ったこともねぇ訳だし」

そう言うと安井は急に勢い盛り返し、まるで逆巻く波を乗りこえて雨合羽《あまがっぱ》を売りに出すような勢いで言った。

「そうなんだよ。そこなんだよ、問題は。会ったこともないのに言えるのか、ってことなんだよ。会ってもないのに好き放題なこと言ってる訳じゃない。っていうか、それどころか、会ったことがある人の日記すら読んでないのに」

「おまえは読んだんですか」

「読まねぇよ。読むわけねぇだろう」

「なに怒ってんの」

「怒ってねぇよ。ただ、俺は宗盛が、そこまで、みんなが言うほどバカだったのかな、って思うんだよ」

「まあね」

「それでも思い出すのはサア、おまえと鶴岡《つるがおか》八幡宮、行ったことあるだろう」

「ああ、行ったなあ」

「あそこで源《みなもとの》実朝《さねとも》は死んだんだわ」

「ああ、無惨なことだ。二度と起きてはならない悲しい出来事だ」

「コメンテーターかっ。俺が言いたいのはそんなことじゃなくて……」

と言って安井は太宰治《だざいおさむ》という人が書いた、『右大臣実朝』という小説の粗筋を語った上で、

「……つまりそういう訳で実朝というのは中期の太宰の理想の人物だったわけ。だから実朝とイエスの混淆《こんこう》のようなことになっている。それはつまり、殺されることがわかっていながら自若としてそれを受け入れて悲しみの中に灯《とも》る光を見て、それに照らされて受動的な明朗みたいなことになっている人、みたいなね。でもそれは怠惰で臆病で、でもプライドは高い自分大好き人間で、アホ過ぎてどうにもならなくて、みんなに呆《あき》れられながら栄華を誇った平家を滅亡に導いた男、って言われてる宗盛も実は実朝みたいな感じだったんじゃないか、と思っていて……」

なんて言い、私は思わず言った。

「おまえ、そんな奴《やつ》だったっけ」

「へ？」

「そんな歴史とか語る奴だったっけ」

「語る奴だったよ。おめぇだって語ってたじゃん」

そんな記憶はまったくなかった。安井の顔が蕾《つぼみ》のように縮まっていった。急に蟬《せみ》が鳴き始めた。もう九月なのに。私はもうこの話題をやめたくなった。私は言った。

「まあ、だからあれじゃない？　結局、運が悪かったんじゃない」

そうしたところ安井は破顔、蕾の顔を綻ばせ、

「そうなんだよ。俺の言いたかったのはそこなんだよ」

と勢いごみ、そして急に、例の非運の巷《ちまた》の話を始めた。

非運の巷と呼ばれる町がある。そんな噂《うわさ》を聞いたことが確かにあった。しかし私は自分には関係のないことと心得、特に興味を持たぬまま今まで忘れていた。聞いた（なにかで読んだのかも知れない）直後は、そんなことは噂に過ぎず、実相の存す事ではなかろうと直覚して、即座に忘却した。
ところが非運の巷は実在し、そして驚くべきことに安井はその町に現在、居住しているというのである。

「真逆《まさか》、本当にあったのか！」

「あるとも！」

安井は首をガクガク前後に揺らして言った。

家が貧乏でずっと借家暮らしだった安井は持ち家に憧れていた。そしてついに五年前、無理算段をして割といい場所の中古マンションを手に入れた。もちろん自己資金だけで買えるわけはなく、それに際しては銀行から金を借りた。莫大《ばくだい》な利息を払いながら何年も掛けてこれを返していく。

安井は、自分もこれでやっと世間並み、後は細君を貰《もら》うばかりだ、と考え、吸い物を飲んだりフェイスブックを見たりしていた。

ところが仲良くなった隣の戸田《とだ》さん（仮名・女性・六十歳）にある話を聞いて戦慄した。戸田さんは言った。

「あなた、知ってて買ったの？」

戸田さんは、例えば、ということで八百屋さんの話をしてくれた。

その八百屋は非運の巷の中心を南北に貫く商店街の北の外れを東に曲がって一町先、東西の道と大通りの交点にあった。

安井はその八百屋で野菜を買ったことはなかったが、自転車に乗って配達する姿を何度か見かけ、その悲しげな顔を覚えていた。

悲しげな男の顔は安井に強い印象を残していた。男は背が高かった。体つきはがっしりしており、力も強そうだった。

男が乗っていた自転車は見るからに岩乗《がんじょう》そうな黒い自転車で、それが男の体格によく調和していた。そして男は大抵、その自転車を押して歩いていた。安井は四十回以上、男の姿を見たが、男がサドルに打ちまたがり、ペダルを漕いでいる姿を見たことが一度もなかった。そしてその自転車の荷台には、大きな採集コンテナ（みかん箱）が取り付けてあったが、いっぱいに野菜が入っていることはなく、ごく僅かな、下手をすると胡瓜《きゅうり》一本とか、が積んであるに過ぎなかった。

そんなことであれば袋に入れぶら提げていった方がよほど楽、と思うが男はいつも悲しげな顔をして自転車を押して歩いていた。八百屋としての意地とプライドがあったのだろうか。しかし彼の商売はうまくいかなかった。

しかも戸田さんによると、うまくいかぬのは商売だけではなく、家庭生活においても男は運がなかったらしい。男は四十三歳の時に花嫁を迎えた。初婚であった。しかしその花嫁はあまりいい花嫁ではなかったらしく、実際に買い物などをしてその花嫁を見知っていたらしい戸田さんは言った。

「それが変なお嫁さんでね」

どこが変だったのか戸田さんは詳しく話してくれたが要するに顔と体形と性格と思想が変、

ということらしかった。そして何年か経った頃、このお嫁さんが怪死するという事件が起き、一時、夫である男が疑われ、結局、疑いは晴れたが男は根掘り葉掘りいろんなことを聞かれてとても嫌な思いをしたという。それ以降、男の孤独と悲哀はますます深まっていった。犯人はいまもわからない。

「その八百屋がたまたま不運だったんじゃねぇの」

問う私に安井は答えた。

「俺もそう思ったんだけど、どうやら違うらしくて」

戸田さんはさらにいろいろな事例について語った。それはこんなこと。つまり。

多くの住人がゆえなく非運に見舞われた。

商店街には新店が出ては半年、下手をすると三月《みつき》で潰れるということを繰り返していた。新しい着想や感覚を有し、努力を惜しまぬ者が計画を練り、店を出す。どれも気が利いていて、当初は多くの人が詰めかける。

ところが一月《ひとつき》もすると、浮かぬ顔の店主が閑散とした店のなかから恨めしげに往来を眺め溜《ため》息《いき》をつき始めて、それから三月経つと解体工事が始まり、暫くするとまたぞろ内装工事が始まって、新店が出る。

非運が一人の人の身の上で留《とど》まるのではなく、このようにして続いていくのはその人がたまたま非運だったのではなく、商店街そのものが祟《たた》られているからだ、と戸田さんは解説した。

しかし商店街には古くからの店もあった。呉服屋、布団屋、印判屋、文房具屋、電器屋、家具屋、靴屋、金物屋、洋品店、玩具《おもちゃ》店、鞄《かばん》屋、和菓子屋、カステラ屋、時計屋、和菓子屋などである。

ああした老舗《しにせ》は代々の隆盛を誇っているのではないか。非運ではないのではないか。

安井がそう問うたところ戸田は、「そうでもない」と答えた。

ああいうところは地所を持っているので家賃の支払いがなく、また、家族が従業員になっているところが多いのでなんとか倒れないでいるが売上は年々縮小している。なのに基準地価は上昇気味で固定資産税の負担が重くのしかかる。また、その家族に問題を抱えているケースが多く、アル中の当主が非常に多いし、環境問題に熱心に取り組んで錯乱状態になる主婦や、家具屋の息子は十七になっても寝小便の癖が治らず、尿臭によって周囲に嘲られ気持ち悪がられ、学校にも行かず孤立、山に行って石仏を見たり、崖から逆さ吊《づ》りになるなどするといった奇矯の行為に耽《ふけ》って、親は将来を危ぶんでいる。その他、疾病や相続問題、相隣関係問題に苦しむ家も多く、表向きは立派に見えてもその内実は暗く湿って黴《かび》や腐朽菌が繁殖、いつ倒壊してもおかしくない、みたいな状態なのだという。

そんななので閉める店も実は多い。なのにシャッター街みたいな感じになっていないのは、業者が謂《い》う所の、「人気エリア」なので、空き店にはすぐ借り手がつくし、融資もつくので、言うように新店が出たり、跡地に安井たちが住まうようなマンションが建つなどしたからである。

これは町としてはよいことなのかも知れないが、人にとっては過酷。なぜなら非運が古くから居る人の身の上に留まらず、希望を抱いてやってきた新来の人の身の上にも取り憑《つ》くからである。

非運都市のエリアは、南北は、南の大通りを南限として北に四町、右に曲がれば件《くだん》の八百屋に至る通りを越えて、さらに一町先、東西の道を北限とした。東西は、東の大通が東の境、商店街を越え、さらにもう一町先の南北の道が西の境であった。

その矩形《くけい》のエリアの南西、裏鬼門に当たる位置に寂《さび》れた児童公園があった。ちなみに件の八百屋は鬼門にあたる。

多くの人は、ことに今来《いまき》の民衆は、ここが非運の巷であることを知らない。そして、古くからの人はそれを知っていて語らない。なぜならそんな噂が広まれば自分が持っている資産の価値が下がるからである。

そして今来の人で、非運の度合いが小さく、或《あ》るいは質が違って十年以上定着できた人のなかで、そういうことを薄々感じる人もまた同じ理由でそれを語らない。また、それに対する確証はないので、自分の思い過ごしだろう、と思い自分を納得させる。

けれどもごく少数、そういうことがわかり、かつそれを受け止めることができる人がいて、戸田さんはその一人だった。

これまでそういう人は孤独であった。しかしこのところは少し事情が異なり、個人で発信することによって孤独な魂が孤独でなくなり、大量の塵芥《じんかい》にまみれてそのように秘匿された真実が少しずつ漏れ出るようになった。

そのことをそして戸田さんは安井に、

「あなた知ってて引っ越してきたの？」

と問うたのである。


「なんで戸田さんはそんな大事なことをおまえみたいな奴に言ったのだろう」

独り言として呟《つぶや》いた私に安井は苦笑して言った。

「みたいなやつとは、失礼な。戸田さんはきっと俺のホットな魂を見抜いたのだろう」

私は驚いて言った。

「おまえ、ホットなのか」

「ああっ、ホットだよ」

「知らなかった」

「知れよ。それが証拠に俺は或る事を考えてるんだよ」

と言って安井はその、或る事、について語った。驚くべき内容であった。その前に安井は別の事実を語った。それは、非運が北に向かって地下からジワジワと広がっていっているという事実で、安井はその先に起きうること、つまり人々が非運が広がっていることに憤り、これを攻撃することを想像して戦《おのの》いていた。

非運エリアの北には商業施設、ホテル、オフィス棟、居住棟が立ち並ぶエリアがあり、時流に乗って巨富を得た日本人や荒稼ぎを目論むメリケンや震旦《しんたん》の人が住まい、また出入りしていた。そこに向かって地下から地下茎のように非運の根が伸び、思わぬところから非運の芽が出る。茎が伸びる。

それをいい気味だ、と多くの庶民は思うだろうが、そういうところ（そのエリアには放送局もあった）で非運が少しでも出れば騒ぎが大きくなって、非運の根源が安井たちの領域にあることが知れる。そうなるとどうなるか。憤激した民衆によって襲撃される、火を放たれる。そんなことになる。

「民主主義の世の中でそんなことが許されるのか」

「許される」

「なぜだ」

「民主主義の場合、そうなる。なぜなら民衆の思いを受け止めるのが民主主義だから」

「それなら全体主義にしようじゃないか」
「全体主義だともっとそうなる」

そこで安井は或る事を思いついた。

その或る事について、まず最初に考えたのは、いずれ、非運の供給源が安井たちのエリアであるなら、これをなくすればよい、ということ。ではそのためには非運がこれ以上発生しないようにしなければならないが、非運はいったいどういうメカニズムで発生してくるのか。

安井は図書館に籠もって資料を読み、古老や住職の話を聞き、過去帳も見せてもらった。それでわかったことを全部話すと四時間以上かかってしまうので、誤解を恐れず一言で言ってしまえば、祟り、であった。

怨霊がそこに住む人に悲運をもたらし、その人が死んでまた祟る。そうやって祟る力がどんどん強くなっていく。祟りが増殖していくのである。そしてその祟る力には人を引き付ける力があり、「わかんないけどなんかいいよね」みたいな盆暗《ぼんくら》が集まってきて釘を打とうとして強《したた》か指を打ち骨折したり、人の口車に乗って株式投資をして資金を溶かしたりする。ストレスで禿《は》げて婦《おんな》に振られ、自暴自棄になって乱倫に耽り、二進《にっち》も三進《さっち》もいかなくなって自裁する。そしてまた祟る。或いは、いろんなことが順調で、「もう、俺の人生最高やな」と嘯《うそぶ》いてたと思ったらあっけなく車に轢《ひ》かれたり、水にはまって溺れ死ぬなどして、そんな奴も祟る。

つまり非運が非運を呼び、また非運を呼ぶ、という非運のブラックホールのような状態になっているのであり、周辺に非運が根を伸ばし始めたということは、その非運を呼ぶ重力のような祟りの力がある値を超えた、ということであろう。

これをなんとかしなければならない。そこで安井は或る事を考えついたのであった。「その或る事とはなになんだよ。早く言えや」と問うて返ってきた安井の答えに私は拍子抜けするように感じた。安井は言った。

「盆踊りだよ」

「Pardon?」

「だから盆踊りだよ」

「そんなことでそんな大きなものが鎮まるのか」

問う私に安井は激昂《げきこう》して、

「そんなことやってみないとわからないだろうがぁっ、くそがあっ」

と怒鳴り、立ち上がって膝蹴りをしてきた。私はこれを難なく躱《かわ》したが、厭《いや》な気分になることを留められなかった。けれどもそれを直接、相手にぶつけるのも大人げないので、黙っていたら安井は、

「実朝は座して死を待ったか。宗盛はなにもしなかったのか。俺は違うと思う。生き延びようとしてなにかはやったんだよ。俺はそれが大事だと思う。俺はおまえみたいなCynicalな態度

が一番クソだと思うんだ」

と言って燃えるような瞳で私をひたと見た。私はその顔を殴りたいような気持ちになった。私は言った。

「俺が悪かった。もう秋だから盆踊りには遅くないか、というのももう言わねぇ。秋に盆踊りをやるのは変だ、というのを知らないわけではない。周囲の嘲りが気にならないはずもない。だけども、それでも宗盛はやったんだな。アホなことを。もちろん実朝も。わかった。わかったよ。なんだったら俺も手伝うよ」

「その一言が聞きたかった。実はおまえに頼みたいことがあるんだわ」

「なんだ。できることならやる。できないことはできんが」

「あたりまえだ。実はなあ、俺には資金が一円もないんだ。スポンサーもない」

「商店街から出ないのか」

「出ない。奴らは俺を憎んでるんだ」

「なぜだ。みなのためにがんばってるのに」

「わからん。もしかしたら知らないのかも」

「おまえががんばってることをか?」

「っていうか俺自身のことを」

「そうか——」

と言って私は腕を組み、目を閉じ、そして長嘆息した。それは演劇であった。そのとき私の頭の中にはなんらの思いもなかった。その私に安井が言った。

「だからおまえに金を出して欲しいんだよ」

「はっはあー」

「どうだ、駄目か？」

「駄目か、ってそんなジリジリ寄ってくんな。いくらいるの？」

「とりあえず四百万」

安井はあっさりそう言った。私は、

「オッケー」

と気易く言い、言ったばかりではない、「ちょっとごめんよ」と断って安井の後ろに回り、安井の背後なるクローゼットに手を突き込み、コート類の裏から手探りで束を四つ摑《つか》みだし、

「ほらよ」

と安井に渡した。これにはさすがの安井も驚いて、

「現金とは思わなかった」

と言った。

「そうなんだよ、俺、いつでも現金主義だよ。銀行預金しないで全部ここに置いてあんだよ」

「用心悪くねぇか」

「悪いよ。悪いけど仕方ないんだよ」

「なんでだ」

と問われて私は口を濁した。クローゼットにはもう今はそんなに残っていないが最初、二千万円くらいあった。それは率直に言って、泡銭《あぶくぜに》・摑金《つかみがね》であった。

私がその金を得た経緯を述べると、その日、私は大宮《おおみや》に居た。なにをしていたのか忘れたが、とにかく大宮に居たことだけは間違いない。そこへ知り合いの知り合いみたいな女から電話がかかってきた。女はひどく慌てていてなにを言ってるかわからない。順に話を聞いてようやっと訣ったのは女はいま新宿のホテルに男と居て、どういう加減かその男が腹上死して、どうしたらよいのかわからず慌てている、ということだった。

そこで私は急ぎ、その部屋に行き、死体とその持ち物を調べ、男の屍骸《しがい》の側で、暫く女と話し、女がなにかしたわけでなく、疑われるようなこともないのがわかったので、警察に電話するように言って引き上げた。

その際は私は何の気なしに部屋にあった大きめのトートバッグを持って出た。なぜならそのなかには縄や目隠しといった変態道具と一緒にあの頃巷に大量に出回っていた拳銃が無造作に突っ込んであり、それが現場にあると女もいろいろ聞かれて精神的に嫌な思いをするかも知れないなあ、と思ったからである。

そうして何日か経ってから、「そういえばあの拳銃、どっかに捨てないとなあ」と思い、中

を調べたところ、底の方に多くのジップロックがあって、なかに多くの麻薬が入っていた。

仕方がないので私は知り合いにこれを売却した。それにより私は右の金を得たのである。これを金融機関に預けることはできなかった。そんなことをすればそれは収入として申告しなければならないし、そうすると、警察とかにも多分いろいろ言われて、嫌な気持ちになるかもしれなかった。

それで私はこれをクローゼットに秘匿してチビチビ遣っていた。拳銃は武蔵野《むさしの》に捨てた。けれどもそれにも疲れてきた。私はこの変な金を早く部屋からなくしてしまいたい気持ちになっていた。金が私の心理的な負担になっていた。そんなら。

この絶対に儲からないであろう、安井に四百万をポンと渡せば金はけっこう減った。それでもまだ少しあったが。

兎《と》に角《かく》そんなことで私は安井に四百万円を渡した。

安井はそんな金とは知らないから喜んで、

「おおきに、おおきに」

と使い慣れない方言を使って感謝して、そして証文（そんなものもとより要らぬが）も書かずに帰ろうとする。私は慌てて言った。

「おい、肝心な話がまだぢゃねぇかよ」

「なんすか、肝心な話って」

「取材の話だよ、美術家の」

「ああ、あれ」

「そうだよ。忘れんなよ」

「あれはねぇ、嘘《うそ》だよ」

「あ、嘘なの？」

「取材というのは嘘だ。そうでも言わないと会ってもらえないと思った」

安井はそう言って帰っていった。

安井はなにかを勘違いしているようだった。私はこれまでテレビや雑誌の取材を受けたことがなかった。或いは誰かと私の経歴を取り違えているのかも知れなかった。

どうせさびれているのだろう。閑散としているのだろう。安井が知らせてきたその日、私はそう思いながら、「安井盆踊り」の会場に向かった。
それにつけても、「安井盆踊り」というのはどうだろう。イベントに自分の苗字を冠するなんて。いったいどういう神経をしているのか。いっぺんどつきまわさないと駄目なのだろうか。私はそんな気持ちを心の奥に秘めていた。
そんな心ばえだからイベントがうまくいかぬのだ。

と、私は行く前から思っていた。地下鉄のなかで私はそこにある悲しみについて想像を巡らせていた。

会場の公園には以前、何度か行ったことがあった。いわゆる児童公園で、鞦韆《ブランコ》があり、砂場があった。混凝土《コンクリート》で拵《こしら》えた滑り台は章魚《たこ》を象《かたど》って在った。

あそこに櫓《やぐら》を組んで、提灯《ちょうちん》を吊るし、幟《のぼり》を立てる。けれどもそれらは貧寒としたものだ。予算があまりないので。そしてそこいらに貼られたみすぼらしい手描きポスターがまたみすぼらしい。

音頭取りもろくな者がいないか、或いはＣＤを流す。しかし音響装置が町内に昔からあるものだから音割れがひどく、気持ちが乗っていかない。或いは、「若い人に多く参加して欲しい」とかなんとか言って、ＤＪやラッパーを呼び、三味線《しゃみせん》太鼓と一緒に演奏するなどという試みがなされ、けれども打ち合わせ不足に互いの力量不足が加わって、聞くに堪えないシロモノに仕上がっている。そしてそんな努力をしているのにもかかわらず。

若い者の姿はほとんどなく、いてもそれは誰かの孫とかで、いずれいい子なのだろうが覇気がなく、若い活力によってイベントを盛り上げるなんてことにはまったく貢献していない。

これでは土地に取り憑いた怨霊を鎮めるなんてことは到底できぬだろう。

安井盆踊り。蓋《けだ》し残念なことである。

私はそんなことを思いながら地下鉄の改札を出てエスカレーターに乗って地上に上がっていったのだが、人でごったがえしており、メガホンを持った駅員が出て誘導のようなことをしていたが、それでも歩きにくいこと夥《おびただ》しかった。

そしてその人々には、どこが？　と言われて明確に答えることができないのだが、どこか共通した雰囲気があった。それは服装だっただろうか。目つきだっただろうか。眼鏡《めがね》率だっただろうか。肉の付き方だっただろうか。荷物の持ち方だっただろうか。いやさ、そうした個別的な事柄ではなくしてもっと人間の底の処に分母があるてふ感覚。

一見、無縁に見える、この人たちは確かにある共通したなにか、もしかしたら「宿世《すくせ》の縁」のようなもので結びついているのかも知れぬ、と思わせるもの、そんなものが地下鉄構内から地上に向かう人達にはあった。

そして地上に上がったとき、その感じがますます強くなった。その感じの人はひとつの方向に向かって黙々と進んだ。私は思わず、「真逆《まさか》」と呟いた。

しかしその真逆が起きていた。

大会本部のテントに辿《たど》り着くまでに揃《そろ》いの法被《はっぴ》を着てレシーバを持った男に何度も止められた。その都度、「安井の友人だ」と言って通して貰った。

それほどに大規模なイベントだった。メインの商店街は詰めかける人でごった返し、警察官やスタッフが交通整理に当たっていた。

いたるところに露天商が出て、焼いて売るのだろう、バイトのギャルが道に畜肉を広げて串刺しにしていた。私はその様子を催淫的なものとして眺めつつ通り過ぎた。

大会本部で安井は金襴《きんらん》の法衣を着て主催者然として、スーツを着た区会議員みたいな男たち数人と話していた。その後にも安井に用があるみたいな奴らが屯《たむろ》していた。安井の周囲には法被を着た男、胸板が厚く、二の腕の筋肉が凄くてティーシャツの袖がパンパンになっている坊主頭の男や浴衣を着た巨漢が控えていた。

「どえらいことになってるな」

せんど待ってようやっと声を掛けた私に安井は、

「まあな」

と言って笑った。私はその笑顔に少々気圧《けお》された。安井は僅かの間にすっかり大物の風格を身につけていた。私はそんな安井を認めたくなくて言った。

「よかったじゃん。やったじゃん。でも俺は言いたいことがあるんだよ」

「なんだよ」

「いや、いいんだけどさあ、安井盆踊り、ってどうなのよ」

「どうなのよ、ってなにが」

「いや、いくらなんでもさあ、自分の名前、っていうのは……」

と私が苦言を呈しかけたところ、一人のスタッフがテントに駆け込んできた。

「安井さん、ちょっといいですか」

「どうしたの」

「現場でちょっと揉《も》めてて、来て貰えますう?」

「わかった。現場、見る?」

「いいね」

「じゃ、行こう」

安井はそう言ってスタッフや巨漢とともに現場とやらに向かい、私もこれに追随した。

私たちが向かった先、すなわち盆踊り会場は、私が思い描いていた児童公園ではなく、なにかの跡地のような広闊《こうかつ》な駐車場だった。その一角に貼られた大きめのテントに私たちは入っていった。そのテントはどうやら出演者の控室らしく、なかには会議用のテーブルのぐるりにトレーニングウェア姿、或いは上半身裸の男たちが談笑したり準備運動をするなどしていた。その入り口の辺りに何人か人が立っていて、真ん中になにか文句を言っているらしい若い男がいた。小柄だが筋肉質の引き締まった身体をしている。そして特筆すべきはそのレンズ越しの目で、たいへんにつり目なのだが、並のつり目ではない、もう殆《ほとん》ど縦になってるみたいなつり

目で、しかもそのうえ細目なので、まるで数字の1が二つ並んでいるみたいなことになっている。

その吊り目の男が頻《しき》りに文句を言っている。しかし早口でよく聞き取れない。そこへ安井の姿を認めたスタッフが駆け寄ってきて安井に訴えた。

「もう話になりませんよ。眼鏡を絶対に外さない、つうんですから」

スタッフは口を尖《とが》らせて言い、私はその意味が訣らない。別に盆踊りの演者が眼鏡をかけていてもなんの問題もないと思うから。訝《いぶか》っていると安井がスタッフに問うた。

「素人の部の人？」

「ええ」

「じゃあ、俺が話してみよう」

そう言って安井は揉めている若い男の方に歩いて行き、男と話した。その会話を聞いて私は腑《ふ》に落ちぬ部分はまだ多くあったが、「う、もしかしてこういうこと？」と思うこともあった。

男と安井は以下のように話した。

「なんで眼鏡、外さないの」

「ポリシーですよ、俺の」

「危ないじゃない、下手したら失明するかも知れない」

「あり得ませんよ」

「なんで」

「絶対に顔、打たせない自信あるんで」

「ああ、そう」

「それに、あれじゃないですか。そもそも何でもありなんでしょ。そしたら眼鏡ありでもいいじゃないですか。おかしいですよ。金的、目潰しＯＫで眼鏡だけＮＧなんて」

「ああ、じゃあ、わかった。いいよ、眼鏡かけて上がれよ」

「当然っすよ」


以上の会話を聞いて私が理解したのはこれから始まるイベントは盆踊りではなくなんらかの格闘技であるということで、そう考えると合点のいくことがいくつもあった。そして安井に確かめたところ、果たしてその通りであった。

名前は「安井盆踊り」。けれどもその実態は「安井新角力《ずもう》」であった。

新角力については未《ま》だ知らない人も多いかも知れない。しかし去年くらいから一部でけっこう盛り上がっている新しい相撲で、土俵の上で髷《まげ》を結った力士が力を競う、という點《てん》においてはいわゆる伝統的な、相撲、と同じなのだが、違っているのはつり目の若者が言ったように「なんでもあり」のルールで、旧相撲の関係者は、「あんなものは相撲ではない」と歯牙《しが》にもかけないが、新角力の関係者に言わせると、角力とはそもそもそういう荒っぽいもので、垂仁天《すいにん》皇の御宇《ぎょう》、野見宿禰《のみのすくね》と当麻蹶速《たいまのけはや》が戦ったとき、野見宿禰は当麻蹶速の胸を蹴った。そうしたところ当麻蹶速の肋《あばら》が折れた。これは今で言う前蹴りであろう。そして倒れた当麻蹶速の腰骨を踏みつけて野見宿禰はこれを折った。おそらく当麻蹶速はそのまま死亡したと思われるが、そもそもこれが角力の始まりである。

そして江戸時代になっても角力は相変わらず荒っぽいもので、清水次郎長《しみずのじろちょう》、平井亀吉《ひらいのかめきち》、保下田久六《ほげたのきゅうろく》、といった有名な博奕打《ばくち》ちはみな草相撲の大関でなかには江戸相撲の出身者もあり、なぜというにその頃の相撲が実戦向きの格闘技であったからである。

だから新角力の関係者は反対に大相撲を中心とする旧相撲に対して、「あんなものは本来の角力・角觝《かくてい》ではない」と主張し、その、本来の、という部分が人々の熱狂的な支持を受けた。

それにつれて旧相撲の人気は急落し、旧相撲から新相撲に転向する者も増えた。

そして決定的だったのは旧相撲の力士五名が新角力の力士一人と杉並区の酒場で言い争いの挙げ句、闘諍《とうじょう》、その一人に数名が叩きのめされたという事件であった。

これにより旧相撲の株は一気に下がり、その後の協会の対応のまずさもあり、テレビ中継がなくなり、大手新聞にも結果が載らなくなった。

というとひとつの疑問が出てくる。「それだったら、いわゆる総合格闘技とどこが違うの?」という疑問である。

しかしここに大きな違いがひとつあった。それは伝統に連なる神事、というスタンスを貫いたところであった。新角力はマットの上ではなく、土俵の上で行われ、力士は髷《まげ》を結い、そしてパンツ・タイツではなく回しを締めた。

率直に言って、回しを締めた男とブリーフに似たパンツ姿の男と、どっちが格好よく見えるかというと、どう考えてもまわしを締めた男の方が風格があって格好いい。そういう意味合いにおいても新角力は人気を呼んだのだが、やはり本質は伝統に連なっているということで、しかもそれは現代風の伝統というとおかしいが、極度に専門化され様式化された大相撲とはまた違って、或る種の、かろみ、を備えた、絶妙に現代に接続する伝統、であり、そこが支持される最大の理由であったとさえ言えた。

とそれはよいのだが、ではなぜ盆踊りが新角力に変わったのか。

それについて安井に問うたところ安井は、「なんかその方がいいかなと思って」と言った。

後日、さらに詳しく聞いて訣ったのは、戸田さんにこのことを相談したところ、やはり秋になって盆踊りをやったところで怨霊は納得しないだろうということになり、じゃあそれは来年やるとして今年はどうしたらいいのだろう、となり、じゃあいま話題の新角力と組んで話題作りを兼ねた資金集め、勧進角力、のようなことをしたらどうだ、という話になった。

けれども残念なのは資金が足らないこと。たった四百万円しかないので、よい力士には来て貰えないし、広告宣伝にも殆どお金を掛けられない。

けれども安井はへこたれなかった。なにくその精神で府中《ふちゆう》競馬に行き、負け続けた。四百万円が見る見る減っていき、もう残り僅かになった。

こんなんじゃ勝ったところで大した配当は貰えない。諦めて真面目に働いた方がよほどましだ。

悪魔が耳元でそう囁《ささや》いた。けれども安井は負けなかった。安井は乾坤一擲《けんこんいってき》、最後の大勝負に出た。そうしたところその誠が天に通じ、それは百万馬券となった。安井が手にした配当金は約七億。頭の中で鳩が生まれ、鳩が一斉に羽ばたいた。このようにして安井は「安井盆踊り」の資金を調達したのである。

「俺が、『安井盆踊り』って名前にしたくなるの、わかるだろ」

と安井は何度も言った。私はその都度、

「ああ、わかるよ」と言ったものだ。

広い会場のど真ん中に土俵が築造してあった。その周囲に多くの人が群がって、会場入り口あたりからは勝負の行方を確《しか》と見ることができない。

「なんにも見えねぇじゃん」

文句を言う尻から私たちは土俵から少しだけ離れたところに設けられた急造桟敷《さじき》のような所

へ案内された。急造桟敷は半円に三十席ばかりあり、非運エリアの北側の住人たちが陣取っていた。

もはや「素人の部」が始まっていた。「素人の部」は事前にエントリーすれば誰でも参加できる素人の腕自慢力自慢の勝ち抜き戦で、優勝した者は此の後に続く、「玄人《くろうと》の部」へのエントリー資格を得ることができる。それはプロの格闘家への道が開けるということで、近在近郊と言いたいところであるがはっきり言って日本国中の腕自慢力自慢が会場に集結した観があった。

というと天狗《てんぐ》連が集まったように聞こえるが、どうしてなかなか、アマチュアとは言い条、日頃のトレーニングを欠かさず身体を作り上げ、技も磨いて、プロでこそないものの、侮れない実力を持った猛者《もさ》強者。なかには有名な格闘家が主宰するジムに所属してその指導の下、すぐにでもプロデビューできそうな実力者もいた。

とはいうもののそこは自由参加、もっぱらネットで情報を収集して、自宅で実力を磨いて自信満々な孤独者も少なからずおり、近隣のほねつぎ屋や外科病院が大いに繁昌することが予測された。

通常の神経を有していれば、そうして鍛え上げたセミプロみたいな連中の肉体や発散する殺気、迫力というものを間近に見れば、小便を垂れ流してその場で出場を辞退するはずで、事実そういう者もいたが、多くの孤独な者は、どうも客観的に状況を把握することができにくいらしく、そうしたものを見ても相変わらず自信満々で、必勝、を疑うことがない。

その最たる者が先ほど本部にねじ込んでいた、つり目の男、で、多くの出場者は控えのテントで待つが、取り組みを見たいのか、会場の後ろの方で、肋が浮いた上半身を露出して周囲を睥睨《へいげい》、力士が通りがかると露骨にメンチを切っていた。

メンチを切られた者はその貧弱な肉体やつり目その他、いろいろと気の毒で、いたたまれなくなって目を逸《そ》らす。

しかしそれを自分を恐れてのことと勘違いし、男はますます傲然と肩をそびやかして周囲を威圧した（気になっていた）。

扨《さて》、そんな輩《やから》も混ざった自由参加の「素人の部」であるから、土俵上にはおもしろいことが起こっていた。

というのは、人間の思い込み、というものはどうしようもないもので、新角力はなんでもあり、素手で殴ってもいいし、蹴り上げても構わない、押さえ込んで殴ってもいいし、関節を極《き》めるのも許される、ということをわかって上がっているはずなのに、いざ、回しを締め、土俵というところに上がると、思い込みから、四股《しこ》を踏んだり、両手を下ろして仕切り、ゴング（なぜかここは相撲の要素を取り入れなかった）と同時に、よいしょっ、と立つ、などいわゆる相撲の動作をしてしまう人が（素人の部には）多かったのである。

だから、そういう人同士の試合は新角力とは言い条、まったく普通の相撲で、客席から失笑が洩《も》れたが当人は真剣だから気がつかない。

　しかしそれはまだよくて凄惨をきわめたのは一方がそうした思い込みのなかにあってノンビリ仕切っているのに対して、もう一方の対戦相手が新角力の心構えで初手から殺気を漲《みなぎ》らせているという対戦で、よいしょ、と立ったその顔面に跳び膝蹴りがまともに入り、一瞬にして顔面が朱に染まって失神ＫＯと相成った。

　そんななか番数が取り進むにつれて、そうした勘違い組は次第にその姿を消し、いま勝ち残っている春馬《はるま》とかいうその選手は身長は百七十センチ体重六十キロと小柄ながら、スピードが尋常でなく速く、しかもそのパンチが重く、一撃で相手を斃《たお》す力があり、また、キックも多用して相手になにもさせないままＫＯの山を築いて、会場の後ろの方では評判を聞いた玄人が何人か、控室から出てきて、その試合を見て、「ほう」「こらすごいね」などと言い、

「あのパンチ食らったら倒れるんじゃない？」

「うーん。そうかも。でも寝かしちゃえば」

　など話し合っていた。

　そこへ次の対戦相手が現れて私たちは愕然《がくぜん》とした。あの眼鏡をかけたつり目の若者が傲然と肩をそびやかして上がってきたからである。そうして土俵に上がって改めてみたその身体の貧

弱なこと。惨劇が起こることは目に見えていた。

「止めた方がいいんじゃない」

と私は安井に言いかけて、しかしふと躊躇《ちゅうちょ》した。

もしかしたら、あいつは本当は凄いのではないか。

とそう思ったからである。昔、読んだ少年漫画などではよくそういうことがあった。どういうことかというと、一見弱そうな美丈夫が実は強くて、どう考えても勝てそうにないいかつい敵を倒していく、みたいな物語がけっこうあったのである。

これが少女漫画だと、美しい顔で魂も美しい貧乏人の娘が美しい顔で根性が腐った金持の娘にバレエ大会とかで勝ち、男前の愛を獲得するという話が主流であった。

つまりあのつり目の奴はそういうことなのではないか。

しかし少年漫画では、そういう奴は美丈夫だった。あいつはあんなつり目だ。けれどもそこが現実ということなのだろう。けれどもあいつの強さは本物で、あれほどの実力者のパンチをスウェイで躱し、ジャブを連打して、そのうちハイキックで仕留める。或いは、組み付いて倒し、関節を極めてしまう。

そんな風にしてあいつは勝つのではないか。

そんなことを考えるうちにゴングが鳴って、つり目の男は、ゆらっ、と中央に進み出ると、ローキックを繰り出した。そのうち何発かは当たったが、効いている様子はない。それに対して春馬はガードを上げて様子を窺《うかが》っている。眼鏡をかけたままの相手に対してやや困惑しているようでもあった。

それに対してつり目の男は、ガードをダランと下げ、顔を突き出して舌を出し、変顔をして、

「打てるものなら打ってみろ」

と挑発、私は、ここだ、と思った。

ここで春馬が繰り出す、まるで鉄球のようなパンチを紙一重で躱し、躍起になって打ってくるところ、強烈なカウンターを打ち込んで一撃の下に斃《たお》す。

そう思った瞬間、すっと伸びた左のジャブが、躱す間もなく、ド正面から男の顔面に命中し、つり目の男は足から崩れ落ちた。

男は二度と立ち上がることができず、担架で搬送されていった。半分の観客は爆笑し、半分の観客は運ばれていく男に罵声を浴びせかけた。眼鏡はどこかへ消えていた。

この後、つり目の男はすっかり無気力な男になり、病魔にも冒されて親類の厄介になっていると聞いた。

そんなことで盛り上がって、もはや土俵に上がろうとするものもなく、いよいよ春馬が優勝、「玄人の部」に参加かと思われたとき、ひとりの男がどこからともなく現れ、

「儂《わし》が相手じゃい」

と立ちはだかった。そしてその土俵に立った姿を見て、群衆は唖然として息を呑《の》んだ。

その人こそ誰あろう、先に起きた杉並区酒場乱闘事件の張本で、それが原因で相撲協会を放逐された力士、東前頭筆頭・三毛猫周吉《みけねこしゅうきち》その人であったからである。

もちろんスタッフは土俵に上がろうとする三毛猫を止めた。スタッフは言った。

「素人の部にプロが参加してもらっては困る」

これに対して三毛猫は、

「俺はこないだまでは本職だったが、いまは素人だ。だったら参加自由だろう」

と答え、スタッフは参加を拒めなかった。

それにつけてもなぜ三毛猫周吉ともあろうものが、こんな近所の腕自慢も出ているような素人大会に出たのか。相撲を首になって貧乏になり賞金が欲しかったのか。

そうではなかった。

それは自分たちの業界を旧《ふる》いものとして葬り去った新角力への怨《うら》みゆえであった。

「なにが新角力じゃ。それだったら俺が出て、どいつもこいつも半殺し、いやさ皆殺しにして、大会をムチャクチャにしてやる」

そう考えて三毛猫周吉はエントリーしたのである。

ああなんたることであろうか。

「大丈夫なのかい」

と尋ねると、さすがの安井もこれは予期していなかったらしく、真っ青になって震え、恐怖のあまり小便をじゃあじゃあ垂れ流した。小便は桟敷の床を伝い、桟敷の端から下に雫《しずく》となって垂れた。桟敷の下には屋台で購《もと》めたヤキソバなどを食べている者がいた。

その小便の雫はおそらくそのヤキソバにも垂れただろう。けれどもその者たちは気がつかない。気がつかないで食べていた。

もしそれが後でわかったら、「ヤキソバに小便を入れられた」ということで安井は損害賠償を請求されるかも知れない。私はそんな心配もした。


けれどもそれよりも心配なのは「安井盆踊り」が潰されてしまうことで、それは大丈夫なのだろうか、と思うし、安井は前後不覚になって汗を掻《か》き、もはや震えどころではなく、ビクビク痙攣《けいれん》しているが、観客席はいまや大喜びで、一瞬の静寂の後に巻き起こった拍手、歓声はもはや耳を聾《ろう》せんばかりであった。

そしてその歓声のなか、カーン、ゴングが打ち鳴らされ、試合が始まった。

観衆の殆どは新角力の熱心な支持者である。だから。多くの観衆が、もしや、と思って期待していた。それは素人の部で最強、もしかしたらプロで通用するかも知れない男が、元前頭筆頭の三毛猫周吉を一発で倒すのではないか、と期待した。

その期待にこたえようとしたのか、或いは長引けば不利と思ったのか、春馬は奇襲攻撃に出た。すなわち、ゴングが鳴るなりいきなり駆けだして跳び膝蹴りを繰り出したのである。

膝は、そんなことはまったく予期していなかった三毛猫周吉の顔面にマトモに命中した。

さすがの前頭筆頭もこれにはかなわない。

膝から土俵に崩れ落ち、カウントするまでもなくノックアウトが宣告され、会場が昂奮《こうふん》の坩《る》堝《つぼ》と化す。坩堝なんてもうたれも使わないのに！

みたいな感じになる。

はずであった。

ところが実際はそうはならなかった。

確かに三毛猫周吉の顔面に膝は入った。けれども。ぶつかり稽古で鍛えた額はさながら巌《いわお》で、三毛猫は涼しい顔で立って、逆に、膝蹴りを食らわした春馬の方が膝を押さえ、苦悶《くもん》の表情を浮かべて土俵を転げ回った。

もはや勝負はあった。

ところが、三毛猫は残忍なる笑顔を浮かべ、倒れた春馬の肋を踏みつけた。春馬の肋が折れ、春馬は悶絶《もんぜつ》した。ところが三毛猫はそれでもなお攻撃をやめず今度は春馬の顔を、まるでサッカーボールを蹴るかのように、ぐわん、と蹴った。

春馬の首があり得ない変な方角に曲がり、そして春馬はピクリとも動かなくなった。

もはや群衆は静まりかえっていた。私はもう大便を漏らしているのではないか、と思って安井の顔を見た。

顔が紙のように白かった。私は問うた。

「大丈夫か。顔が白塗りにしたようになっているぞ」

「駄目に決まってるだろう。殺してしまったんだぞ。俺が苦労に苦労を重ねてやっと開催にこぎ着けた『安井盆踊り』はもうおしまいだ」

「いや、やりようはあるぞ」

「どうするんだ」

「なにもかも旧相撲が悪いことにして被害者ポジションを取れ。そうすれば世間の憎悪は旧相撲に集まり、新角力と『安井盆踊り』には同情が集まる」

「なるほど。けどあれを放置はできねぇな」

そう言って安井は土俵を指さした。

春馬惨殺に憤った、新角力の力士たち十数名が土俵に殺到しつつあったのである。

会場は再び騒がしくなり、罵声と怒号が飛び交っていた。

「ぶち殺せ」

「やってしまえ」

もちろん新角力の力士たちが三毛猫周吉を殺そうと思っていたわけではなく、三毛猫の狼藉《ろうぜき》を止めて公衆の面前で少々、私刑しようと思っただけだ。

「けれども弾みというものがあるからね。十何人でよってたかって殺さないまでも大怪我させたってことになればこっちが悪者になる。ちょっと行ってくる」

「ああ、そうしろよ。俺はここで見ているから」

「ああ、その方がよい」

そう言って安井は尿臭とともに桟敷を下りていった。一緒に行ったスタッフはただおろおろしていた。

それで桟敷から事の成り行きを見ていたところ、さすがの三毛猫周吉も多勢に無勢、十何人の格闘家を相手にして敵うわけもなく、最初のうちこそ、何人かの顎《あご》を砕き肋をへし折ったが次第に押されて、ぼこぼこにされた。

それでも強いから抵抗はやめない。だからますます殴る。このままだと安井の言った通り殴り殺されるかもしれない、と思ったそのとき、東の入場口から、五、六名の力士が駆けてきた。四角山《しかくやま》、六角山《ろっかくやま》、今天狗《いまてんぐ》、二楊児山《にゃんこやま》といった旧相撲の面々で、三毛猫周吉と一緒に暴れて首になった連中である。そしてそれに加えて、地位の卑《ひく》い現役力士数名も混じっているらしかった。

彼らは土俵に殺到、そこからは互角の戦いになったが、新角力の方は数が多いにもかかわらず、押され気味で、いったいどうなることかと見ているうちに、新角力の力士が旧相撲の力士に一方的に殴られ蹴られ、泣きながら逃げ惑う、という展開になった。

要するに。

新角力などと意気がっているが結局は弱く、本気でやれば、本気でぶつかれば、圧倒的に旧相撲の方が強い。土俵上ではそれが明らかになりつつあった。しかし。

ファンは其れを認めたくない。というかそれを認められない。自分が人生を賭けて信じてきたもの、讃仰《さんぎょう》してきたものが、実はカスだった、ということを認めることは自分自身のこれまでの人生を否定することになる。だから怒った。怒って声をあげた。腕を振り回した。号泣した。土俵のすぐ下まで詰め寄る者もあった。だからといってなにができよう。なにもできない。とどのつまり彼らは泣き叫ぶことしかできない。そんな彼らを嘲笑《あざわら》うように今天狗、二楊児山らは吼《ほ》えた。

「泣け。クズども。おまえらはそうやって泣いて、恨み言を言って、一生、地べたを這《は》いずり回り、死ぬまで小便入りのヤキソバを食って暮らすのだ」

私はそれを聞いて驚愕した。

「なんで知ってるんだあっ」

そして群衆の間に動揺が広がっていった。怒っている者はいなくなり、多くの者がその場に泣き崩れた。激情に駆られて上衣《うわぎ》を引きちぎったり、カッターで手首を切る者もあった。失望して会場を後にする者も相当数あった。

私も帰ろうと思った。そもそも私は災厄を押しとどめる『安井盆踊り』をみようと思って、いや、『安井』ではない、普通の盆踊りを観ようと思い、ここまでやって来たのだ。四百万円を出したのだ。そしてその根底にそれが日本のため、というのがあった。

それがなんだ、この体たらくは。馬鹿馬鹿しい。私は帰る。そう思って私は桟敷を下りた。

そして会場の出口のところまで行くとそこに安井と小紋を着た女の人が居て、なにか話していた。私は女の人に会釈して安井に声を掛けた。

「おまえにはがっかりした。ヘラヘラしてるけどやるときはやる奴だと思ってたんだけどな」

安井は言った。

「帰るのか」

「ああ、こんなんで怨霊が鎮まるわけないだろう。結局、私利私欲だらけだし」

「そうか。でもなあ、もう少し見てけよ。おもしろいことが起こるから」

「なんだ、おもしろいことって」

「まあ、見てろ」

安井はそう言って会場の方へ去った。私はその後ろ影を見送り、そこに残った婦人に軽く頭を下げ、行こうとしたところ、婦人が、「あの」と私を呼び止めた。

「なんでしょうか」

「もしかして＊＊さんですか」

「ええ」

と答えてぇえてくしはその婦人が戸田さんであると悟った。

「私は止めたんですけど」

「ええ、でも勢いというものは止められませんからね。こんなになるまえならまだなんとかなったのかもしれませんが」

「いえ、いずれにせよ、遅かったのです」

戸田さんがそう言ったとき、突然、土俵上の今天狗が目を押さえて倒れた。

「あ、あれは……」

と、見ると土俵から二十メートルほど離れたところに五人の、揃いの印ばんてんを着た男が長さ三尺の塩ビ管を咥《くわ》えて立っていた。

「吹き矢組」

と思わず言った私に戸田さんは、

「そうですよ。なんてことでしょう」

と悲しげな表情で言った。

吹き矢組は新角力の取り組み前、半ばは神事、半ばは余興として行われる吹き矢ショーのチームで、競べ吹き、曲吹き、組み吹き、的吹き、など様々の技は至芸と言ってよく、もはやそれ自体が評判を呼んでいた。

その吹き矢組がなんたることだろう、いつもの愉快な感じではなく、鬼の形相で、しかもいつもの一尺の筒ではなく、三尺の塩ビ管をくわえている。

そしてそればかりではなく、その塩ビ管から吹き矢の矢を発射して人を傷つけているのだ。

いくら自分の贔屓《ひいき》が負けているからといって飛び道具を使って攻撃するなんてことはけっして許されるものではない。それともこれは正当防衛なのか。

けれども吹き矢組は三毛猫たちの目を射ている。それはちょっとひどすぎるのではないか。下手をすると失明してしまう。と私が思うとき、

「いえ、あの矢だと確実に失明しますね」

と戸田さんが言った。私は興奮するあまり思ったことを口に出して言ってしまったようだった。戸田さんはさらに言った。

「私はあんなことをするために吹き矢を教えたのではない」

「えっ、あなたがあの人たちに吹き矢を教えたんですか」

「ええ。私の家系は先祖代々、吹き矢の家系なんですよ」

「いつごろからですか」

「新猿楽記の頃からですから、平安後期からです」

「それは凄い。それにしても凄い殺傷能力ですね。肺活量とか凄いっすよね。サックスとか吹いたら凄いんじゃないですか」

と私があからさまなお追従《ついしょう》を言った、その瞬間、戸田さんの顔の色が、さっと変わった。戸田さんは、「ここから立ち去ってください」と低い声で言うと、懐から小ぶりの筒を取り出し、「ふっ」と吹いた。

二十メートル向こうの売店の庇《ひさし》の上から弓を持った男が転げ落ちてきて、その一帯に悲鳴が上がった。と同時に、庇の上に十人、西の入場口から十人、売店とは反対の街道の方から三十人ほどの弓を持った男たちが弓を乱射しながら吶喊《とつかん》してきた。

土俵上では未だ戦いが続いていた。

「こ、これはどういうことなんですか」

そう問うたとき、ビュンという音が耳元で鳴ったかと思うと私の後ろの立木に太い矢が突き立った。

私はその場に崩れ落ち、逃げようと思ったが足がベラベラになって立てない。

それからのことは。あまり覚えていない。間断なく飛来する矢。逃げ惑う人達、力士の怒号。

悲鳴。血しぶき。のけぞって倒れそのまま動かなくなった屍骸。奇妙にねじまがったその指先。燃え上がる建物。青い空、ちぎれ雲。会場に流れていた荒々しいのに叙情的な音楽。焼け焦げた匂い。遠くのサイレン。そして訪れた静寂。に続く木々のざわめき。

そんなものがきれぎれに思い浮かぶばかりである。

俺の四百万円。俺の四百万円。俺の四百万。

と唱えてみた。けれどもなににもならない。だから私は考えた。考えざるを得なかった。

「あれはいったいなにだったのか」と。

弓矢のことは安井も予測しなかったようだ。吹き矢の連中が安井の知らないところで弓矢の人達と論争して、それは、吹き矢と弓矢のどちらが武器としてより優れているか、という部外者からしたらまったくどうでもいい話なのだけれども、どちらも依怙地《いこじ》になって一歩も譲らず、話はどんどん広がり、そのうえで厳密をきわめ、そのなかには互いの人格や道徳的な振る舞いに対する批判も含み、もはや議論は膠着《こうちゃく》して動かないと思われたが、なにが攻め口になったのか、次第に弓矢側の旗色が悪くなり、ついに吹き矢に完全に言い負かされ、群衆の前で屈辱的な謝罪をせざるを得なくなり、弓矢の人はこれに怨みを抱いていた。

その一方で吹き矢は勢いに乗る新角力と組んで伸びていき、「若い女性の間で吹き矢がブーム」という記事が掲載されたり、町のあちこちに吹き矢バーがオープンするなどして日の出の勢い。

どうしてもそれが許せなかった弓矢の人達は、吹き矢の晴れの舞台、すなわち、「玄人の部」の前に行われる「吹き矢の神事」の最中に大勢で乗り込んでいって鳴弦、弓弦《ゆづる》をビヨンビヨン鳴らして音を立て、嫌な気持ちにしてやろうと思って出掛けていったところ、あの騒動に出くわし、また、そのときよせばいいのに弓の人達は景気づけに覚醒剤を注射また吸引してから出掛けたため、あの状況によって異常に興奮して、弓を乱射してしまったのである。

そして後で偶然に知ったのだが、吹き矢の人も覚醒剤を使っていて、それは安井が提供したのだが、驚くべきことに安井が卸元であった。百万馬券の話は嘘であったのかも知れない。

そんなことで多くの死者怪我人、家屋の被害、逮捕者を出して、この国を怨霊から救うべく企画された「安井盆踊り」は水泡に帰した。行方がわからなくなっていた戸田さんは表通りの側溝から変わり果てた姿で発見された。誰が何の目的でそんなことをしたのかはいまだにわからない。安井はそれからどうなったのか。連絡が無いし、連絡しても返事がない。

安井が言っていた話は嘘であろう。

自分の資産価値を守るため怨霊を鎮めるということは動機としては間違っていない。だから私は安井を信じた。けれどもそれは嘘だった。安井はただ「安井角力」を張行《ちょうぎょう》したかった。それだけだろう。でも戸田さんは？　あの和服を着た女性はどうなんだ。あの人に私欲はないように見えたし、吹き矢の腕も本物だった。

あの人は発見されたとき全裸だった。

そしてあのときの着物は。いま私の手元にある。大阪の古着屋で偶然に見つけた。古着屋の店員は若僧で、とりつく島がなかった。というか言葉が殆ど通じなかった。私の言葉は最近あまり通じないのだ。十年で言葉が急に変わって。


ということで安井の言っていたような、誰の身にも均しくふりかかる災厄はいま現在、起こっていない。人々は平穏な生活を楽しみ、ときどきは不平を言うが概《おおむ》ね満足している（ように見える）。一時は洪水のように情報が飛び交い、人々が狂熱したあの惨事は、いま人々の口の端に上ることなく、新角力はいつの間にかなくなったことになって、旧相撲からは旧の字が取れ、唯一の相撲として何事もなかったかのように多くの観客を集めている。

いや、何事もなかったかのように、ではなく、人の記憶においては何事もなかった。しかし。

先日、あの例の、安井のマンションがあった非運のエリアの北、商業施設、ホテル、オフィス棟、居住棟が立ち並ぶエリアに用があって行き、赤信号等に止められて道路の向こう側に居る人の顔を見て驚いた。

そこにはいろんな年格好の、割合に身なりのよい男たちがいたが（なぜか女が一人もいなかった）、その全員が、そのエリアの人間特有の取り澄ました表情ではなく、あの八百屋の男によく似た、悲しげな表情を浮かべていた。

これはどういうことなのか。安井が言っていた「鎮魂」は嘘であった。しかし人間がまったく純粋な嘘を言うことは不可能である。嘘は常に真実に依拠し、真実なしに嘘は成り立たない。そしてまた嘘なしに真実も成り立たない。嘘と真実はバランスし、互いを打ち消し合って、嘘はもとより真実も此の世には存在しない。その力が均衡した一点に事実があるばかりである。

そして安井が言っていた地霊の存在は事実であった、としたらどうなる。そしてその地霊が地下でジワジワ広がっていたら。つまり地上にはまだ噴出しないのだけれども、地下のちょうど地下鉄の真下辺りを、地下鉄に沿って広がり、連絡する私鉄の領域辺りまで伸びているとしたら。そしてそれがあるとき、離れたところで急に勢いよく、呪いの筍《たけのこ》として、ズドンと、一晩で伸びたら。はっきり言ってもうお終いだろう。なぜならその時、根は広がりきってるから。

私ははっきり言ってこれが私の妄想であることを祈っている。けれども妄想と言い切れる根拠はどこにもない。いまこうしている間にも、私たちがいっけん平安に暮らしている地面の下で、全滅・絶滅を齎《もたら》す不幸と災厄の根がグングン伸びている最中であるのかも知れぬのだ。

それを思うとなにも手につかない。なにか捜査されているような感じもあり、それが心配で、夜もあまり眠れず、最近は薬を使うことが増えた。白髪や皺《しわ》が増え、筋肉も衰えて、目もよく見えない。頑張って生きようとは思うが、怨霊を根底から祓《はら》わないとそれも無理なようにも思っている。

あとがき

たったいま、世界中でなにもかもが加速している。

あらゆるものが急速に、消滅へと向かっているように見える。

これまでたがいに理解しあい、棲《す》み分けたり、共存したりしてきた種同士がぶつかりあい、ものによっては滅びの予感を漂わせている。

僕たちがなにかすべき時間はとうに過ぎ去ってしまって、種全体がどうにもならない深淵に落ちこんでしまったような諦観や無力感をおぼえることもしばしばだ。

本書の企画が起《た》ち上がったのが二〇一九年の九月、その後、全世界が新型コロナウィルスの災禍に見舞われ、瞬く間にこのテーマが肌のひりつく生々しさを帯びるようになった。僕たちは生活スタイルの変化を余儀なくされ、他者との関わり方まで急変した。外で会う人の顔は半分が見えず、社会的生物としてあらゆる面で自然淘汰《とうた》の気配をはらむことになった。

しかし、そうした感覚には、どこかでおぼえがある。絶滅の運命をたどるものには、それがどんな対象であれ、視線を惹《ひ》きつけられずにいられない物語や詩情が宿る。道すがらに廃墟《はいきょ》を見つけると足を止めて見入ってしまうのは僕だけではないはずだ。本を読み、物語をつづるということは、ある意味ですでに絶滅したものを慈《いつく》しみ、そこに再び命を吹きこもうと果敢な試みをくりかえすことではないだろうか。

以下、編著者の務めとして、収録作の解説のようなものを。お気に入りの作品が見つかった読者のために、短篇にかぎるかたちで各作家の〈絶滅〉系の小説、あるいは単に真藤オススメの短篇ガイドを添えていくことにする。

佐藤究『超新星爆発主義者』

二〇二一年、『テスカトリポカ』（KADOKAWA）で直木賞を受賞した佐藤究の最新作は、あらたな巨編《ブロックバスター》の序章を思わせるポリティカルな陰謀小説である。白人至上主義とCOVID-19を体験したアメリカで黄禍論がよみがえり、特別捜査官の〈俺〉と相棒は、アジア系への銃撃事件やヘイトクライムを起こした犯人が共通してプレイしていたあるオンラインゲームに潜行する——

歴史や神話から巧みに抽出した〈象徴〉を、構図化し、反復して、形象学的・図像学的ともいえる現代劇を築きあげる佐藤究。あざやかに洗練されたその手さばきは、この人が見ている現実こそが本物の現実なのだと読み手に信じこませるリアリティに満ちている。かつてアメリカ・ポップアートのカリスマだったアンディ・ウォーホルが、毛沢東《もうたくとう》の肖像写真を高度資本主義の対角線上に置くことで新たなイコンとして読み換えたように、佐藤究は芸術《アート》やマニフェストとしてではなく、エンタメの文脈でやってしまうから凄《すご》い。〈イコン〉の作家たる佐藤究の本領は、鉱脈から宝石を削りだすような作業を求められる短篇小説においても存分に発揮される。単著にまとまっているのは長篇ばかりで、短篇はいずれも雑誌掲載されたきり未刊行だが、題名通りの展開の先で度肝を抜かれる情景が待っている『爆発物処理班の遭遇したスピン』（講談社「小説現代」二〇一八年二月号）、江戸川乱歩の小説読みたさにあるものを絶滅に追いやる仕事に就く男と帝銀事件をからめた戦後小説『九三式』（「小説現代」二〇一九年一〇月号）などの短篇を強くお勧めしたい。権謀術策に長けた戦略家がそのまま凄腕のスナイパーでもあるような、この人こそ異種横断作家《クロス・スピーシーズ》だ。

東山彰良『絶滅の誕生』

ポスト・アポカリプス小説の『ブラックライダー』（新潮文庫）はその刊行から今に至るまで更新する同系統作の出ていないメルクマールだ。そんな金字塔を打ち建てた東山さんに、ここぞとばかりに〈絶滅〉テーマで寄稿をお願いしたら、返ってきたのはなんと正反対の〈国生み神話〉だった。

東山さん、ついに神話を書いちゃった。蒙猫《もうびょう》、崑崙《こんろん》山、ゼツとメツの兄弟——読んでもらえば大陸のどこかで本当に伝わっているかのような、神話がはらむ矛盾《むじゅん》や天衣無縫《てんいむほう》さそのままの読み味を堪能《たんのう》できる。それにしてもこの人が書くものの振れ幅の大きさには驚くばかりだ。

あとがき

だって終末小説に国生み神話って、あなたは火の鳥か、という突っこみはおいておくとして、短篇にかぎるだけでも僕が偏愛する『小さな場所』（文藝春秋）では台湾に実在する紋身街《もんしんがい》（刺青屋《タトゥー・ショップ》が多く集まる路地）で育った少年のみずみずしい成長物語《ビルドゥングス・ロマン》を描き、近刊『どの口が愛を語るんだ』（講談社）収録の『猿を焼く』では私小説のアプローチで、愛した同級生を救えなかった地方青年の中で何かが死滅する。『緊急事態下の物語』（河出書房新社）収録の『天国という名の猫を探して悪魔と出会う話』は死者が生者を食らう一切が反転した世界での対話小説だ。本当にジャンルもアプローチも異なる様々な短篇を書かれているのに、そのすべてに、きらきらとした箴言《しんげん》にあふれる東山作品の刻印が捺《お》されている。

河崎秋子『梁が落ちる』

心惹かれる同世代の作家に直《じか》にお目にかかりたいとは、実はあまり思わない。作品を読んでいれば、血を分けてもらえるから。かなり涸渇《こかつ》していたころに読んだ『颶風《ぐふう》の王』（角川文庫）はそのすべてが全身に浸《し》みわたった。熱望して寄せてもらった本書の収録作は、朝起きるとなにかがおかしい世界に入りこんでいた若者の内省と混乱を、端正で乾いた文体でスケッチした小品である。さてその世界では、一体なにが滅んでいるのか……

河崎さんには『土に贖《あがな》う』（集英社）という連作短篇集があり、養蚕《ようさん》、ハッカ油、装蹄《そうてい》、ミンク飼育と、北海道における産業の興亡と開拓民の明け暮れを一篇ごとに丹念に描いている。

雄渾《ゆうこん》の北の大地そのものが語っているような物語は、人間を突き放しているようで、しかし滅びゆき変わらざるを得ないものへの哀惜と慈愛に満ちている。時代や土地ごとに瞬くように現われる一瞬の光、それを祈るように原稿に書きつけて永遠に保存すること。そして物語の形で環流させつづける術《すべ》を探ること。佇《たたず》まいからしてすでに大家の風格をそなえる河﨑作品を読んでいると、小説の奇蹟《きせき》とはかくなるものなのかとあらためて蒙《もう》を啓《ひら》かれるのだ。

王谷晶『〇〇しないと出られない部屋』

本書のなかでは最も遠い未来を描いたSF小説。われわれがリアルタイムで体験しているソーシャル・ディスタンスやリモート・ワークを極限まで突きつめた感染症流行爆発後の非集合型社会で、研究者の二人がすでに絶滅した旧時代の習慣について対面で実験する。登場人物は二人だけ、限定された空間の舞台劇のような物語に導入から引きこまれる。

こうなると王谷晶の独擅場《どくせんじょう》かもしれない。短篇集『完璧じゃない、あたしたち』（ポプラ文庫）で捨て作なしのシスターフッド小説の百花繚乱《りょうらん》を見せつけた（真藤の推しは『ばばあ日傘』、『北口の女《ひと》』、『十本目の生娘』、『陸のない海』、『春江のトップギア』、『タイム・アフター・タイム』……と絞るに絞れない）、王谷晶のその手腕は、最新作『ババヤガの夜』（河出書房新社）でも同性バディものの快作を生みだして破竹の勢いが止まらない。一対一の人間模様を描きながらいずれも異性をめぐる鞘当《さや》てになっていかない。当事者たちの関係性のドライブ

あとがき

や深化を、その豊かな精彩を、腰を据えてじっくりと描写して、宙にふっと放たれる結晶のような瞬間を摑《つか》むのだ。

物語というやつは、コアとなるそんな瞬間を見つけ出さなくては終着しない。脱稿しないと出られない部屋にいる小説家の一人としては、そうした一対一のドラマの妙をすくいとる才気煥発《かんぱつ》は羨ましいというより他にない。

真藤順丈『（ｅｘ）：絶滅教育』

〈絶滅〉テーマで、ストレートに生物種を材にとったのは結局、僕だけだった。白状するとお題を出させてもらった時点でひそかなる深謀遠慮を抱いていた。僕はかねてから動物保護や乱獲、あるいは自然淘汰についての長篇のアイディアを温めていて、絶滅危惧種（ｅｎ）の個体数や保全状況についてちょいちょい調べるのが趣味のようになっていた。つまり複数の作家がローマ帝政期のコロッセオもかくやに集結するアンソロジーの場において、自分が勝手知ったる分野に引っぱりこみ、武器多めで戦おうとしたのである。

だけど本書を読み終えた方々にはわかるだろうが、参加作家はだれもが編著者の浅知恵をものともしない作品を寄稿してくれた。それはもちろん嬉《うれ》しい。嬉しいのだが、僕としてはホームの島で手薬煉《てぐすね》を引いていたら、おっかない外来種がいっせいに乗りこんできたようなもので、地元の固有種としてはひとたまりもなかった。

本作で扱っているのは、わが国の絶滅種の代名詞といえるニホンオオカミだが、その裏にもうひとつの、この国が歩んだ歴史と切り離せない〈絶滅種〉を潜ませてある。ぜひともお読みいただいて確認してもらいたい。

宮部みゆき『僕のルーニー』

宮部さんが寄せてくれたのは、アイボ+ポストペットのような愛玩ペット型ロボットが〈絶滅〉の危機に瀕《ひん》し、デジタル生物保護団体の声明により緊急避難することになった語り手の主婦も心に屈託を抱えていて……という叙情ロボットSF。本作が気に入った読者には、同テーマの『さよならの儀式』(河出書房新社)の表題作をぜひお勧めしたい。

お目にかかるたびに宮部さんはいつもにこにこしていて、「ちゃんと寝なさいよ」「原稿よりも健康」なんて言ってくださるのだが、僕はいつも大先輩への畏敬の念を超えて、宮部さんは怖い、と思ってしまう。あれだけ時代を象徴する長篇作を、現代ミステリから江戸怪談、ファンタジー、SFから怪獣小説にいたるまで、およそあらゆるジャンルをまたいで書かれてきて負担がないわけないのに。僕がいまさら言及することでもないが、宮部みゆきが更新した大衆小説の地平というものは確かに存在していて、宮部さんはたった一人で大伽藍《がらん》のような文業を積みあげた怪物のような作家なのである。伝わるかなこの怖さ。目の前で小説の怪物が聖母のように笑っている怖さ。そして伺《うかが》うお話から察するに、それらを実現しているのは物語の世界への子供のように神秘的な没頭なのだ。

短篇であってもその作品はつねに時代と切り結び、現代に照射される救いや諦めを表現している。短篇集やご本人編纂《へんさん》のアンソロジー、傑作選への収録も数えきれないが、『チヨ子』（光文社文庫）所収の『聖痕』、おなじく短篇集『人質カノン』（文春文庫）の表題作、『ザ・ベストミステリーズ2018推理小説年鑑』（講談社）収録の『虹』などは必読。短篇でも味わえる著者の没頭と深みこそ、僕が作家として近づきたいと願うかぎりの地点である。

平山夢明『桜を見るかい？――Do you see the cherry blossoms?』
われわれ界隈《かいわい》でアンソロジーといえば、井上雅彦《いのうえまさひこ》さん監修の『異形コレクション』（昨年の復活はとびきりの朗報だった）。この黒い叢書シリーズと出会って僕の人生は変わった。異形コレクション初出の短篇を集めた『独白するユニバーサル横メルカトル』（光文社文庫）の各作、『ミサイルマン』（光文社文庫）の各作ほか、一時期において平山夢明が量産した暗黒小説群には、書き手として理想の究極形を見せつけられた。
平山さんにかぎっては作品もさることながら、地方の御柱祭《おんばしらさい》にいきなり放りこまれるような怒濤《どとう》のハイパートーク（から時どきこぼれ落ちる小説談義）にも直に薫陶《くんとう》を受けてきた。そんな平山夢明の短篇世界はつねにフェーズを変えていて、殺人者の心理に肉薄する博覧強記の作品量産期を、僕は〈ハンニバル（・レクター）期〉、その後につづく場末の鍋底をかきまわして日本語の破壊を試みるような作品群を本人の命名から〈イエロー・トラッシュ期〉と呼んでいる。本書収録作もイエロー・トラッシュの系譜に含まれるが、スラップスティックな諷刺《ふうし》劇をひと皮剝《む》けばその中身はゴリゴリのSF。こうしたスペキュレイティヴ・フィクションを書くときの平山夢明は、異様にクリティカルな造語で世界観を固めてくるのだが、本作では〈卵子富豪《エグ・オネア》〉、〈精子長者《汁バー・スプーン》〉〈美包茎《アン・カット》〉といった語が並ぶのだから、その内容の破格さが知れようというもの（ちなみに主人公のアキヱ夫人の旦那がなぜハア人《ト》なのか不思議に思っていたのだが、再読して心臓《ハート》＝シンゾウと気づいた。わかりましたか?・）。おなじ「小説宝石」（二〇二〇年八・九月合併号）に『ヤトーを待ちながら』というイエロー・トラッシュ&不条理小説も発表していて、現実とフィクションの境目が溶解したような現代政治の劣化退化腐敗化に、新たなインスピレーションをかきたてられているふしもある。この系統のものももっともっと読みたい。長篇を早く読ませてくれと渇望こそすれど、平山さんは生涯短篇しか書かなかったボルヘスやカーヴァーに匹敵する短篇巧者だ。暗黒と塵《ちり》の作品世界にいつまでも浸っていたいとも願ってしまうアンヴィヴァレントな心境も打ち消せない。

木下古栗『大量絶滅』

僕は、古栗小説が好きで好きで……。ついつい魔が差した。平山夢明と並べてしまった。短篇集『グローバライズ』（河出書房新社）、『金を払うから素手で殴らせてくれないか?』

あとがき

（講談社）を読んで打ちのめされ、それから古栗小説が載った文芸誌はかならず買ってきた。その文章は稠密《ちゅうみつ》にして闊達《かったつ》、文学的技巧に富み、f分の1揺らぎを生みだす高精度のリズムボックスもさながらなのだが、書かれる内容は、高カロリーで解像度の高いパロディと下ネタとギャグと言葉遊びの乱れ打ち……と評したところでくだらなくて尊《とうと》い古栗作品をなにひとつ説明したことにならないぐらいなのだ。

これはモンティ・パイソンなのか、フランツ・カフカか、シティボーイズや赤塚不二夫《あかつかふじお》の混合体なのか、そのどれとも違う。新旧のどんな作家とも似ていない。他の誰も登らない前人未踏の孤峰をソリッドに、重力を寄せつけず、オブセッションを屹立《きつりつ》させるように登りつめていく古栗小説を、アンソロジーの一篇として載せられただけでも、蓬莱《ほうらい》の玉の枝をガチで献上しちゃったような壮挙なのである。

さて本書収録作、某男性アイドルグループの歌詞世界と公民権運動とグレタ・トゥーンベリが共振するこの小説で〈大量絶滅〉するものは果たしてなにか、それは読んでいただくしかないが、本作に抜き去りがたい衝撃を受けた読者は、最新刊『サピエンス前戯』（河出書房新社）所収のある一篇に進むのがいいだろう。題名はネタバレになるので言えないが（ネタバレなのか？　わからないけどたぶんそう）、ヒントは過去最高精度の村上春樹《むらかみはるき》の文体模写だ。

恒川光太郎『灰色の空に消える龍』

恒川さんは今は亡き日本ホラー小説大賞受賞作（『夜市』角川ホラー文庫）がデビュー作で、僕は同賞出身の後輩である。われわれホラー大賞出身作家には〈恒川クオリティ〉なるコンセンサスがあって、言わずと知れた短中篇の匠《たくみ》である恒川作品は、どんなものでもかならず高い水準を超えてくる。本書収録作も〈恒川クオリティ〉の逸品。ひょんなことから山奥の神社を継ぐことになった男と、剣豪として死にたいと願う放浪者の交流を静かな筆致で描いた本作は、昭和初期のこの国の時代精神《ツァイトガイスト》を映しだす歴史小説としても読むことができる。

このすばらしくも心静かな一篇に、僕は魅了された。二度三度とリピートせずにいられないものを書く人だ。恒川さんの名短篇の数々、日常に潜んだ小さな超常現象を暴く異能がとてつもない幻想の極致へと飛翔する『鸚鵡《おうむ》幻想曲』（講談社文庫『竜が最後に帰る場所』所収）、祖母から他人を破壊する幻術を継いだ少女の壮絶な生を描く『幻は夜に成長する』（角川ホラー文庫『秋の牢獄』所収）、僕がロード・ノヴェル短篇のベストと信じて疑わない『風の古道《こどう》』（角川ホラー文庫『夜市』所収）にも肩を並べる出来栄《ば》えではないだろうか。

恒川さんは気宇壮大な大河小説のプロットを、短篇に封じこめられる神話の語り部だ。もっとその〈絶滅〉系の小説を読みたい読者は、千変万化のヴィジョンで崩壊後の世界を見せてくれる『白昼夢の森の少女』（角川書店）の表題作や『焼け野原コンティニュー』、長篇ではあるが牛乳プリンのような宇宙生命体によって地球が存亡危機におちいる『滅びの園』（角川文庫）で恒川クオリティの真髄を体験してほしい。

町田康『全滅の根』

読んでいてどこに連れていかれるかわからない、それどころか乗っているのがキックボードなのか岸和田《きしわだ》だんじり祭の山車《だし》なのかもわからない、そういう筋の読めなさが町田康の小説の面白さだと思うので、「おまえさあ、平宗盛《たいらのむねもり》どう思う？」という科白《せりふ》から幕を開ける物語の概略にはふれないが、僕が一度も吹きださずに読める頁《ページ》はこの小説には一頁もない。町田さんの書く文章は得てしてそうで、徹底して日本語のスクラップ&ビルドを重ねながら現代文学を刷新し、それでいて電車で読んでいても半睡で読んでいても、瞬間湯沸器のように笑いだしてしまう。そして、にもかかわらず、だらしなく笑いくずれていると「なに笑《わろ》とんのじゃ」と袈《け》裟《さ》斬《ぎ》りにされそうな殺気が全篇に漲《みなぎ》っている。

抜き差しならない。だけど読んでしまう。これはなんなのか、知的なマゾヒズムなのか、これこそ純文学よりも純度の高い文学がまとう、懐《ふところ》の匕首《あいくち》のような鬼気という気もする。短篇では『浄土』（講談社文庫）所収の『あぱぱ踊り』、『どぶさらえ』。おなじく『ゴランノスポン』（新潮文庫）所収の表題作や『尻の泉』、『先生との旅』などで抱腹絶倒しながら辻《つじ》斬りの恐怖におののく読書体験に酔えることうけあいである。U-NEXT配信の『令和の雑駁《ざつぱく》なマルスの歌』では本書収録作と通じる男たちの復讐譚《ふくしゅうたん》を読むことができるし、池澤夏樹《いけざわなつき》個人編集『日本文学全集08』（河出書房新社）では町田康が現代訳をつけた『宇治拾遺《うじしゅうい》物語』において全篇これ狂笑の文の凄みを味わえる（Ｗｅｂ河出ではその一篇、「奇怪な鬼に瘤《こぶ》を除去される」＝こぶとりじいさんの町田訳を無料で試し読みできる模様。太っ腹！）。幸いなことに町田康の短篇世界は、僕たちの前にあまねく開かれているのだ。

以上、たえず僕を鍛えてくれて、貧血気味のときは血を分けてもらってきた先達や同世代作家の小説にあれこれと注釈をつけるのはたいへん烏滸《おこ》がましいが、当然ながらこれらは僕なりの読みであり、読者には本書を読んだあとでそれぞれにテクストと格闘してほしい。僕もとりわけ「これは！」という小説に出会うと、本の後ろに自家解説はついていないか、ついていなければ雑誌やネット媒体のインタヴュー等を漁《あさ》ってしまう。自分を感動で震わせた作品の、著者の肉声にふれることで読後感をより深めたいのだろう。

あらためて執筆を引き受けていただいた皆さんには謝辞を。本書収録作についてもいつかは、著者各位が語る生の言葉にふれてみたい。本当にありがとうございます。

それから文芸誌として短篇精励のスタンスを崩さない「小説宝石」編集部と、リクエストアンソロジーの仕掛け人である鈴木一人氏にも感謝を。

鈴木氏はこれまでのリクエストアンソロジー（既刊五作）で書きたいなあという僕に、「リクエストとあるとおり編者の指名によるので立候補は受けつけてない」と門前払いを食わせつづけ、お茶っ引きの芸妓《げいぎ》気分を根に持っていたところ、後年になって「そんなに言うなら編著者やります？」と拾ってもらった経緯があり、おかげで愛憎半ばするところがあるが、それでも氏の適確なサジェスチョンがなければ本書が陽《ひ》の目を見ることはなかった。

最後に、このアンソロジーを手に取ってくれた読者に感謝いたします。僕たちは誰かの書いた小説にも力をもらって、明日もまたまぼろしの空中楼閣を築くために心血を注ぐ。

すでに過ぎ去った、過去への愛《いと》おしさを抱えて、未来というまだ来ていないものを幻視する。

本書にあるような小説たちは、あなたを心地よい言葉やお涙頂戴の展開で気持ちよくさせない。それでもその究極の目的は、種を、個人を励ますためにある。愛おしさの群れをエンジンにして、不特定多数に向けているように見えながら実はただ一人に向けて書いている。

物語は、小説は、あなたを絶滅させないためにあるのだ。

二〇二一年七月　真藤順丈

初出「小説宝石」
超新星爆発主義者　２０２０年10月号
絶滅の誕生　２０２１年３月号
梁が落ちる　２０２０年８・９月合併号
〇〇しないと出られない部屋　２０２０年11月号
（ｅｘ）：絶滅教育　２０２０年６月号
僕のルーニー　２０２１年１・２月合併号
桜を見るかい？
――Do you see the cherry blossoms?　２０２０年７月号
大量絶滅　２０２０年12月号
灰色の空に消える龍　２０２１年５月号
全滅の根　２０２０年10月号

装幀◆藤田知子
装画◆北澤平祐

真藤順丈《しんどうじゅんじょう》リクエスト！
絶滅《ぜつめつ》のアンソロジー

2021年 8月 30日　初版1刷発行

著　者　王谷晶《おうたにあきら》／河﨑秋子《かわさきあきこ》／木下古栗《きのしたふるくり》／佐藤究《さとうきわむ》／真藤順丈《しんどうじゅんじょう》
恒川光太郎《つねかわこうたろう》／東山彰良《ひがしやまあきら》／平山夢明《ひらやまゆめあき》／町田康《まちだこう》／宮部《みやべ》みゆき

発行者　鈴木広和

発行所　株式会社 光文社
〒112-8011　東京都文京区音羽1-16-6
電話　編集部　03-5395-8254
書籍販売部　03-5395-8116
業務部　03-5395-8125
URL　光文社　https://www.kobunsha.com/

組　版　萩原印刷

印刷所　新藤慶昌堂

製本所　ナショナル製本

ISBN978-4-334-91421-9